ALINE SANT'ANA

ONDE TUDO COMEÇOU

VIAJANDO COM ROCKSTARS – SPIN-OFF

CORAÇÃO
em

Editora Charme

Copyright© 2017 Aline Sant'Ana
Copyright© 2017 Editora Charme

Todos os direitos reservados. Nenhuma parte deste livro pode ser utilizada ou reproduzida sob qualquer meio existente sem autorização por escrito dos editores.

Esta é uma obra de ficção. Nomes, personagens, lugares e acontecimentos descritos são produtos de imaginação do autor. Qualquer semelhança com nomes, datas e acontecimentos reais é mera coincidência.

1ª Impressão 2017

Produção Editorial: Editora Charme
Capa e Produção Gráfica: Verônica Góes
Revisão: Jamille Freitas e Ingrid Lopes
Fotos : Depositphotos e Fotolia

Este livro segue as regras da Nova Ortografia da Língua Portuguesa.

```
CIP-BRASIL, CATALOGAÇÃO NA PUBLICAÇÃO
SINDICATO NACIONAL DE EDITORES DE LIVROS, RJ

    Sant'Ana, Aline
    Coração em Chamas / Aline Sant'Ana
    Editora Charme, 2017

       ISBN:978-85-68056-42-4
    1. Romance Brasileiro - 2. Ficção brasileira

CDD B869.35
CDU 869.8(81)-30
```

www.editoracharme.com.br

ALINE SANT' ANA

VIAJANDO COM ROCKSTARS – SPIN-OFF

CORAÇÃO
em chamas

Editora **Charme**

"Os encontros mais importantes já foram combinados pelas almas antes mesmo que os corpos se vejam."

— *PAULO COELHO*

*Dedicado àqueles que já sentiram um amor tão abrasador
que é capaz de deixar o coração em chamas.*

8

PARTE I

Coração em Chamas

PRÓLOGO

**Yeah, darlin', gonna make it happen
Take the world in a love embrace
Fire all of your guns at once and
Explode into space
Like a true nature's child
We were born, born to be wild
We can climb so high
I never wanna die
Born to be wild
Born to be wild**

— Steppenwolf, "Born To Be Wild".

Dois anos atrás

Jude

Minha mente nunca funcionou de forma adequada. As pessoas sempre me disseram isso. Falavam que eu era liberal demais, intenso demais, maluco demais. Diziam até que eu era pervertido. Não que eu não gostasse e achasse um insulto, na verdade, cacete, que baita elogio. Porém, todo mundo me prendia a cordas invisíveis, padrões impostos pela sociedade.

Quando moleque, fui educado para ser o mais gentil do recinto, filho de militar, você sabe, o pacote completo. Tinha horário para ir para a cama, precisava arrumar os lençóis depois de acordar, ia à escola e fazia todo o dever. O meu pai até controlava com quem eu trepava. Minha primeira vez? Com a menina mais santa da vizinhança, filha de um militar exemplar. Nossos pais concordaram com o namoro, que só durou um mês. Cansei e tal, acontece. Já que eu não podia olhar para as mulheres ousadas, para os desafios, era necessário namorar quem a família feliz considerava aceitável.

Aí cresci, me rebelei e recebi apelidos como: o demônio da casa ao lado.

Fui o orgulho do meu pai quando entrei para a marinha, mas seu desgosto em encontrar a nora dos sonhos. Ele me mostrou como pilotar navios, helicópteros, me ensinou a ser o fodido James Bond, mas na cama? Eu não queria ninguém que parecesse um anjo, o sonho dourado do Sr. Wolf. Não estava a fim de ter filhos híbridos. Afinal, uma vez um demônio, sempre um demônio.

Aline Sant'Ana

Fazia um ano que não falava com o cara. Meu pai dava a desculpa de que era porque eu estava em missão, só que nenhuma carta chegava até mim. Minha mãe até se preocupava em passar notícias por ele, dizendo que tudo estava bem, falando coisas triviais como o tempo e se eu não tinha perdido um braço. De qualquer maneira, não ligava muito, estava livre. Agora tinha um plano de vida. Queria largar a marinha e fazer o que sempre quis: ter meu próprio negócio. Alguma porra ousada demais para alguém ter coragem de investir, alguma coisa que fizesse meu sangue ferver e me permitisse ser quem eu nasci para ser.

Olhando para o mar, longe demais de casa para contar os quilômetros, eu soube que esta era a minha última vez aqui.

— Wolf?

— O quê?

Encarei meu amigo e observei-o se abaixar para alcançar minha visão. O cara parecia preocupado.

— Estamos com problemas no navio. Como sei que você entende... — Wayne iniciou, inseguro. — Eu só achei que pudesse te pedir para dar uma olhada.

Rolei os olhos.

— Quer que eu veja se essa merda vai explodir?

Wayne gargalhou.

— Não vai, porra. Só dá uma olhada. Ninguém sabe o que é.

— Vocês são burros.

— Você nos subestima.

— Como vou elogiar vocês se não sabem quando aparece um problema no navio? E se eu não estivesse aqui? Iam ficar para os tubarões?

Wayne pensou por um momento.

— Provavelmente.

— Cara, eu odeio ser o James Bond.

Meu amigo riu de novo e estendeu o braço para me puxar da proa.

— Você não é o James Bond, Wolf.

— Isso é o que você diz para tentar se sentir menos pior.

Rindo, fomos até a área de comando. Percebi que o ponteiro de uma das informações do painel estava sem se mover. Estreitei os olhos, sendo observado por todos, e quase gargalhei alto quando reconheci qual era o erro. Me segurei para não rir, de verdade, só para surpreendê-los. Dei um soco, escutei vozes de choque e

Coração em Chamas

o ponteiro voltou a rodar.

— Não acredito! — resmungou um deles.

— Porra, Wolf! — Wayne exclamou.

— Vai se foder, Jude — disse o outro.

— Respeitem o capitão dessa porra — brinquei, arrumando a calça que estava escorregando dos quadris. — Meu Deus, vocês não são nada sem mim. Sou o único bacharel em ciências náuticas.

— Então trate de não sair — Wayne pediu, sabendo dos meus planos.

Eu queria mesmo amar tudo isso. Quer dizer, eu amava o mar, amava os navios, mas odiava precisar empunhar uma arma assim que descia ao solo. Precisava controlar o dinheiro, ternos caros, prostitutas de luxo. Eu tinha um sonho que não combinava com a vida de um homem honrado e politicamente correto. Me sentia feliz por ter servido o país por um tempo, mas tudo tem seu limite. Estava na hora de tirar esse uniforme e aposentar o quepe, alegar algum problema pessoal, conseguir afastamento definitivo e fim. Eu desejava algo que ainda não sabia o que era, porém, tinha sede do desconhecido. Ainda ia encontrar uma motivação, ou não me chamava Jude Wolf.

— Não dá, Wayne. Não faço promessas que não posso cumprir — murmurei, dando um tapa em seu ombro e me virando para cair fora dali.

Aline Sant'Ana

Coração em Chamas

CAPÍTULO 1

Just a simple touch
And it can set you free
We don't have to rush
When you're alone with me

— The Weeknd feat Daft Punk, "I Feel It Coming".

Dias atuais

Courtney

Eu gostava de sentir adrenalina, adorava a emoção que corria pelas veias e alcançava o coração. O frio na barriga que denotava o perigo, a ansiedade em busca do caos. Ninguém entende o que faz uma pessoa saltar de helicópteros, dirigir carros velozes e se jogar de um prédio. Eu compreendia, porque nasci para viver perigosamente. Eu *era* essa pessoa. Vim com o gene louco do tipo de ser humano que arrisca a vida por cambalhotas... e *adora* isso.

Meus pais acharam hilário, me apoiaram em cada insanidade, desde pequena até a fase adulta. Com a preocupação de sempre, claro, afinal, havia limites. Pelo menos, até quando conseguiram me segurar. Quebrei a linha quando tomei a decisão, aos dezoito anos, colocando as mãos na cintura e dizendo a eles: "Vou ser dublê de filmes de ação e vocês vão precisar lidar com isso". Sim, acredite em mim, eu os convenci. Fui dublê de filmes de ação por mais de dez anos, cheguei ao pote dourado no fim do arco-íris. Batalhei duro para ter o corpo perfeito e me desapeguei do cabelo mutante, que alternava conforme a atriz que precisava copiar.

Camaleão Courtney, era como mamãe me chamava.

Recebi valores exorbitantes para fazer o que amava, ficava próxima de atores deliciosos e dormia com os rostos mais bonitos de Hollywood, além dos corpos esplêndidos deles. Fiz e aconteci. A vida dos sonhos, vivendo na sombra, sem chamar atenção além do necessário. Eu tinha o sabor da fama, sem sofrer com a parte terrível dela, que era a exposição.

Parece perfeito, né?

Era perfeito.

Até deixar de ser quando um acidente estragou toda a merda da minha vida.

Aline Sant'Ana

16

— Você precisa buscar a indenização, Courtney.

Ignorei Bianca Wayne. Ela era a minha melhor amiga, embora eu não fizesse ideia de como isso era possível. Bianca era o tipo de mulher perfeita: advogada, loira, rica, filha de pais adoráveis e ainda tinha um irmão que era da marinha. Se alguém precisasse inscrevê-la em um site de namoro, a sua caixa de mensagens congestionaria, tamanha a quantidade de acessos.

— Courtney, eu sei que você está acordada.

Bufando, abri um olho e o sorriso doce de Bianca preencheu seu rosto delicado.

— Está na hora — reiterou.

— O que vou fazer com esse dinheiro, B? Ele vai trazer o meu trabalho de volta?

Bianca torceu o nariz em desaprovação e puxou as cobertas, me obrigando a sair da cama. Eu ainda estava só de calcinha preta e regata branca e ela parecia preparadíssima, como se estivesse indo para uma audiência no tribunal. Saltos, tailleur, cabelo impecável, olhos castanhos com uma sombra escura de maquiagem...

— Não, mas você precisa receber. É uma quantia milionária, Court.

Me espreguicei e olhei atentamente para minha amiga.

— Isso não me permite ser quem eu nasci para ser.

— Seu sonho não foi interrompido, querida — murmurou com carinho, apesar da minha rispidez que eu não conseguia evitar quando se tratava desse assunto.

— Na verdade, foi sim.

Para impedir a conversa de ir adiante, peguei a calça jeans justa cheia de rasgos que estava no chão — a minha favorita — e não me preocupei em procurar um sutiã para enfiar sob a regata básica de dormir. Fui até o guarda-roupa, arrancando de qualquer jeito a jaqueta de couro, e a vesti, observando o caimento na cintura. Passei os dedos pelos cabelos curtos, lisos e negros e fui até o banheiro fazer o que tinha que fazer.

Em cinco minutos, estava pronta.

Calcei os coturnos, ignorando o olhar de repreenda de Bianca. Ela queria que eu usasse algum Louboutin para a reunião com os advogados, mas eu era Courtney Hill, ela precisava saber que isso não ia acontecer nessa vida.

— Você está parecendo uma motoqueira — disse.

Coração em Chamas

— Eu sempre me pareço com uma. Por que isso te surpreende? — Sorri para ela.

A gargalhada da B preencheu o quarto.

— O que eu faço com você, querida?

— Me dá carona e um café.

— Isso eu posso fazer.

— Eu sei.

Sobre a mesinha, peguei os óculos escuros estilo aviador, que sempre me acompanhavam. Além dos olhos muito azuis e cristalinos, a dor de cabeça após o acidente ainda me incomodava. Eu precisava me proteger. Era como se aquela dor insuportável me lembrasse diariamente do que aconteceu comigo, de quem eu não poderia continuar sendo, de quem eu precisava me virar em dez para me tornar.

Todo mundo tem um segundo plano.

Eu não.

Enquanto Bianca se acomodava em seu Audi, pensei que não fazia ideia de como a vida seria dali para frente. Meu pai e minha mãe ficaram felizes por eu ter sobrevivido sem qualquer osso quebrado, exceto o crânio. A rachadura que ainda estava lá me impedia de praticar esportes radicais de novo. Foi um milagre, o médico disse. Todavia, eles não entendiam que viver sem perseguir sonhos é apenas sobreviver e eu era muito cheia de energia para ficar parada, muito cheia de vida para compreender um milagre que, de fato, não me salvou.

Precisava de um trampolim direto para a felicidade, mas não sabia o que me esperava do outro lado.

Dava para ser feliz seguindo o desconhecido?

— Chegamos — Bianca anunciou, sorridente.

Uns meses atrás, Bianca, após uma disputa no tribunal, me garantiu um valor que eu nunca receberia em vida, não importa quantos trabalhos como dublê eu conseguisse. Depois que passasse das portas daquela sala de reunião, eu teria dinheiro enquanto respirasse. Poderia comprar um carro maravilhoso, uma casa na praia, tirar férias pela Europa e ainda assim... teria dinheiro para fazer isso dez vezes.

Droga, não parecia suficiente.

— Respire — Bianca pediu, no elevador.

— Você ainda está me devendo aquele café, B.

Aline Sant'Ana

— Eu sei, querida. Um passo de cada vez.

Um de cada vez, no meio da escuridão.

Justo eu, que odiava o breu.

Jude

Eu estava livre, porra!

Finalmente, depois de anos em uma missão de ataque sobre conflitos regionais, eu senti a liberdade. Consegui me ver livre da obrigação e, agora, depois que pedisse o afastamento definitivo, precisava descobrir o que ia fazer da vida. A merda é que eu tinha dinheiro, mas nada aguçava minha mente. Pensei em abrir uma boate, mas isso era clichê demais. Pelo menos, meu sonho tinha a ver com pessoas, muitas pessoas, e eu queria desfrutar de todas as mulheres que pudessem participar do negócio.

Miami, você mal pode esperar pelo império que eu vou montar.

Sorrindo, passei a mão nos cabelos, agora um pouco mais compridos do que o costumeiro corte militar. Eu sempre precisei usar essa merda curta, agora, ele tinha um caimento legal e as mulheres gostavam de passar a mão nos fios durante o sexo.

Falando nisso...

Uma garota passou ao meu lado e deu uma checada na minha bunda. Eu me virei para vê-la e a peguei no flagra. Ela deu um sorriso tímido, ficou com as bochechas vermelhas, e eu imagino que devia ter a metade da minha idade. Resumindo, uma adolescente. Bem, eu tinha meus limites, não era tão babaca assim.

Escutei o celular tocando e soltei um suspiro aliviado quando vi que não era a minha mãe. Ela estava tentando remediar a briga com meu pai, o que era legal da parte dela, mas o velho não ia entender que minha aptidão pendia para a sacanagem. Eles nunca saberiam dos meus planos, porque sei que seria crucificado. Ao invés disso, falei que tinha a intenção de abandonar a marinha para me tornar um empresário. Não era mentira, mas não era toda a verdade também.

— Fala, Wayne — disse, assim que atendi.

Não estava acostumado a chamá-lo de Brian. Um dos costumes da marinha que, pelo visto, não ia embora.

Coração em Chamas

— Wolf, estamos em Miami!

— Eu sei.

— Porra! Finalmente!

— É — concordei.

— Você acha que rola de fazermos uma festa hoje? Precisamos comemorar.

— Em cima da hora? — questionei. — Nem fodendo. Programe para amanhã. Quero um negócio épico de tão foda.

— Tô com a chave do iate, sabe? A gente pode fazer lá.

— Vamos sim. Não esqueça de chamar as gatas.

Wayne riu.

— Depois de ficar preso em alto-mar com um monte de homem? — Wayne resmungou. — Porra, o que a gente mais precisa é de mulher.

— Nem me fala.

— Te espero lá, cara.

— Sei onde é. A gente se fala.

Desliguei o celular, guardei no bolso o papel que me livrava da obrigação de missões por pelo menos um ano e passei a mão pelo rosto, sentindo os pelos da barba crescerem. Fechei os olhos de felicidade. Eu queria um estilo diferente do meu passado, agora, eu ia construir o presente e o futuro. Precisava de uma ideia boa o suficiente para valer a pena todo esse sacrifício que enfrentei. Precisava pensar na parte profissional, eu tinha que focar em realizar o sonho e mostrar para mim mesmo que era capaz de qualquer coisa, desde que fosse homem suficiente para desejar aquilo com todas as forças.

Cheguei no meu apartamento em Miami. Estava limpo e sem qualquer coisa pessoal, a não ser as roupas no armário. A decoração bem simples em couro e verde-escuro me deu a sensação de estar em casa. Tirei as botas, arranquei a calça, fui para o armário de bebidas e peguei quatro dedos de scotch. Bem servido, caminhei lentamente até a mesa de jantar e puxei o bloco de notas.

Tirei o celular do bolso e pesquisei sobre os empreendimentos da cidade. Fiquei irritado.

Nada ali era divertido. Boates, barzinhos, lugares para dançar. Nada fez meu coração acelerar. Então, desliguei o aparelho e comecei a rabiscar. A primeira palavra que escrevi foi "pessoas". Queria algo que se relacionasse com diversão. Então, "diversão". Alguma coisa que elas pudessem curtir sem se preocupar com regras estúpidas, isso era um ponto interessante.

Aline Sant'Ana

Legal.

PESSOAS

DIVERSÃO

SEM REGRAS IDIOTAS

E isso era tudo que eu tinha.

Bufei, infeliz por meu cérebro não me ajudar. Precisava ligar para o banco e verificar a quantidade de dinheiro que havia, para ter uma noção do que poderia fazer. Mas, primeiro, a ideia. Era necessário ser original, era preciso ser diferente. Eu tinha que criar alguma coisa foda, mas que não me vinha à mente de modo algum.

Virei a cabeça para trás e, frustrado, fui até o XBOX jogar uma partida qualquer com algum ser humano que estivesse online.

Quase metade da garrafa de scotch foi embora, junto com a minha capacidade de pensar com coerência. Fechei os olhos e me deixei cair em esquecimento, porque uma hora essa ideia ia vir, uma hora um *insight* ia surgir e eu sabia que não demoraria.

Eu só precisava enxergar as setas.

CAPÍTULO 2

But she said, where'd you wanna go?
How much you wanna risk?
I'm not looking for somebody
With some superhuman gifts
Some superhero
Some fairytale bliss
Just something I can turn to
Somebody I can kiss

— The Chainsmokers feat Coldplay, "Something Just Like This".

Courtney

Me chame de covarde, de louca, de problemática, do que quiser, mas eu não consegui depositar o cheque na minha conta. Fiquei olhando para aquele negócio escrito à mão, sem fôlego para aceitar que esse papel era o que restava do que eu amava. Valia muito, eu sei, mas seria o suficiente para cobrir a felicidade que eu sentia ao atuar em minha profissão?

Bianca estava otimista, dizendo que eu poderia abrir uma loja, deixar o dinheiro rendendo juros, enfim, B me deu um milhão de possibilidades para eu gastar meu tempo.

— Viaje comigo, vamos às compras, vamos fazer loucuras. O que você acha? — ela disse, um dia depois, com um sorriso esplêndido.

Eu não me sentia esplêndida.

— B...

— Não venha com B para mim.

— Eu sei que quero comprar uma casa nova para os meus pais e deixar um dinheiro com eles.

— Isso já é alguma coisa.

— E depois... — Suspirei fundo. — Preciso pensar.

Bianca tomou minhas mãos sobre a mesa. Ela me lançou aquele olhar capaz de ler a alma das pessoas e abriu um sorriso ainda mais largo.

— Quer vir para a minha casa?

Aline Sant'Ana

— Hum...

— Pode ficar um tempo comigo. Estou abrigando o meu irmão, o Brian, sabe? Ele voltou da missão já faz um tempo e está super empolgado. Duvido que você não se divirta ao lado dele. É contagiante a loucura daquele menino.

— Menino, Bianca?

— Tudo bem, ele tem trinta anos e é mais velho do que eu...

Comecei a gargalhar.

— Você não está tentando me jogar para o seu irmão, né? Na última vez que o vi, ele tinha os dentes separados e parecia mais fino do que o meu braço.

— Ele cresceu.

— Não tenta me arrumar um namorado, B. Pelo amor de Deus.

— Não é *arrumar* um namorado, é apenas ficar com a gente. Tenho certeza de que é melhor do que ficar aqui sozinha. Seus pais estão em Nova Jersey e você fica em Miami, nesse apartamento todo bagunçado, se sentindo só e remoendo os problemas da vida.

— Eu não faço nada disso.

Bianca tinha uma vida simples, enquanto a minha era agitada. Eu ia a festas, bebia até esquecer meu nome e, depois do acidente, isso se tornou mais frequente. Eu conseguia pensar em Bianca ficando brava comigo por chegar às cinco da manhã e, em sua casa, eu não teria a liberdade de levar um cara para a cama, por exemplo. Comecei a relutar quando pensei que o sexo estaria fora de cogitação, mas Bianca me puxou pelas mãos mais uma vez.

— Uma semana, é tudo que eu peço. Estar comigo vai te fazer bem, eu sempre te faço bem, e Brian é agitado, ele provavelmente dará festas, sei que você gosta. Não vou te privar de nada, Court. Só esteja conosco e não fique tão só.

— Como sabia o que eu estava pensando?

— Te conheço há muitos anos. É sério que precisa perguntar?

Antes que pudesse pensar muito a respeito, comecei a fazer uma mala com Bianca me ajudando. Ela estava agitada e feliz por ter conseguido me convencer, e eu não queria decepcioná-la mais do que já vinha fazendo. Bianca lutou pelos meus direitos e eu estava — meio que indiretamente — fazendo pouco caso de tudo que ela conseguiu. Conferi se o cheque estava na bolsa, passei os dedos pelos cabelos curtos e tentei me garantir de que estava pronta para ter um pouco de companhia.

— Vai ser divertido — Bianca disse.

Coração em Chamas

Sua casa era imensa. Do tipo que você vê em revistas e tão bem decorada, que a gente se pergunta se os móveis custaram o mesmo valor do imóvel. Era praticamente toda de vidro, moderna, mas muito aconchegante. Eu já conhecia aquele lugar desde sempre, desde o segundo em que Bianca decidiu comprá-lo. Ficava em um dos bairros mais caros de Miami. Ela era uma das advogadas mais bem-sucedidas da cidade, então não me surpreende o fato de ter conseguido arrancar uma indenização daquele tamanho após o acidente que sofri.

— Lar doce lar. — Bianca abriu a porta e, em seguida, gritou: — Brian, temos uma hóspede!

As escadas largas e sem corrimão foram descidas rapidamente por um homem totalmente diferente do que eu me lembrava. Ele possuía os mesmos cabelos loiros curtinhos e os olhos castanhos, mas era só isso. Brian tinha músculos agora, *muitos* músculos, que não poderiam ser ignorados, já que o homem estava sem camisa, só com uma bermuda jeans que alcançava os joelhos. Ele sequer ofegou quando desceu os degraus de dois em dois e abriu um sorriso doce para mim, completo, sem o antigo espaço nos dentes da frente, enquanto estendia a mão para me cumprimentar.

— Oi, Courtney.

— Brian. — Apertei a mão dele com a mesma intensidade.

Ele se aproximou para pegar a minha mala.

— Vai ficar conosco por um tempo?

— Sim — respondi e lancei um olhar para Bianca. — Sua irmã é muito persuasiva.

— Diga algo que não sei.

Bianca bufou.

— Já vi que vão formar um complô contra mim. Court, querida, você quer beber alguma coisa?

— Estou bem, de verdade.

— Ah, não. Você não pode negar o suco de abacaxi com hortelã que eu fiz — Brian se meteu, ainda agarrado com a minha mala. Impressionante como ele não fazia esforço.

Estreitei os olhos.

— Habilidades na cozinha? — questionei.

— Um homem que vive em alto-mar, com pouca variedade de comida, aprende a fazer as coisas mais gostosas quando retorna. Todos os caras da minha

Aline Sant'Ana

24

última missão gostam de cozinhar. É impressionante.

Talvez eu devesse me casar com um marinheiro...

— Impressionante mesmo. — Não, eu não estava elogiando o Brian, embora parecesse.

Ele sorriu ainda mais largo e piscou para mim. Depois, dirigiu a atenção para sua irmã.

— Bi, tá na geladeira. Aproveitei e fiz o almoço. Está no forno, só esquentar.

Bianca passou os braços em torno dos ombros do irmão e deu um beijo que deixou uma marca do batom no maxilar dele.

— Você deveria ficar para sempre comigo. Me sinto mimada.

Brian de repente ficou com uma expressão séria. Mas, em seguida, abriu o sorrisão de novo.

— Quem precisa de um namorado quando se tem um irmão assim?

— Não vou morrer solteira, Brian.

— Por mim, você vai.

A gargalhada dele acompanhou os degraus que Brian subiu. Olhei para Bianca, que estava com os olhos marejados, parecendo prestes a entrar em colapso. Me aproximei dela e a abracei, percebendo que sua vida não era tão perfeita quanto parecia.

— Por que você ficou emotiva? — questionei baixinho, ainda abraçando-a.

— É bom tê-lo em casa.

— Sentiu falta dele?

— Muita. — Se afastou, fungando. Depois, secou as lágrimas e pareceu recuperada quando acrescentou: — A comida do Brian é realmente divina. Você precisa experimentar, Court.

Disposta a deixá-la feliz, mesmo que não sentisse fome, me sentei com Bianca na ilha maravilhosa de sua cozinha e almocei carne ao molho madeira com uma espécie de macarrão fabuloso. Brian tinha um talento nato e a comida garantiu que eu e Bianca deixássemos o clima mais leve. Durante a refeição, não falamos do acidente, do maldito dinheiro ou da saudade que ela sentia de Brian. Nós apenas conversamos o trivial, da maneira fácil que sempre fazíamos e que nos tornou grandes amigas.

Podia sentir como ela estava feliz por eu estar ali.

E me senti feliz também.

Coração em Chamas

JUDE

Coloquei, no porta-malas, seis engradados de cerveja, quilos e mais quilos de carne para assarmos e as bebidas em garrafa que não poderiam faltar. Fiz a conta de quantas pessoas iriam e, apesar de saber que a parte social estava com o Wayne, fiquei me questionando se aquilo daria certo. Se acabasse e ele não decidisse andar com o iate, poderíamos sair para comprar mais.

Dei graças a Deus por ter um Jeep e ele ser grande o suficiente para caber todas as compras.

Dirigi até o porto onde a família do Wayne guardava o iate. Seus pais estavam viajando, deixaram a chave com a irmã do cara e ele me garantiu que havia uma cópia no lugar de sempre. Eu e Wayne já passeamos pra caralho naquele Azimut; era como se fosse uma extensão dos nossos corpos. Sempre que chegávamos em Miami, por mais que estivéssemos enjoados do mar, dávamos uma volta com ele.

O negócio era enorme, com trinta e cinco metros de comprimento, e cinco cabines para até dez pessoas. Fora a sala espaçosa e lugares para a galera se acomodar com conforto; até sala de jantar tinha. Do lado de fora, ainda havia uma pequena piscina, que poderia ser aquecida para dias frios.

Como eu disse, enorme pra caralho.

Entrei e procurei a chave embaixo da segunda cadeira reclinável da área externa. Estava lá. Sorrindo, abri a porta que dava acesso à cabine e entrei na extensa sala. Em uma superfície falsa, que ninguém diria que era uma geladeira, tateei até encontrar a abertura. Enfiei as cervejas lá e tive que fazer três viagens para acomodar tudo. Wayne traria a churrasqueira portátil e depois nós poderíamos ver como organizaríamos tudo.

Sem poder me conter, voltei à cabine de controle. Passei as mãos pelo painel, as três telas de LCD em perfeito estado e quase sem usar. Eu estava louco para pilotar aquilo, pensei, enquanto acariciava o volante confortável. Olhei para trás e vi um sofá em L com uma mesa fixa, um lugar onde as pessoas poderiam confraternizar com quem estivesse dirigindo. Imaginei como seria incrível viajar com uma galera ao lado e me questionei se um dia eu poderia me dar ao luxo de pedir aos Wayne esse iate emprestado.

Meu celular tocou, provavelmente o meu amigo. Atendi sem ver o identificador de chamadas.

— Fala.

— Oi, Wolf. — Era Wayne.

Aline Sant'Ana

— E aí? Já cheguei aqui e acomodei as coisas — expliquei. — Não sei quantas pessoas você vai chamar, mas acho que dá.

— Umas trinta, no máximo.

— Beleza.

— Escuta, a amiga da Bianca está aqui na casa dela. Por isso não pude ir levar a churrasqueira ainda — Wayne disse do outro lado. Depois, sua voz diminuiu para um sussurro. — Ela é gostosa.

Comecei a rir.

— Porra, Wayne.

— Não, não tenho chance. — Riu também. — Antes que você pense que eu posso me dar bem, já antecipo que não. Conheço-a há muito tempo, e você sabe da minha regra de transar só com desconhecidas.

Pensei por um segundo.

— Essa regra é meio estúpida.

Ele suspirou.

— Pensando bem, é sim.

Ri de novo.

— Chama ela pra festa, cara — aconselhei e comecei a sair do iate. Olhei para o mar, tão perto. — Quem sabe o que pode rolar?

— Não. Falei sério quando disse que ela é gostosa, do tipo, gostosa pra cacete, mas minha irmã cortaria meu pau e daria para os cachorros comerem. Ela me disse que a amiga está passando por umas merdas. De qualquer maneira, vou chamá-la.

— Faça o que achar melhor. — Saltei do iate ao invés de descer pela escada estúpida. — Te vejo à noite.

— Nove horas. E traga o quepe, você vai pilotar essa porra.

Abri um sorriso orgulhoso.

— Confia o Azimut nas minhas mãos?

Wayne, sem hesitar, respondeu:

— Só contigo, cara. E mais ninguém.

Ele desligou e eu imediatamente imaginei que seria duro ficar sem Wayne. Nas missões, ele teria que lutar sem ter o seu melhor amigo do lado e eu teria que enfrentar a vida sem saber quando ele ia voltar. Mesmo assim, nenhum dos dois

Coração em Chamas

parecia egoísta a respeito. Claro que ele queria que eu continuasse na marinha, mas compreendia que eu sonhava muito além daquela vida regrada. E óbvio que eu sabia que Wayne nasceu para aquilo. O cara era o melhor.

Voltei para casa quando a noite já tinha caído, porque fui fazer outras coisas na rua. Tomei um banho demorado, esperando que a água relaxasse os músculos, e, quando o chuveiro estava quente demais, desliguei-o e permiti que a água gelada me despertasse. Nu, caminhei pelo quarto e procurei uma boxer nas gavetas. Vesti, depois enfiei-me numa calça jeans preta com rasgos propositais. Coloquei, para completar, uma camisa social verde-escura, dobrei-a até os cotovelos e deixei três botões abertos. Enfiei a tag militar no pescoço, porque já tinha me acostumado com o peso dela. Quando só faltavam as botas coturno e pegar qualquer quepe falso no armário apenas para brincar de capitão com as garotas, meu celular tocou de novo. Wayne me perguntou se eu estava pronto, porque a festa tinha começado.

Olhei para o relógio.

Nove horas da noite em ponto.

Fodida demais essa pontualidade.

Courtney

Brian desceu as escadas vestindo uma calça jeans clara e uma blusa social azul. Ele parecia muito mais novo do que trinta anos — recém-feitos, segundo ele. Se postou na minha frente, interrompendo a televisão e a minha sessão de pipoca. Eu estava jogada no sofá da sua irmã, remoendo a vida e assistindo *Uma Linda Mulher*. Brian estreitou os olhos, como se estivesse me analisando, e cruzou os braços na altura do peito, sorrindo.

— Oi — eu disse, curiosa, mastigando devagar a pipoca.

— Duas pessoas me disseram para eu levá-la à festa.

— Festa? Duas pessoas?

— Bianca e o meu amigo. Queremos comemorar, porque estamos afastados das missões. Acabei de falar com ele no telefone e... enfim, vai ser legal. Quer ir?

Nossa, o filme estava *tão* bom.

— Hum...

— Eu espero você se arrumar — Brian apressou-se em dizer, como se me

Aline Sant'Ana

garantisse que eu poderia ter meu momento.

— Mas são sete da noite ainda — resolvi pontuar, porque quem faz uma festa às sete da noite?

— A festa começa às nove, mas vamos ter que assar carnes e etc.

— Ah, faz sentido.

— Você fica pronta em duas horas?

Joguei a cabeça para trás e fechei os olhos. Courtney, a festeira, queria ficar em casa assistindo *Uma Linda Mulher*. O Apocalipse estava perto e eu não podia deixar que aquele buraco horrível me engolisse. Não permitiria me sentir depressiva a respeito das coisas que aconteceram, eu precisava sacudir a vida, o corpo e quem sabe beijar e transar com um cara lindo...

— Fico — respondi antes que pensasse demais.

— Certo. Te espero na sala.

Brian se sentou no sofá, pegou o controle e roubou a minha pipoca. Olhei-o atentamente enquanto subia as escadas, chocada por ele não ter trocado de canal. Ele soltou uma risada e eu me surpreendi ao ver que marinheiros são capazes de assistir filmes de romance. Meu Deus! Quem diria?

Tentei não demorar no banho, mas a ducha da suíte que a Bianca reservou para mim era tão boa, que devo ter ficado quarenta minutos embaixo dela. Já com a mala organizada em uma cômoda de cinco gavetas, peguei a meia-calça arrastão, um short jeans desfiado e o sutiã preto. Vesti uma blusa mais folgadinha que caía no ombro direito, exibindo a tatuagem que cobria a pele dali e fechava no meu pulso. Era um desenho só, um conjunto de rosas vermelhas com desenhos intrincados que tinham significado em minha vida. Quando era dublê, dava um trabalho enorme cobri-la com maquiagem. Agora, estava exposta para o mundo, assim como todas as outras, caso eu quisesse que alguém as visse.

Penteei o cabelo liso e curtinho, no estilo *bob hair*. Repicado na frente e alguns poucos centímetros mais curto atrás, não dava trabalho algum. Era escuro como a noite, escorrido e só tinha um pouco de volume quando o molhava sem secar apropriadamente. Passei o secador por cima, abaixando os possíveis fios rebeldes, e comecei a maquiagem. Depois de preparar a pele, fiz um delineado gatinho dramático e apliquei rímel sem piedade. Os olhos azuis se destacaram e puxei da caixinha o batom vermelho vivo. Passei-o nos lábios cheios e, então, estava pronta.

Desci as escadas e, assim que cheguei ao térreo, calcei os coturnos. Ouvi Brian pigarrear para acertar a voz. Ele me encarou com curiosidade assim que meu olhar encontrou o dele e abriu um sorriso de reconhecimento, como se

Coração em Chamas

pensasse além de mim e fosse capaz de ver o futuro.

Ele sussurrou um nome masculino, que não pude entender, mas começava com J. Franzi o cenho e resolvi perguntar.

— O que disse?

— Nada. É que... Deixa, esquece. Eu achei que você combinaria com um amigo meu.

— Ah, Jesus. Você e sua irmã são tão parecidos.

— Não estou tentando te arranjar um namorado, ela sim.

Abri a boca, em choque.

— Ela está?

Brian deu de ombros, como se não fosse nada.

— Bianca é romântica.

— Deus que me perdoe — resmunguei.

Brian gargalhou e me estendeu o braço. Pensei que deveria passar em casa e pegar meu carro, caso eu não conseguisse carona de volta com ele.

— Hum, será que podemos passar na minha casa antes?

Ele pareceu confuso por um momento.

— Por quê?

— Você pode querer fazer outras coisas... com outras mulheres... Caso eu tenha que voltar para casa mais cedo.

— Eu te levo para a festa e te trago para casa. Não se preocupe.

— Vocês, marinheiros, são tão honrados. Não quero que perca sua noite por minha causa.

— Não vou perder — garantiu, abrindo a porta do seu Mercedes.

Eu via sempre esse carro na garagem da B, mas nunca imaginei que pudesse ser dele. Quando Brian voltava de uma missão, eu geralmente me afastava de Bianca, sabendo da falta que ela sentia dele e querendo que ambos tivessem privacidade em família. Normalmente, os pais de Bianca ficavam como hóspedes na casa dela, apenas para ficarem juntos, mas, como tiveram que viajar a trabalho, eu sabia que poderia ficar lá por um tempo. Bianca me contou que eles estavam angustiados por passarem menos dias com os filhos, no entanto, Brian ficaria quase um ano sem missões, por ter ficado mais de dois anos fora.

Saímos pelas ruas escuras de Miami, embalados pelo ritmo latino que

Aline Sant'Ana

envolvia o lugar. Eu me sentia um patinho fora do ninho, porque gostava de música eletrônica, dance e rock, mas era impossível não me contagiar pelas pessoas dessa cidade. Tudo era incrível e eu gostava mesmo de morar aqui.

No rádio, uma música conhecida começou a tocar e, mesmo sem a permissão de Brian, aumentei o som.

— Legal a música. De quem é?

Abri um sorriso.

— The M's. Eles estão começando a fazer sucesso agora, mas são bons, né?

— Já foi a algum show deles?

— Sim — confirmei, me lembrando que os garotos eram mais novos do que eu, mas o som da bateria do Yan, dos solos de guitarra do Zane e da voz sexy do Carter me embalava sempre. — Espero que esses meninos consigam alcançar o sucesso máximo, eles merecem ser conhecidos pelo mundo.

— Bom, pelo que ouvi até agora — Brian disse, dando seta para a direita e parando no porto —, seu sonho pode se tornar realidade.

— Espero que sim.

Brian tirou do porta-malas a churrasqueira e a carregou para dentro do iate como se não pesasse nada. Assim que a acomodou do lado de fora, as pessoas começaram a chegar. Ele abriu as portas que davam acesso e foi recebendo todos com abraços e beijos nas meninas. Eu fiquei parada, olhando-o ser o anfitrião, até as pessoas, aparentemente já acostumadas com o Brian, começarem a se acomodar. Quando a música agitada começou, Brian foi para dentro, segurando minha mão para acompanhá-lo. Ele tirou duas latinhas de cerveja de uma geladeira que não parecia uma geladeira e estendeu uma para mim.

— Seja bem-vinda à festa, Courtney. — E bateu nossas latinhas. — Vou ligar para o meu amigo e cobrar a presença dele, já são nove horas.

Olhei para o relógio e ele estava certo.

Senti um calafrio na espinha. Algo me dizia que o amigo de Brian era uma promessa implícita de uma noite inesquecível.

Ou, bem, eu estava errada sobre isso e desesperada demais para conhecer alguém interessante.

Olhei ao redor. Homens bonitos não faltavam, constatei, sorrindo suavemente.

Estava na hora de dançar.

Coração em Chamas

Jude

A música estava alta a ponto de incomodar os vizinhos, se houvesse algum. Uma porção de mulheres estava de biquíni na área da piscina, dançando alguma coisa bem animada, que fazia seus corpos se mexerem com vontade. Eu ignorei-as por um tempo, pensando se voltaria ali depois ou não. Provavelmente, a cerveja já estava causando efeito em suas correntes sanguíneas e eu preferia que as mulheres reconhecessem quem as estava levando para a cama. Eu preferia que elas se lembrassem do meu nome, mesmo que fosse só uma foda de uma noite.

Talvez, mais tarde.

O cheiro da carne sendo assada na churrasqueira me pegou, então segui nesta direção, vendo Brian conversando com uns caras, que também eram amigos meus. Fui recebido com abraços e tapas no quepe. Um segundo depois, já tinha uma cerveja na minha mão. Neguei, eu era o homem do scotch.

— Você demorou um pouco mais do que eu esperava — Wayne disse, virando a carne. — Vá curtir, Wolf. Lá dentro está bem agitado.

— Tem certeza de que não precisa de ajuda?

— Eu tô aqui ajudando — Tuckson disse. Ele morou perto de nós por um tempo. Então, seus pais se separaram e a mãe dele quis sair da zona da marinha. A amizade permaneceu mesmo depois de todos esses anos. Tuckson agora era um advogado foda e estava bem de vida, ainda que não encontrasse nenhuma mulher para acompanhá-lo. — Vá lá dentro e se sirva do seu scotch.

— Depois volto aqui — garanti.

— Assuma a churrasqueira aqui, Lion — Wayne pediu a outro amigo nosso. — Quero apresentar uma pessoa para o Wolf.

— Isso aqui tá do caralho — elogiei, puxando-o pelo pescoço.

— Festas aqui são sempre de arromba, né? — Wayne riu e bateu nas minhas costas. Nos separamos do aperto e ele disse: — Daqui a umas duas horas, todo mundo fica bêbado e as roupas saem.

— Nunca duvidei disso — concordei, bem ciente de que festas com esses caras e as meninas que eles arranjavam transformavam-se em uma bagunça incontrolável. Eu gostava disso, era meio que libertador. — A quem você quer me apresentar?

Aline Sant'Ana

Entramos na sala e a música lá estava mais alta. Era conhecida. Um remix de *Let's Get It On*, do Marvin Gaye. Deveria ter pelo menos quinze pessoas no ambiente e algumas dançavam. Estava apertado, mas ninguém se importava. Corpos iam de um lado para o outro, alguns caras já estavam acompanhados e meus olhos não foram para as suas garotas, apenas para as solteiras. Nenhuma delas me atraiu a atenção e eu podia jurar que Wayne queria que eu conhecesse uma delas.

— Está vendo a menina de short? — Wayne precisou gritar para que eu escutasse. — A de coturnos.

Wow...

Cacete!

Eu não consegui ver o rosto dela, apenas o seu corpo balançado. Ela estava sem qualquer bebida na mão e seus quadris tinham um balanço tão fantástico que fiquei hipnotizado por um momento ou dois. Os cabelos curtos e rebeldes estavam um pouco úmidos, talvez de suor. Eu era capaz de ver, toda vez que ela levantava os braços, um pedaço da meia-calça cheia de losangos vazados agarrada em sua cintura, fugindo do short. Havia pele ali, muita pele. E o fato de ela não ter colocado saltos altos, apenas botas de coturno, bem parecidas com as minhas, soltou uma onda bem quente no sangue que bombeava no meu corpo.

Imaginei-a nua, só com aquele par de botas apoiadas na minha bunda, e precisei desviar os pensamentos porque Wayne me cutucou.

— Wolf, porra!

— O quê? — resmunguei, a voz rouca.

— Você viu ela ou não?

— Vi.

Mas outro cara também tinha visto, por isso não prestei atenção nela em um primeiro momento. A mulher estava dançando com ele, bem colada, me fazendo, de repente, ter inveja do filho da puta que podia sentir aquela pele nas mãos. Havia uma tatuagem que descia em seu ombro delicado e feminino e fechava no pulso, como uma manga de tinta. Eu queria percorrer o desenho com a língua, queria que ela estremecesse e chamasse meu nome enquanto a fodia bem duro.

— Ela está dançando com o Collins — acrescentei.

— Ela está dançando com todo mundo. — Wayne riu, como se não fosse nada demais. — Ela é a amiga da Bianca que te disse. O nome dela é Courtney Hill.

— Courtney — saboreei o nome na língua; era melhor do que o scotch.

Coração em Chamas

— Por que não se aproxima dela, Wolf?

O cara a agarrou mais forte na cintura e a trouxe para si. Courtney afastou o rosto quando ele tentou beijá-la e decidiu se mandar da pequena pista de dança improvisada. Como um imã, assim que seu corpo deu um giro de cento e oitenta graus, seus olhos foram direto para os meus e o ar evaporou dos meus pulmões. Porra, quando olhei seu corpo, senti que fui desafiado a tê-la, mas, assim que admirei seu rosto, percebi que aquela mulher seria a minha morte.

Ela possuía o nariz pequeno, bem arrebitado na ponta, delicado. Os lábios vermelhos de batom eram cheios e pequenos, em formato de morango, embora parecessem suaves como pêssegos. O rosto era delicado, por mais que ela tivesse um olhar duro, de quem já passara pelo inferno na vida, e não parecia ter mais do que trinta anos. Seus cabelos curtos formavam uma pequena cortina escura na pele branca como leite e os olhos mais azuis e claros que já vi se estreitaram para mim.

Depois, ela sorriu.

E eu sorri de volta.

Aline Sant'Ana

Coração em Chamas

CAPÍTULO 3

I'm in love with the shape of you
We push and pull like a magnet do
Although my heart is falling too
I'm in love with your body
Last night you were in my room
And now my bedsheets smell like you
Every day discovering something brand new
I'm in love with your body

— *Ed Sheeran, "Shape Of You".*

Courtney

Meu Deus, ele era gostoso.

Não do tipo gostoso que você vê todos os dias na rua, correndo na praia, com um cachorro a tiracolo, que te faz até dar uma olhadinha para trás, para checar a bunda dele. Esse homem era do tipo meu-deus-do-céu-esse-cara-é-muito-muito-gostoso-mesmo. Fiquei sem ar quando o vi, sem ignorar a música sexy do Marvin Gaye ao fundo. Bem, abstraí todo o resto: Brian ao lado dele, pessoas, clima de festa... O meu cérebro só analisou aquele espécime masculino e quis produzir pelo menos meia dúzia de bebês com ele.

Respira fundo, Courtney.

Abri um sorriso.

E ele sorriu de volta.

Isso era injusto, porque ele tinha covinhas e eu não. O homem estava com o cabelo escondido pelo quepe de capitão, mas dava para ver que era escuro, como o meu. A camisa social verde-escura abraçava seu peitoral forte e os bíceps largos. Deu para ver as duas tatuagens fechadas que escapavam de cada braço, fechando a manga no pulso, como a minha. Seus olhos eram de um tom de mel ou castanho, não soube dizer. Ainda assim, ele tinha lábios muito beijáveis e o seu rosto era marcante. As sobrancelhas grossas davam a ele uma expressão austera, o maxilar quadrado acompanhava um queixo com um furinho no meio. Ele tinha a pele bem bronzeada do sol, como se passasse mais tempo na rua do que em casa. Somado a isso tudo, era alto, músculos nos lugares certos, coxas grossas e... coturnos.

Brian se moveu primeiro e o homem o acompanhou. Até seu jeito de

Aline Sant'Ana

andar era elegante, com um quê de moleque, entregando provavelmente uma personalidade desinibida. Assim que eles chegaram perto de mim, deixei meu sorriso se alargar mais.

— Oi, Branca de Neve — o homem que me encantou disse, provocando-me.

Ele passou apenas a ponta da língua no lábio inferior e aquilo atraiu demais a minha atenção.

— Branca de Neve? — Ri um pouco. — Acha que ela se vestiria assim, sendo uma princesa?

Ele desceu os olhos pelo meu corpo, demorando-se bastante nele. Foi até as coxas com a meia arrastão e os coturnos pesados. Ele estava apenas me olhando, distante de mim, mas eu sentia que ele era capaz de me tocar só ao me admirar dessa forma.

Minha garganta ficou subitamente seca.

— Nos meus sonhos pervertidos? — questionou, sorrindo de novo. Covinhas. — Porra, sim.

Brian riu e bateu no ombro do seu amigo.

— Courtney Hill, conheça Jude Wolf. Jude Wolf, esta é Courtney Hill.

O sobrenome dele significa lobo, sério? Ele parecia ainda mais predador depois disso.

— Oi, Jude — eu disse, incerta do que estava sentindo.

— Branca de Neve — ele continuou com o apelido, sorrindo mais largo. Eu tinha tudo para odiar o apelido, porque a vida toda me perguntavam se eu podia sair ao sol, justamente por ser quase transparente. Mesmo assim, vindo dele, parecia um elogio e um não um insulto. — Posso te servir alguma coisa para beber?

— Eu tomei apenas uma cerveja, não sei se quero beber muito hoje.

— Mas você estará comigo. — Jude deu um passo à frente. E seu perfume veio junto. Era uma mistura de eucalipto com couro e mar. Eu queria me afundar nesse cheiro. — Então vou saber quando você vai passar do nível aceitável. Vou te fazer parar, comer algo e depois nós vamos só conversar. Nada além de três drinks, eu prometo.

Assenti e Jude pareceu satisfeito.

— Vou voltar para o churrasco — Brian avisou. — Me procurem se alguém precisar de comida.

Jude virou-se para Brian.

Coração em Chamas

— Certo, Wayne — chamou-o pelo sobrenome. Era alguma coisa militar essa mania. Seria ele o homem que era amigo de Brian e havia pedido para eu vir? Era ele com quem Brian queria me juntar? Se sim, eu não ia reclamar.

— Te vejo depois, Wolf — Brian concordou.

Olhei para Jude, absorvendo seus traços. Ele tinha uma aparência tão impactante, algo marcante também em sua personalidade. Exalava confiança, como se o mundo dançasse em sua própria música.

Gostei.

— Eu bebo scotch. Do que você gosta? — Jude questionou, abrindo a geladeira-não-geladeira.

— Tem cooler de vinho?

Jude sorriu.

— Surpreendentemente, tem.

Fiquei chocada quando ele estendeu para mim a pequena garrafa de vidro.

— Quem comprou as bebidas? — questionei, animada por ter a que eu gostava. Nunca tinha. — Meu Deus, preciso me casar com essa pessoa.

— Eu — ele respondeu subitamente, olhando nos meus olhos e, em seguida, escorregando para a boca.

— Ah... Bem, acho que vou precisar te pedir em casamento.

Jude riu, quebrando o clima intenso que ficou entre nós dois, e se jogou no sofá vazio, mais distante das pessoas que dançavam. Sentei ao seu lado e ele passou o braço pelo encosto, me fazendo sentir o calor da sua pele e ainda mais fortemente o seu perfume.

— Então, Branca de Neve. Me conte os seus segredos.

— Segredos precisam ser merecidos — sussurrei no seu ouvido. — E eu ainda não consigo confiar em você, Jude Wolf.

Jude

Courtney era linda, tinha um senso de humor foda, e sempre estava pronta para rebater as minhas gracinhas. Não era nada fácil conquistá-la. Parecia que estávamos em uma partida de xadrez, mas sem que eu pudesse estudar suas jogadas ou prever o próximo passo. Ela sempre me surpreendia. Na arte da sedução, eu era o mestre e finalmente tinha encontrado alguém para me desafiar

Aline Sant'Ana

o suficiente, de modo que eu não sabia se ela estava na minha ou não.

Apesar de parecer quando ela se inclinava para cochichar no meu ouvido.

E muito.

— Você pretende sair da marinha, então? — ela perguntou, no meio da conversa. Courtney parecia especialmente curiosa.

— Sim, pretendo — respondi, com um sorriso de lado. A Branca de Neve olhou para os meus lábios e depois para a bochecha, admirando a covinha. — Passei a vida toda fazendo o que as pessoas esperavam de mim, sem me dar conta de que não estava vivendo de verdade. Agora, as coisas vão ser diferentes. Quero ter o meu próprio empreendimento.

— Ah, é? — Courtney jogou e mordeu o lábio inferior com cuidado. — Isso é interessante. Você está começando a viver o sonho.

— Parece que sim. Ainda não o estou vivendo, de fato, mas pretendo.

— E o que está te impedindo?

— Preciso da ideia perfeita, preciso seguir as setas. — Virei uma dose de scotch e Courtney terminou seu terceiro cooler de vinho. — Preciso achar o que vai me mover, sabe?

— Então, quando a tiver, a agarre e não a deixe ir. — Sua voz soou baixa.

Lancei um olhar para Courtney, percebendo que ela tinha ficado pensativa e distante.

— Você deixou a sua ideia perfeita ir? — indaguei, desejando saber o motivo da sua tristeza.

— Na verdade, não. — Ela voltou a me olhar, mas agora com um sorriso nos lábios. — Eu também estou procurando um novo rumo. Costumava fazer algo que amava, mas fui impedida após sofrer um acidente.

— Um acidente? — Tentei não parecer surpreso.

— Era uma profissão de risco e, um dia, o risco realmente aconteceu — disse ela, como se não fosse nada demais. — Nunca pensei que fosse acontecer justo comigo, no entanto, não tive como brecar o inevitável. É meio maluco pensar que não vou poder mais fazer aquilo que amo, acho que vou ter que encontrar uma nova paixão.

— Acho que estamos em partes iguais da vida, Branca de Neve.

Courtney soltou uma risada melodiosa e suave.

— Me conte mais sobre você — pediu e eu atendi.

Coração em Chamas

Disse como foi a última missão na marinha, como eu e Brian nos conhecemos e nos tornamos amigos. Falei para ela dos meus pais e o fato de que o homem que me emprestou seu DNA não tinha coragem de falar comigo já fazia um tempo. Contei sobre a infância regrada, as namoradas certinhas, a utopia da perfeição. Courtney ouviu tudo, sem julgar, sem achar que eu era um monstro por ter um parafuso a menos no cérebro.

— Eu sempre gostei de ousar, entende? — concluí. — Desde o sexo até as atitudes da vida. Sinto que preciso fazer algo, investir em um empreendimento que me faça feliz. Ainda não encontrei o que preciso, mas vou encontrar.

— E você quer algo ousado? Para a vida e para a profissão?

— Sim.

Courtney abriu um sorriso e não disse mais nada. Até a curiosidade dela falar mais alto.

— Você é o tipo de cara de uma-noite-e-nada-mais? — questionou, desafiando-me.

— Por quê? Você é o tipo de mulher de uma-noite-e-nada-mais?

Ela riu.

— Sim. — Não se importou em responder. — Eu não tenho paciência para relacionamentos.

— Somos dois, então.

O clima entre nós mudou. Se fosse qualquer outra mulher, em qualquer outro momento, eu já a teria convidado para o meu apartamento. A merda é que algo sobre conversar com ela parecia interessante demais e eu não queria parar de falar com Courtney ainda. Imaginava que, depois que a beijasse, as palavras iam sumir de nossas bocas.

Surpreendendo a mim mesmo, me levantei.

— Quer dançar?

— E você sabe dançar? — Me mediu de cima a baixo.

Sorri.

— Me deixa te mostrar. Você pode me pagar essa dança me contando sobre você mais tarde.

— Acredite em mim, minha vida não é tão interessante quanto missões em alto-mar.

— Qualquer coisa relacionada a você é interessante — respondi.

Aline Sant'Ana

Courtney encarou meus lábios e abriu os seus.

Caralho, eu queria fazer tantas coisas lascivas com aquela boca.

— Vem — murmurei mais rouco do que pretendia.

E ela veio.

Apoiei as mãos nas costas da Branca de Neve até chegar onde as pessoas estavam dançando. Senti, por baixo da blusa folgada, a meia-calça na palma das mãos. Meu autocontrole começou a lutar contra a razão e eu dei um passo à frente, puxando-a pela cintura. Aquele corpo se encaixou no meu como se devesse estar sempre por perto e nunca seria o bastante.

Estreitei os olhos e uma música nova começou a retumbar nos alto-falantes, me acordando para a missão.

Courtney jogou as mãos nos meus ombros e colou ainda mais seu corpo no meu. Ela era baixa, mesmo nos coturnos, e sua testa ficava na altura da minha boca. Raspei os lábios em sua pele e Courtney estremeceu. Apertei-a ainda mais forte e comecei a quebrar em um ritmo leve com ela. A música era sensual pra cacete e tinha um ritmo de balada latina que, graças a Deus, me permitia ousar.

Cheguei perto do seu ouvido.

— Seja bem-vinda a seis anos consecutivos de aula de dança.

Fui obrigado pelos meus pais, porque eles achavam que um homem de verdade precisava saber dançar, e isso foi uma das coisas que não reclamei, já que as mulheres sempre curtiam quando eu as pegava na pista.

Surpreendendo Courtney, segurei sua mão e comecei a girá-la em torno de mim, até senti-la espalmar as mãos no meio do meu peito na quarta volta. Apoiei sua cintura com a mão, acordado o bastante para não começar a transar com ela nos próximos cinco minutos, e comecei a fazer os passos, guiando-a, para que me seguisse.

— Isso é... você tá brincando? — ela questionou, gargalhando.

— Observe como a gente se move, Branca de Neve. Terá a resposta da pergunta no final dessa música.

Surpreendi-a, girando-a e remexendo meus quadris com ela, sem que Courtney pudesse pensar no passo seguinte. Ela confiou em mim para guiá-la e ficou bem chocada por estar acompanhando meus passos, como se tivéssemos treinado para isso. Meu corpo começou a suar de leve e o dela também. Vi uma camada suave e brilhosa em sua pele, o sorriso dela mais largo do que poderia admitir em voz alta, seus cabelos curtos voando de um lado para o outro.

Coração em Chamas

— Você realmente sabe dançar — constatou, quando apoiei a mão na sua cintura e curvei meu corpo com o seu.

Abri um sorriso.

— Tá aí a resposta.

Puxei-a de encontro a mim e, já na vertical, senti os lábios dela rasparem meu queixo.

Courtney deu um beijo na minha pele, sobre a barba de uma semana.

O sangue ficou quente embaixo das roupas e a pele se aqueceu. Senti o pau endurecer e, Deus que me perdoe, eu queria muito tirar as roupas de Courtney, mas ainda queria ouvir sobre ela.

— Agora você me deve — murmurei para Courtney, alcançando seu ouvido.

Ela virou para me olhar.

— Preciso de mais um cooler de vinho.

Sorri e enlacei sua cintura mais uma vez, para chegarmos ao sofá. Peguei na geladeira mais um cooler de vinho e entreguei para ela. Me servi de mais três dedos de scotch com gelo e me acomodei confortavelmente ao seu lado.

— Vamos, Branca de Neve. Me conte quem você é.

Courtney

Ele queria me beijar, mas não estava se movendo para isso. Seu corpo me queria, ele era um cara de uma noite apenas, então, não conseguia entender por que ele não me levava dali para um quarto. Avisei-o de que eu era esse tipo de garota também, sem elos ou ligações, porém, quanto mais Jude queria que eu me abrisse, mais eu me expunha. Da mesma forma que cada vez que escutava mais sobre ele, mais queria conhecê-lo.

Contei sobre minha idade, vinte e seis anos, e descobri que Jude tinha trinta e um. No meio da conversa, Jude pegou carne para nós e ficamos bebendo e conversando sobre o mistério que é Courtney Hill. Falei sobre meus pais morarem em Nova Jersey, a minha amizade com Bianca e esperei ter coragem de começar a contar sobre o passado. Jude esperou e me ouviu pacientemente, sempre virando pequenos goles da sua bebida favorita com a mesma calma com que me escutava tagarelar. Quando percebi que não podia mais adiar, comecei.

— Eu fui dublê de filmes de ação por um bom tempo. — Encarei Jude, esperando que ele ficasse surpreso, todos ficavam. Mas ele não demonstrou

Aline Sant'Ana

reação. De pertinho, seus olhos cor de mel mostravam-se mais claros, com pincelados tons de verde. — Era o que eu amava fazer. Sempre fui fã de adrenalina, do lado ousado da vida, e acho que você entende isso, já que é parecido nesse aspecto.

Ele assentiu.

— Eu estava vivendo o sonho: trabalhar em algo que amo, recebendo bem e ainda mantendo a liberdade como ela sempre foi. Mas um acidente aconteceu nos estúdios de gravação. Eu caí de um lugar alto, por erro da equipe, e bati a cabeça em uma das estruturas de ferro no *set* — contei, a voz mais dura do que previra. — Tive uma queda, mas não me lembro de nada. Fiquei inconsciente e me recordo de acordar no hospital, com a minha família morrendo de preocupação, achando que eu não ia sobreviver.

O maxilar de Jude se moveu, e ele pareceu preocupado.

— Como foi a sua recuperação? — questionou, a voz rouca.

— Bem, levou três meses para eu me recuperar, o que poderia ter sido um ano. Meu crânio sofreu um afundamento, uma área dele é sensível e eu teria que usar proteção se quisesse continuar a ser dublê, mas ninguém quer ver um filme de ação em que a garota vive com um capacete. Perdi o emprego, a chance de praticar esportes radicais novamente e agora só me mantenho na academia. Estou viva, mas sem poder viver fazendo o que amo.

— Você os fez pagar? Pelo que fizeram com você? — Jude pareceu irritado ao se dar conta de que foi um erro de terceiros. — Se precisar de ajuda com advogados, posso conversar com meu pai, engolir a porra do orgulho e pedir ajuda, Courtney. Ele conhece um monte de cara foda, que poderia...

Silenciei-o com o dedo em riste sobre seus lábios. Senti um calafrio na coluna quando a respiração quente dele tocou minha pele e percebi que foi a primeira vez que me chamou pelo nome.

— Não precisa, eu já passei por isso. — Me afastei. — Ganhei o caso. A Bianca me representou.

— Ah, certo. — Respirou aliviado. — Meu Deus. Não faço ideia do que você está passando, mas consigo entender agora o lance de encontrar uma nova paixão.

— É difícil, não é? Não sei se quero encontrar uma nova paixão, eu amava o que fazia.

— Você pode encontrar novas coisas para amar — Jude garantiu, virando o resto do seu scotch. — É tão nova ainda. Se precisar de ajuda com qualquer coisa, não hesite em me chamar.

Coração em Chamas

— Mas eu nem tenho o número do seu telefone — resolvi brincar.

E ele levou a sério.

Pediu meu celular e me entregou o dele. Anotou seu número na lista de contatos e eu acabei anotando o meu na sua. Embora não parecesse apenas uma transação de informações, foi exatamente isso que Jude garantiu para mim que era. Se eu precisasse dele, poderia ligar a qualquer hora ou dia da semana. Era como se ele me garantisse que havia um super-herói por baixo daquele quepe de marinheiro e eu já estava cogitando se ele não era mesmo um.

Escutei um grito empolgado de uma mulher na sala e desviei o olhar para a pista. Cinco caras estavam sem camisa, enquanto umas três mulheres estavam apenas de biquíni, querendo arrancá-los. Um começou a beijar o outro, uma mistura louca de línguas e bocas, além de mãos. As pessoas estavam perdendo o controle e eu senti quando Jude se aproximou da minha orelha.

— O que você acha? — ele questionou, apontando para as pessoas.

Ele pareceu querer muito ouvir a minha opinião sobre o assunto.

Soltei uma risada.

— Parece uma festa particular muito erótica.

— Uma festa particular erótica? — Jude questionou, subitamente surpreso, como se nunca tivesse juntado essas palavras na vida.

— Sim — respondi, incerta do que ele interpretou. — Eles estão seminus e fazendo as coisas uns com os outros, sem se preocuparem com regras. Enfim, parece uma festa erótica.

— Em um iate — Jude concluiu, ainda parecendo meio chocado.

— Hum, acho que estamos em um iate.

— Meu Deus...

Ele ficou quase um minuto em silêncio e em choque.

— Jude?

— As pessoas estão dançando desinibidas. Elas estão em alto-mar, em uma festa e quase sem roupa — Jude confirmou a cena que presenciávamos. — Caralho, Courtney! Eu amo você.

— *O quê?*

Jude começou a rir e eu passei a duvidar da sua sanidade quando seus olhos brilharam para mim.

— Você simplesmente deu a ideia da minha vida.

Aline Sant'Ana

— Eu?

— Você.

Ele se aproximou de mim tão rápido que não tive tempo de pensar. Suas mãos foram para o meu rosto, aqueles olhos mel-esverdeados fitaram a minha boca e ele abriu um sorriso tão completo de covinhas que senti o estômago revirar.

Ele disse que me ama, ele é maluco.

— Courtney, eu tô feliz pra caralho.

— Eu percebi. Foi o scotch que subiu?

— Não! — Em seguida, ele começou a falar mais rápido. Eu comecei a rir de novo, porque ele segurou a minha cintura como se quisesse me manter ali para sempre. — Lembra do que eu te disse mais cedo? Que estava procurando aquilo que ia me mover? Eu encontrei, eu segui as porras das setas. Você é a seta, Courtney.

— Uau... isso... é meio...

— Eu sei.

— Você teve uma ideia para o seu empreendimento?

— Exatamente.

— Por minha causa?

— Porra, sim.

— Jude, você disse que me ama, você percebeu o quanto isso foi súbito?

Ele desceu o rosto em direção ao meu, enquanto sorria.

— Eu tô feliz pra caralho.

— Você disse isso — murmurei.

— E eu vou te beijar agora.

— Você vai?

Seus lábios rasparam nos meus e aquele frenesi insano começou de novo. Eu podia sentir o seu hálito de uísque escocês, podia sentir o perfume maravilhoso, toda a presença daquele homem me prensando no sofá, e, por mais que cada célula do meu corpo quisesse fugir pela intensidade do que estava experimentando ali, eu não consegui me mover.

Jude Wolf me beijou.

Não foi devagar, como se os planetas estivessem se alinhando com toda a

Coração em Chamas

calma do mundo. Foi uma explosão do Big Bang. Sua boca procurou a minha e eu senti o gosto da bebida quando sua língua apontou em meus lábios. Jude apertou mais forte a minha cintura, quase deitando seu corpo sobre o meu, ao mesmo tempo em que aprofundei o beijo, deixando que a minha língua circulasse na sua, saboreando um homem quente e gostoso demais para ser verdade.

O gosto dele se misturou na minha boca, jogando-me em uma deliciosa e sensual promessa do que Jude seria capaz de fazer sem roupas. Aquele beijo não era apenas uma amostra, era uma prova viva de que aquele homem era magnífico em tudo que fazia. A língua girou contra a minha mais uma vez, indo fundo, quase tocando o céu da boca. Junto a isso, suas mãos trabalhavam em um ritmo curioso de conhecer o meu corpo. Quando Jude tocou as minhas pernas, sentindo as coxas e a maciez da meia-calça, ele soltou um rosnado baixo e mordeu meu lábio inferior, como se me punisse.

Sem me dar tempo para processar, o beijo começou de novo, lânguido, sexual. A boca molhada dele trabalhou muito bem na minha e a química que senti se eletrizou no umbigo, descendo pela calcinha, deixando-a molhada. Acabei automaticamente levando meu quadril para cima, procurando o dele, uma pena que Jude tinha seu quadril um pouco afastado de mim.

Quando abri as pálpebras, Jude afastou os lábios, agora mais cheios depois de beijados.

Eu queria morder aquela boca.

Levantei o rosto, não sendo capaz de parar de beijá-lo. Mordisquei de leve o lábio de Jude e ele deixou que eu brincasse. Suguei para os meus lábios o seu inferior e, depois, sua língua veio mais uma vez. Forte, implacável, varrendo meu corpo e fazendo-o se ondular embaixo daquela junção de músculos. Jude subiu a mão para o meu quadril, foi atrás da bunda, apertou-a e eu gemi, porque era um aperto tão gostoso, daquele tipo que separa os lados da bunda, para me provocar. Jude deu um sorriso no meio do contato, interrompendo o beijo, e subiu a mão por baixo da blusa, arrepiando a pele da cintura.

— Vem para o meu apartamento, Branca de Neve? — sussurrou, a voz grave, tão baixa e quente que eu queria que ele sussurrasse meu apelido quando entrasse em mim.

— Sim — respondi.

Jude se levantou do sofá e ajeitou a calça jeans, provavelmente para ocultar a ereção. Eu dei uma olhadinha básica, porque um homem daquele não poderia ser todo gostoso, precisava ter algum defeito, mas, para meu baque e alegria, mesmo que Jude conseguisse ajeitar, parecia que havia uma coisa *enorme* e incontida ali.

Aline Sant'Ana

Ah, eu ia me dar tão bem esta noite...

JUDE

Eu precisei avisar Wayne que ia levar Courtney para casa, porque, na saída, ela se lembrou de que o cara era sua carona. Avisei rápido e sem muitas explicações, mas meu amigo entendeu tudo. Fiz Courtney entrar no meu Jeep e eu queria amassá-la contra o banco, transar com ela ali, mas não seria capaz. Eu precisava vê-la nua nos meus lençóis, se perdendo na minha cama. Caralho, eu tinha acabado de ter a ideia da minha vida por causa dela. Courtney não fazia noção de como eu precisava do seu corpo para saciar a adrenalina que corria pelo meu sangue.

Ela queria, meu Deus. Ela queria muito e Courtney era, de longe, a mulher mais gata e gostosa que eu já quis para passar uma noite comigo.

E não me leve a mal, eu já transei com muitas mulheres bonitas. Mas a Courtney tinha algo especial, além do rosto de princesa da Disney. Porra, ela era a junção do bem e do mal e a minha cabeça estava uma bagunça por causa dela.

Meu pau também.

Gostosa pra cacete, linda pra cacete, inteligente pra cacete.

Eu a queria como louco.

— Eu moro perto da casa da Bianca — avisei, quando percebi que ela reconheceu o bairro. — O Wayne sempre fica na casa da irmã e, em uma das vezes que estava querendo achar um canto, ele me falou dessa casa foda e eu comprei.

Não sei por que eu estava tagarelando. Talvez para não perder a cabeça e fodê-la duro, com cada parte do meu corpo, fazendo-a ter quantos orgasmos eu conseguisse lhe dar.

Ela me olhou de canto, alheia aos pensamentos impuros que rodavam minha mente, e abriu um sorriso.

Ela era branca como a neve e suas bochechas estavam vermelhas pelo calor do beijo.

Será que outras partes do corpo dela também ficavam rosadas assim?

Foco, Jude. Porra!

— Eu adoro este bairro. É tão cheio de classe e conforto.

— É tranquilo. Várias pessoas moram aqui. Eu sou meio que vizinho daquela modelo internacional, a Erin Price — acrescentei para, novamente, não perder a cabeça.

— Nossa! — Courtney murmurou, surpresa. — Ela está em todas as revistas de moda e faz tantas campanhas. Não a conheço pessoalmente.

— Não a conheço direito, nem a tenho no Facebook ou esse tipo de coisa. Ela vive viajando, de qualquer maneira.

— Entendi.

Cheguei em casa e parei o Jeep. Saímos do carro e Courtney pareceu surpresa, porque a casa inteira era pintada de preto por fora e tinha mais janelas de vidro do que portas. Era uma casa toda masculina; eu a quis no primeiro segundo em que botei os olhos nela.

— Uau, ela é linda.

— Obrigado. — Puxei Courtney pela cintura, colocando-a entre o Jeep e mim. Na escuridão da madrugada, com pouca luz nos envolvendo, eu desejei fazê-la gozar sob a iluminação fraca da lua, mas me contive.

Percorri os lábios pelo rosto de Courtney e beijei da sua boca até o maxilar, trilhando caminhos molhados entre mordidas e beijos quentes. Ela tremeu nos meus braços e coloquei a mão sob sua blusa. Fui mais longe, agarrando os peitos pequenos na palma da mão, sobre o sutiã. Eu adorava seios pequenos e quadril largo em mulheres. Porra, Courtney era mesmo o meu número.

— Vem, vamos pra cama — falei na sua orelha, mas ainda não era capaz de me mover. Continuei apertando seus mamilos e ousei quando fui além do sutiã. O bico duro e pronto para receber meus lábios fez meu pau latejar forte.

— Me leve até lá — Courtney sussurrou e gemeu quando apertei mais uma vez seu bico maravilhoso, antes de deixá-la ir.

Me afastei de Courtney e subi os degraus da casa, com ela me seguindo. Abri a porta, acendi as luzes e ergui os braços para que ela ficasse à vontade.

— Bem-vinda à toca do lobo.

Branca de Neve começou a rir.

— Isso é muito apropriado — disse ela, provavelmente fazendo uma piada com meu sobrenome ou até com a situação na qual se encontrava.

Puxei-a pela mão e fiz seu corpo bater no meu.

— O som da sua risada me deixa louco.

Courtney elevou a sobrancelha.

Aline Sant'Ana

— Você fica excitado com a minha risada?

— Não. Eu só fico com vontade de ouvi-la mais e mais.

Voltei a beijá-la, ciente de que dali eu não pararia nunca. Fiz a língua entreabrir seus lábios doces de cooler de vinho e girei-a, explorando aquela boca, recebendo a língua de Courtney de presente.

Ela era receptiva pra caralho, gostava de sexo e não escondia isso através do beijo.

Eu podia apostar que estava molhada, mas eu ia dar tempo ao tempo.

Esta noite eu ia dar tudo o que Courtney jamais foi capaz de sonhar.

CAPÍTULO 4

Is it just our bodies?
Are we both losing our minds?
Is the only reason
You're holding me tonight
'cause we're scared to be lonely?
Do we need somebody
Just to feel like we're alright?
Is the only reason
You're holding me tonight
'cause we're scared to be lonely?

— Martin Garrix feat Dua Lipa, "Scared To Be Lonely".

JUDE

Fui guiando Courtney no meio do beijo e das mãos safadas até o meu quarto. A casa era térrea, então não tivemos problemas com escadas. Acendi a luz do abajur, porque precisava vê-la e a escuridão não era minha aliada. Quando voltei a beijar Courtney, passando as mãos por sua cintura, puxando-a para mim, me dei conta de que havia roupas demais entre nós.

A pele dela se acendeu quando segurei a barra de sua blusa e a puxei sobre sua cabeça. Os cabelos curtos bagunçaram e ela sorriu para mim. Vi aquela mulher só de sutiã, short, meia-calça e coturnos. Por tudo que era mais sagrado, Courtney era um presente delicioso, que eu queria comer de sobremesa.

Voltei para sua boca, trabalhando com vontade entre mordidas e línguas ávidas. Segurei o fecho do sutiã com dois dedos e desfiz o aperto. Ele caiu nos pés de Courtney e me afastei para olhá-la. Os bicos eram rosados e o tamanho era perfeito para eu brincar bastante. Umedeci os lábios, segurei um deles na mão e desci o rosto para lambê-lo. Courtney enfiou as unhas nos meus ombros e jogou a cabeça para trás, gemendo forte. Com uma mão, eu trazia seu corpo para o meu. Com a outra, brincava com seus lindos mamilos, direito e esquerdo, revezando entre boca e toque, provocando de prazer.

— Isso é tão bom — ela murmurou.

— Quer que fique melhor? — questionei.

— Sim. — Sua voz soou baixa.

Aline Sant'Ana

— Imagine, então, enquanto eu chupo seus lindos peitos, como seria eu chupando a sua boceta, fodendo-a com a língua.

Courtney literalmente tremeu. Suas unhas se afundaram ainda mais na pele dos meus ombros e eu a deitei na cama.

Ela estava toda corada. Seus seios, mais vermelhos pelas mordidinhas, chupadas e beijos. Ela respirou com dificuldade e seus olhos se estreitaram quando comecei a abrir os botões da camisa.

— Quero sentir pele com pele — eu disse. — Quero esses peitos passando no meu tórax, se arrepiando e ficando bem durinhos.

— Jude...

— Eu quero tanto foder você.

Ela me encarou, um sorriso sacana brincando nos lábios.

— Então me fode.

Por Deus, caralho!

Errei um botão da casa, deixando um passar. Vi vermelho quando arranquei a camisa de qualquer jeito, porque o olhar dela foi direto para as tatuagens, para a trilha de pelos embaixo do meu umbigo, para o V profundo, para o *six pack* que eu orgulhosamente ostentava. Ela queria me sentir da mesma forma que eu desejava muito senti-la.

Tomei ar.

Puxei o botão da calça jeans e desci o zíper. Courtney ficou ainda mais vermelha, como se seu sangue agora corresse mais depressa. Abri um sorriso arrogante enquanto descia a calça. A cueca boxer branca não escondia porra nenhuma e, quando me livrei dos coturnos, Courtney deu uma boa olhada em mim. Ela molhou os lábios e meu pau pulsou mais forte, querendo que eu resolvesse o problema dele depressa.

Sinto muito. As coisas agora iam desacelerar.

— Caramba, Jude.

— O quê? — questionei, subindo em seu corpo, tomando os seios na boca.

— Hum...

— O que você ia dizer?

Subi os beijos para seu pescoço.

— Você sabe usar isso que tem no meio das pernas, né? Ele é grande.

Ri baixo e rouco.

Coração em Chamas

— Acha que vou te machucar?

— Eu acho que você já machucou muitas garotas com esse negócio enorme.

— Isso é o seu jeito de me elogiar?

Ela gargalhou.

— Talvez.

Encarei seus olhos azuis.

— Eu sei usar o negócio que tenho no meio das pernas. Por sinal, se chama pau.

Courtney riu mais ainda.

— Certo, o seu *pau*...

— Adoro quando o clima esquenta e começamos a falar sacanagem.

Ela riu mais um pouco e voltei a beijá-la. O som suave da sua risada foi se perdendo, Courtney estava muito excitada, mas era uma delícia ver como ela podia sair de uma risada para voltar ao clima ou como parecia que tínhamos intimidade o bastante para brincar no meio do sexo.

Comecei a tirar seu short. Empurrei-o pelas coxas e Courtney quase se livrou dele com os pés. Percebi que ficou preso nos coturnos e, encarando os olhos dela, desamarrei bota por bota, com toda paciência. Assim que a vi livre do sapato e do short, olhei para baixo e meu coração parou de bater, apenas para correr por todo o corpo e se concentrar em apenas um lugar. Vi que a meia-calça era só o que restava sobre sua pele.

Não havia calcinha.

Admirei o formato da sua linda boceta ausente de pelos e Courtney gemeu quando separei os lábios com o indicador e o médio, para observá-la. Era rosada, como a porra do corpo todo dessa mulher, e eu queria prová-la, mas tinha que fazê-la gozar primeiro com o toque.

Lancei um olhar para Courtney, sentindo a umidade nos dedos que começaram a brincar com ela. Vi a boca da Branca de Neve entreaberta, aqueles cabelos curtos desafiadores bagunçados e seus olhos rolando por trás das pálpebras. Decidi colocar um dedo dentro, só para ver o quanto era apertada.

Era bastante.

Gostosa pra caralho.

Courtney gemeu quando o polegar foi para o clitóris e comecei a bombear sua boceta com o dedo do meio. Ela começou a estremecer e o seu corpo a chupar o dedo para dentro, em espasmos. Penetrando-a firme, comecei a imaginar o

Aline Sant'Ana

que ela seria capaz de fazer com meu pau, que estava duro em riste, pouco se importando de a boxer estar apertando-o como uma camisa de força.

Observei-a se entregar para mim, agarrar os meus lençóis, deixar o seu cheiro floral em cada parte da minha cama.

Em seguida, gemeu alto, curvando o corpo de modo que ela conseguiu formar um arco na coluna. Disse meu nome, estremecendo todinha por dentro, e eu comecei a fodê-la mais forte com o dedo, circulando o polegar mais devagar pelo clitóris, sabendo que ele estava intenso pelo orgasmo.

Afastei os dedos quando percebi que Courtney tinha chegado lá. Ela demorou para voltar à realidade, as pálpebras pesadas demais para se abrirem totalmente.

— Nossa. — Suspirou fundo. — Acho que fazia tempo que não tinha um orgasmo tão intenso.

Abri um sorriso e umedeci a boca.

— Você não viu nada ainda, Courtney.

Courtney

Droga, eu acho que ele aceitou isso como um desafio.

Primeiro, eu tinha que tentar me concentrar naquele homem, mas havia tantas coisas para olhar que fiquei meio tonta. Se antes do orgasmo eu já era capaz de ver estrelas rodopiando, depois do que Jude fez comigo, eu não conseguia parar de pensar em como seria ter esse corpo imenso sobre o meu e isso me deixava maluca e vendo corações.

Porque, falando sério, o cara era *todo* grande.

Seus braços eram tatuados e fortes. Começava nos ombros e descia até o pulso. Eram vários desenhos que formavam uma junção só. Coloridos, brincando na pele bronzeada, me desafiando a beijá-los. Somado a isso tudo, aquele peitoral largo parecia ser digno de um deus da Grécia, descendo para os gominhos perfeitos de academia e um V tão profundo que fiquei fantasiando com me jogar de boca naquilo. A trilha de pelos levava ao caminho mais incrível da felicidade. E a ereção na boxer branca, grande e larga, me fez pensar que esse homem aproveitou bem a vida.

Jude desceu minha meia-calça, deixando-me totalmente nua. Ele pairou os olhos pelo meu corpo e finalmente agarrou a aba do quepe, tirando-o da cabeça. Não preciso dizer que a visão daquele homem com o quepe da marinha me deixou ainda mais insana, mas, quando Jude o tirou, eu comemorei porque queria ver como seu cabelo era. Bem, ainda tinha aquele corte militar, mas estava mais comprido. Eu poderia segurar os fios curtos e fazê-lo me beijar insanamente onde quisesse. Podia guiá-lo, embora imaginasse que essa criatura não precisava de uma direção.

Os dedos dele percorreram minha tatuagem no quadril, que estava escondida pela borda escura da meia-calça.

Essa tatuagem foi a primeira que fiz. Era uma tolice, a letra de uma música que eu gostava, e a tatuagem era antiga e desbotada. Mesmo assim, ele pareceu admirá-la por bastante tempo e depois seu rosto desceu em direção a ela.

Agarrei os lençóis.

A língua dele percorreu-a de ponta a ponta e, depois de me enlouquecer com aquele contato quente e molhado, Jude admirou meus olhos.

— Heart on fire — ele leu a tatuagem, abrindo um sorriso.

— Sim, é tolo. E bem engraçado se você pensar no que está fazendo comigo agora.

— Não, é perfeito — sussurrou. — Eu quero estampar essa frase em um outdoor. Não, vou fazer melhor do que isso. Vou colocar essa frase em um dos meus empreendimentos. É simplesmente perfeita para o que eu pretendo.

Meu coração acelerou.

— Jude?

Sorriu.

— Você é o meu caminho para isso, Branca de Neve. Eu não sei como, mas é.

— Você realmente acha isso?

— Apenas curta esta noite. Agora eu te quero toda entregue.

Não deu tempo de rebatê-lo. Jude abriu espaço com os dedos e colocou

Aline Sant'Ana

a língua no meu clitóris, girando e brincando com ele enquanto observava as minhas reações. Uau. *Simplesmente uau!* Senti as chamas do seu beijo no meu ponto mais íntimo, as sugadas que ele dava, puxando o prazer para a sua boca, descendo e subindo aquela língua, causando loucuras. Eu estava toda molhada, toda aberta e, de repente, não senti qualquer pudor quando abri ainda mais as pernas. Jude sorriu contra minha intimidade, ainda lambendo-a, me fazendo encarar seus olhos safados enquanto fazia o que queria comigo.

Eu era o banquete do lobo.

Jude afastou os lábios e colocou um dedo dentro. Depois, voltou com a língua implacável no clitóris. Eu me concentrei em seus movimentos circulares, sentindo o corpo inteiro tremer. Ele me faria chegar a um segundo orgasmo longo e nem tinha entrado em mim ainda.

Por Deus, o que era Jude Wolf na cama?

Mordi o lábio, começando a choramingar baixinho, perto demais da segunda onda de prazer. Ele tirou o dedo e quase reclamei, quando percebi que começou a me foder com a língua. Deixou-a dura, entrando e saindo de mim. Meus quadris foram para cima; nunca nenhum homem tinha feito isso e era fantástico! Jude colocou minha cintura para baixo com o braço forte. Meus quadris queriam se mover e eu não tinha controle dos impulsos. Jude segurou-me firme e eu me tornei consciente do contraste da minha pele branca-pálida com o seu bronze do sol. Aquelas tatuagens escuras e coloridas, em seu corpo, enquanto ele fazia coisas pervertidas demais com a minha boceta, me deixaram extasiada.

Respirei fundo e gemi duro quando meus quadris foram para cima de novo e Jude sequer se moveu, mantendo-os no lugar.

Afastou a língua para falar.

— Você fica toda agitada quando tá pra gozar, Courtney.

— Hum... Jude...

— Me deixa fodê-la com a boca. Fica quietinha.

— Não consigo...

Ele, então, fez algo totalmente inesperado. Jude se levantou, pegou a minha bunda e me puxou para a beirada da cama. Ele fez a parte de trás dos meus joelhos irem para seus ombros, usando de apoio, enquanto a minha bunda se mantinha apoiada em seu peito. Meu corpo ficou totalmente na vertical, com exceção dos meus ombros e da cabeça.

Uau, esse ângulo era novo.

Jude desceu o rosto em direção à minha intimidade e me agarrou firme pela

Coração em Chamas

bunda enquanto me mantinha paradinha no lugar. Eu fiquei observando-o e vi quando sua língua apontou no clitóris, de leve, provocando.

— Vou te fazer ficar quietinha.

— Jude...

— Shh.

Começou a me penetrar novamente com a língua, comigo assistindo ainda com mais precisão o seu rosto e sua força. Ele sequer estava se esforçando para me manter no ar; Jude parecia ser feito de aço. Eu estremeci e ele me apertou mais forte, fodendo mais duro e quase me fazendo chegar lá.

— Assim, não para — pedi, rouca e gemendo demais.

Ele não respondeu para dar o que eu queria.

As lavas de um vulcão tomaram posse da minha corrente sanguínea. Vibrei tanto na boca de Jude que isso fez o orgasmo ficar longo, capaz de tirar o fôlego. Enquanto gozava, Jude não parava de me penetrar com a língua ávida, tirando tudo o que podia de mim. Assim que meu corpo relaxou, ele relaxou também.

Delicadamente, me pegando em seus braços, me colocou de volta na posição original. Se afastou e, ainda em pé, puxou a cueca para baixo.

O membro saltou, todo reto, grosso e duro. Observei as veias que iam do seu V e acompanhavam todo o comprimento. A cabeça roxa da sua ereção estava um pouco úmida, denunciando que ele esperara muito para gozar e tinha vontade. Senti quase que um súbito desejo de beijá-lo ali e me sentei na cama, indo para a beirada perto de Jude.

— Me deixa brincar com você? — Acariciei a ereção dele, indo e vindo, sabendo bem que não caberia nem em um milhão de anos na minha boca, mas eu queria tanto prová-lo...

Vi-o puxar o ar entre os dentes e depois umedecer os lábios.

— Você gosta? Porque eu não quero que faça porque se sente obrigada.

— Gosto. Eu quero.

Lambi a ponta, sentindo seu sabor, e Jude passou as mãos pelos seus cabelos curtos, deixando-as apoiadas na nuca.

— Courtney... — sussurrou quando o engoli.

Ele tirou uma das mãos do pescoço e a levou para o meu rosto, acariciando a bochecha com o polegar. Jude sentiu quando seu pau entrou mais uma vez na minha boca e gemeu forte, procurando meus lábios e buscando a sensação de como era preencher esse espaço.

Aline Sant'Ana

Me senti poderosa pra caramba.

Estava na hora de fazer este homem perder o controle.

JUDE

Puta que pariu, o que eu fiz para merecer uma boca gostosa como essa em torno do meu pau?

Courtney não conseguia colocá-lo todo dentro, mas não era necessário. Ela era criativa pra cacete. Ficou girando a língua em torno da cabeça, depois sugando e fazendo insanidades como chupá-lo com força e com a ajuda das mãos. Perdi o compasso, justo eu, que odeio ser vocal durante o oral. Não consegui me controlar. Rosnados e gemidos saíam da minha boca, e, cada vez que eu gemia, Courtney se empenhava mais. Eu estava tão absorto que me esqueci de que poderia gozar bem rápido se ela continuasse a puxá-lo. Quando o calor subiu, as bolas se retesando, eu delicadamente a afastei.

— Eu poderia gozar na sua boca.

— Não iria me importar. — Sorriu.

— Caralho, Courtney.

Ela soltou uma risada.

— Vem, Jude.

E se jogou na cama, abrindo as pernas.

Que homem negaria esse convite?

Fui até a cômoda e peguei uma cartela de camisinhas. Tirei uma do pacote e a desenrolei no meu pau. Courtney assistiu tudo hipnotizada, enquanto eu me aproximava dela. Coloquei um dedo dentro da sua boceta antes, para saber se ela ainda estava bem lubrificada e excitada.

Ouvi seu gemido baixo.

Não poderia fodê-la na posição papai e mamãe.

— Qual é a sua posição sexual favorita? — questionei, curioso.

Courtney sorriu.

— Vai fazer só para me agradar?

— Esta noite é sobre te agradar.

— Eu gosto quando me pegam por trás.

Coração em Chamas

De repente, pensei em outro cara a fodendo de quatro e isso me deixou incomodado pra porra. Acabei transmitindo meus pensamentos pela expressão facial, porque Courtney abriu um sorriso ainda mais largo.

— Com ciúmes?

— Vire-se, Courtney.

— Sabe, você pode fazer algo com esses ciúmes. Pode se esforçar para ser o melhor cara que já me pegou por trás e, aí, então, eu vou me esquecer de todo o resto e você vai me estragar para os outros mortais.

— Eu já te estraguei para os outros caras.

— Bobagem — respondeu e se virou.

Me ajoelhei na cama, bem ciente de que ela estava mentindo.

Peguei sua bunda e a admirei. Aquela boceta linda e rosada me deixou louco. Parei de pensar em outros caras e só me concentrei na arrebitada bunda que queria ser fodida. Segurei a base do pau e o apontei em sua entrada. Senti a boceta molhada dela puxar meu pau para dentro e, então, Branca de Neve gemeu.

— Me avise se for demais — pedi, rouco.

Uma camada de suor cobria a minha pele.

— Não, por favor. Só entra em mim.

Agarrei cada banda de sua bunda e a abri mais para ter visão. Coloquei a cabeça toda dentro e depois meu pau foi encontrando seu caminho. Senti as paredes de Courtney se acomodando para me receber, senti-a me puxar como um imã. Espasmos em sua boceta me diziam que estava sendo gostoso para ela e, quanto enterrei fundo, ela deu um gritinho.

— Doeu?

— Não. Meu Deus. Se mova! — exigiu, agitando os quadris.

— Quer rebolar nesse pau? Ou quer que eu te foda duro?

— Me fode duro, Jude.

Assisti sua pele ficar vermelha pela força dos meus dedos e, de joelhos na cama, comecei a embalar um ritmo. Foi devagar no começo, entrando e saindo, só movendo os quadris para fodê-la gostoso, mas Courtney queria rápido, queria duro, então eu dei tudo aquilo que ela precisava.

De quatro, a fodi como nunca. Acabei me debruçando sobre seu corpo, sem deixar meu peso cair, apenas para sentir seus seios na palma da mão. Ultrapassei um limite de velocidade, indo tão depressa que fui capaz de escutar a minha

Aline Sant'Ana

carne batendo na sua, como se eu estivesse dando tapas em Courtney.

Lambi sua nuca, ela estremeceu e eu continuei comendo-a toda, sem que pudesse parar.

— Você é tão gostoso — ela ronronou.

Fechei os olhos. Estoquei firme por bastante tempo, meu corpo insaciável pelo dela. Courtney era receptiva, deixava a bunda bem arrebitada para me receber e me deixava fodê-la com força. Agarrei seus cabelos, puxando-os para mim, e mordisquei sua orelha, pegando o lóbulo entre os dentes.

— Ainda pensando nos outros?

— Não — confessou, gemendo.

— Acho bom.

O orgasmo veio para ela de repente, mas foi tão envolvente que meu pau sentiu o momento, sentiu os espasmos e não se segurou. Ela gozou duas vezes enquanto ele derramava na camisinha, me aliviando, e, ao mesmo tempo, me deixando insano por mais. Os jatos quentes foram longos, e meu corpo inteiro se arrepiou. A tensão explodiu e depois foi diminuindo até Courtney, com as pernas tremendo, perder a força. Eu a deixei deitar na cama e ela, bem suada, tirou os cabelos do rosto.

Sorrindo.

Com o batom todo borrado das porras que fizemos.

Perfeita.

Tirei a camisinha e joguei na cesta de lixo do banheiro. Me deitei ao seu lado na cama de casal e, por um segundo, ficamos em silêncio, apenas o som das nossas respirações ecoando pelo quarto. Eu pude ouvir as batidas do meu coração nos tímpanos, a felicidade se revolucionando em minha pele, porque era muita coisa para lidar em pouco menos de doze horas.

Eu descobri o que queria fazer com a minha vida, finalmente. Tinha encontrado uma mulher do caralho e que, assim como eu, não curtia relacionamentos e melação. Eu tinha simplesmente encontrado o pote dourado e agora só precisava dar um passo.

Mas algo me dizia que essa não era a última vez que veria Courtney.

Poderíamos ter sido uma foda de uma noite, mas eu ainda gostaria de apresentar a ideia do meu projeto para ela. Eu queria ouvir sua voz sagaz, utilizar de sua inteligência para que ela me dissesse qual direção tomar. O problema era que Courtney não fazia ideia de que, assim que as palavras saíram de sua boca, a

Coração em Chamas

minha mente pervertida foi para um lugar muito além.

Um cruzeiro erótico.

Chamado Heart On Fire.

Um lugar onde as pessoas não teriam regras estúpidas, que poderiam transar na frente das outras, que poderiam escolher a foda da vez sem precisar se martirizar sobre isso. Um ambiente que instigasse o sexo e que as pessoas que fossem para lá estivessem bem cientes do que procuravam. Eu queria um transatlântico com putaria, cara, eu queria revolucionar as relações estreitas que as pessoas criaram ao longo dos anos, cheias de não-me-toque e regras de três encontros.

Foda-se, eu queria um lugar no qual todos pudessem ser quem nasceram para ser, que pudessem transar sem parecer um crime. Com quantas pessoas quisessem, da forma que sonhassem, durante o tempo que o cruzeiro durasse.

Era uma ideia foda pra cacete, eu já tinha o bacharelado em ciências náuticas, nem teria que sair da marinha, só precisava do OK do meu superior para ver se todas as missões que fiz me permitiriam dirigir um cruzeiro.

Eu queria que Courtney soubesse a luz que ela me deu.

— Jude?

Sua voz me atraiu. Eu virei o rosto, ela ainda estava sorrindo e eu sorri para ela.

— Oi, Branca de Neve.

— Você estava longe. Eu quis te trazer para a órbita.

— Desculpa. — Me virei de lado e fiz um triângulo com o braço, apoiando a cabeça na mão. Ela me olhou todo nu e voltou a me encarar nos olhos.

— Está desculpado. — Sorriu.

— Foi uma noite boa? — perguntei, para ver se ela tinha curtido.

— Fantástica.

— Quer comer alguma coisa? Cozinho bem, sabe?

— É. O Brian me disse que vocês, marinheiros, têm algum dom culinário omisso.

Deixei uma risada escapar.

— É bom cozinhar e comer o que a gente mesmo faz, com qualidade e variedade. Minha geladeira tá cheia desde que voltei para Miami.

Courtney aproximou seu corpo do meu e raspou nossos lábios, beijando-

Aline Sant'Ana

me delicadamente.

— Não quero abusar da sua hospitalidade — ela disse. — Vamos pedir uma pizza.

— Tem certeza?

— Absoluta. Eu quero de muçarela.

— É o meu sabor favorito também.

— Mentira! — Courtney exclamou.

Peguei o telefone ao lado da cama e disquei o número da pizzaria mais perto de casa, que sabia de cor.

— Pelo visto, você tem mais coisas parecidas comigo do que poderia admitir. — Pisquei e, em seguida, me virei para fazer o pedido.

Mesmo que não pudesse vê-la, senti que Courtney ficou pensativa.

E eu também.

Nós éramos parecidos pra caralho.

O que, em sete infernos, isso significava?

CAPÍTULO 5

I've lost control
I paddle, but you're too strong
But I gotta trust your flow
'Cause boy, I'm in your waterfall (waterfall)
Oh, I've lost control
And babe, it's a relief to know
I got you keeping me afloat
When I'm in your waterfall

— Stargate feat Sia e P!nk, "Waterfall".

Courtney

Admirei a bunda de Jude por um longo tempo enquanto ele dormia confortavelmente de bruços. Também analisei as costas, as tatuagens nos braços, o porte físico de alguém que conseguia carregar mais de cem quilos com facilidade. Ele era todo trabalhado em testosterona, desde sua voz grave até o corpo musculoso, mas havia algo doce em seu semblante enquanto ele dormia, como se finalmente estivesse em paz.

Parecia um menino de vinte, ao invés de um cara de trinta.

Mesmo que não tivesse liberdade alguma em sua casa — afinal, o conheci ontem —, enfiei a camisa social de Jude e, pé ante pé, comecei a caminhar pelo ambiente, depois de dar uma passadinha rápida no banheiro da suíte. Vi a sua linda sala, com material de estudos em um pequeno escritório à esquerda, enquanto a área direita era dedicada a entretenimento e diversão. Não existiam muitos itens pessoais, como fotografias ao lado da família ou algo que entregasse que essa casa pertencia a ele. Sabia que os militares eram um pouco frios nesse sentido, e não estranhei.

Dei uma checada no sofá aparentemente bem confortável e escuro, masculino como Jude, que separava o ambiente divertido do profissional. O rack tinha dois consoles de videogames, uma televisão imensa e jogos organizados em uma pequena estante só para eles, em ordem alfabética. Havia livros na zona do escritório, coisas sobre navios — tanto a parte técnica quanto a prática —, além de administração e empreendedorismo, o que me deixou um tanto fascinada. Acabei lendo alguns títulos, pensando que esse homem nasceu para o mundo

Aline Sant'Ana

dos negócios, e a vida ou a obrigação com a família, como tinha me contado na noite passada, o colocaram em um âmbito muito errado. Embora ele fosse aparentemente apaixonado mesmo por navios.

Zanzando, andei mais um pouco e encontrei um bloco de notas sobre a mesa de jantar. Três palavras foram escritas e sublinhadas, em uma letra deitada e rasurada, que parecia ser de Jude. Ele deveria estar planejando o seu empreendimento e acabei sorrindo, com um pouco de inveja, por ele — tão diferente de mim — já saber o que queria para o seu futuro.

Pelo menos agora ele poderia correr atrás do seu sonho.

Tentando não pensar nisso e me sentir melancólica, passei pela cozinha toda em inox e muito bem decorada, que fez meu queixo cair. Percebi que essa deveria ser a área que Jude mais gostava, além dos videogames, porque era tão organizada e bonita como só uma pessoa apaixonada por culinária é capaz de ostentar. Assim que encontrei alguns ingredientes nos armários, decidi fazer o café da manhã e acordá-lo com uma surpresa. Queria agradecer pela madrugada incrível que tivemos e, sabendo bem que esse caso não daria em nada depois de ontem à noite, eu queria ser, de alguma maneira, uma transa inesquecível.

Sei o que você está pensando. É meio idiota, considerando que provavelmente nunca mais vou vê-lo e ele vai se esquecer de mim no dia seguinte. Falando a real, Jude era intenso, ele tinha um poder de sedução fora do comum e, mesmo só com algumas horas de conversa, pude perceber o quanto éramos parecidos. Isso era tentadoramente perigoso e, *se* ele me convidasse para dormir em sua casa de novo, eu não seria capaz de dizer não.

Então, qual era o problema?

Eu não estava pronta para entrar ou iniciar um relacionamento. Não era por medo de me magoar, eu sei lidar com isso, o problema estava em todas as obrigações que isso acarreta, todas as regras, todas as brigas e, depois, o inevitável fim. Transas de uma noite são fáceis. É claro que um dia eu ia encontrar um cara que me faria mudar esse conceito, porém, provavelmente, não seria um homem como Jude.

Eu iria atrás do seguro e não do risco, e ele já me disse que era um cara de uma noite e nada mais.

Para quem gosta de adrenalina na pele, isso era um tanto contraditório, mas se jogar de um prédio com equipamento é mais seguro do que simplesmente abrir os braços e esperar que magicamente existam asas em suas costas que te façam levantar voo.

Jude era a segunda opção.

Coração em Chamas

Então, sim, eu poderia dormir com ele mais uma vez se ele me convidasse, eu provavelmente diria sim se não pensasse no futuro. Mas me conheço o bastante para saber que era uma zona perigosa. Eu seria fraca, provavelmente me apaixonaria pelo sexo antes de me apaixonar por ele, mas algumas coisas são inevitáveis.

O meu plano?

Me envolver futuramente com alguém que eu não fosse capaz de me apaixonar *tanto* assim.

É idiota? Talvez. Mas tão seguro...

E o Jude mexeu comigo.

Então, sim, por Deus, essa era a última vez que eu o veria.

Dobrei as mangas de sua camisa e comecei a trabalhar, ignorando a ansiedade que tomou conta do meu peito pela decisão. Comecei a fazer a massa da panqueca e tomei todo o cuidado do mundo, fechando a porta da cozinha, para não fazer barulho e acordá-lo. Encontrei algumas bananas e decidi que faria as panquecas doces com banana caramelizada em cima.

Em uma cozinha imensa como essa, era impossível não ficar feliz cozinhando.

Depois das panquecas prontas, comecei a trabalhar em omeletes e bacon. Fiz apenas duas porções, nada exagerado, mas o suficiente para nós dois. Meu estômago já estava protestando de fome quando coloquei tudo em uma grande bandeja. Servi dois copos de suco de laranja, embora imaginasse que Jude era um cara que curtia mais café. De qualquer maneira, se ele morava sozinho e tinha uma jarra de suco na geladeira, deveria tomar isso em algum momento.

Segurei a bandeja com maestria e, na hora que fui empurrar a porta e ir até o quarto, ela se abriu.

Desci os olhos pelo seu corpo e me perguntei por que o ser humano inventou a boxer branca.

— Uau — Jude disse, também passando os olhos pelo meu corpo. — Essa camisa não fica tão bem em mim quanto fica em você.

Abri um sorriso.

— Bom dia.

Jude se aproximou e seus dedos tocaram os meus quando ele pegou a bandeja e a colocou sobre a bancada da ilha. Observei seu rosto amanhecido, os olhos mais estreitos pelo sono interrompido, a barba que cresceu pouca coisa mais de um dia para o outro. Os olhos mel-esverdeados que contrastavam com o bronze da sua pele. Fiquei encantada por quase um minuto quando, de repente,

Aline Sant'Ana

64

suas sobrancelhas franziram juntinhas, um reconhecimento passando por seus olhos.

— Você ia levar o café da manhã até mim, na cama?

Eu disse que era uma ideia bem estúpida, considerando a situação transa-de-uma-noite-apenas.

— Hum... eu ia?

— Você ia. — Ele abriu um sorriso mais largo, afirmando o que pareceu uma pergunta.

Malditas covinhas.

— Eu queria te agradecer pela hospitalidade. — Pigarreei, desconfortável.

Geralmente eu ia embora antes de amanhecer, mas dormir ao lado de Jude me impossibilitou disso. Não nos abraçamos, talvez por ambos estarem desacostumados a dormir acompanhados, mas a presença dele — e o sexo maravilhoso — me fizeram cair no sono dos anjos.

— Primeiro, você não precisa me agradecer — ele disse enfático, como se não aceitasse que eu sentia a obrigação de fazê-lo. — Segundo, o cheiro está maravilhoso. Obrigado por isso, Branca de Neve. Vamos comer?

Meu estômago protestou de novo.

— Por favor — respondi.

Jude foi primeiro para os ovos e o bacon, assim como eu. Havia algo muito íntimo em comer com alguém vestindo poucas peças de roupa. Havia também algo íntimo em observá-lo mastigar.

Vi-o matar o copo de suco em um gole só.

— Está gostoso? — perguntei, enfiando uma porção de omelete na boca em seguida.

— Cara, isso aqui... — Jude apontou para o prato com o talher, enfatizando a omelete e o bacon — é uma delícia. Você tem uma mão ótima para cozinhar. Fazia tempo que eu não comia algo feito por outra pessoa. Tinha me esquecido como o sabor muda.

— É sério?

— Sim. É meio engraçado, porque, quando cozinho, não sinto tanto o gosto assim.

— Deve ter a ver com o fato de sentir o cheiro durante o preparo e isso fica em você. Quando come, não tem mais o mesmo sabor de novidade.

Coração em Chamas

Jude desceu os olhos para a minha boca.

— Nunca tinha pensado nisso antes.

— Não? — Pareci surpresa.

— Eu já disse o quanto você é inteligente?

Sorri.

— Acho que não tivemos tempo para isso.

— Você é inteligente pra caralho, Courtney.

— Obrigada — agradeci, embora não fizesse ideia do que o levou a me elogiar.

Ele me lançou um olhar significativo ou dois e em seguida voltou a comer.

JUDE

Assim que senti o sabor das panquecas, meu coração parou de bater. Era a coisa mais deliciosa que já tinha provado. Porra, era o paraíso. Courtney não fazia ideia do que suas mãos de princesa eram capazes de fazer e não sabia do quanto eu estava fascinado por ela durante todo o café da manhã.

Não de uma maneira romântica, me entenda bem. Apenas podia ver além do que Courtney demonstrava. Eu era capaz de ver uma mulher de extrema força, inteligência e carisma. Queria muito que ela visse o projeto. Só que eu não queria que ela soubesse disso depois da noite que tivemos, eu precisava dar um tempo, organizar tudo e, depois sim, conversar a respeito.

— Eu quero comer essas panquecas para sempre. Porra, tá tão bom. — Mastiguei mais um tanto e Courtney sorriu de novo.

Ela lavara o rosto, não havia maquiagem no semblante delicado. Parecia mais nova e seus cabelos estavam fora de ordem. Além disso, vestia minha camisa, que daria em três Courtneys.

Cara, era meio adorável tudo isso.

— Eu fico feliz que você gostou. — Ergueu a sobrancelha, porque eu estava comendo rápido demais.

Desacelerei e, com a boca cheia, murmurei:

— Dexgulpa.

Ela começou a gargalhar.

Aline Sant'Ana

— Tudo bem. Você quer que eu faça mais?

— Não. Sério. Não precisa — respondi após engolir e sorri. — Fazia tempo que não tomava um café da manhã decente e vou explodir se comer mais.

Ela se levantou e começou a recolher os pratos. Eu me levantei com rapidez e peguei seus pulsos com cuidado.

Encarei seus olhos azuis.

— Não se mova. Eu vou fazer isso.

— Sujei, agora vou limpar.

— Não nessa vida. Você *fez* o café da manhã, Branca de Neve.

Ela suspirou fundo.

— Eu gostei de cozinhar aqui.

— E eu adorei pra cacete a surpresa, mas a louça é comigo.

Courtney sorriu e ficou na ponta dos pés para beijar meu rosto.

— Vou tomar um banho. — Se afastou e fez uma pausa. — Você me leva para a casa da Bianca?

Eu não queria me despedir dela, o que era estranho. Queria continuar conversando e, quem sabe, fazer um segundo round de sexo incrível, mas sabia que Courtney não repetia a dose, assim como eu. Além do mais, essa não era uma despedida definitiva, eu ainda lhe mostraria o projeto e aguardaria a sua opinião sobre um assunto.

Por mais que eu tenha relutado pra cacete antes de responder, assenti.

Foi o máximo que consegui.

— Ok — respondeu e começou a sair da cozinha. Observei-a segurar as bordas da minha camisa e tirá-la do corpo lentamente.

Nua.

Respirei fundo, meu pau começando a dar sinal de vida. Não existia nada para segurá-lo, apenas a boxer branca. Não havia uma grama de conservadorismo para brecar o impulso que dei para frente.

Um passo.

Minha cabeça ficou em branco dos pensamentos anteriores; essa mulher era demais para eu lidar.

Courtney lançou um olhar para trás e jogou a camisa para mim. Agarrei a peça, com os lábios entreabertos, e escutei sua voz doce por toda a cozinha.

Coração em Chamas

— Obrigada pela camisa — ela disse.

E começou a ir para o banheiro da suíte.

Ah, foda-se!

Dei três passos e a alcancei. Courtney suspirou fundo quando minhas mãos foram para a sua cintura, agarrando-a e trazendo-a para perto do meu corpo. Ela sentiu a ereção se formando e estremeceu, toda mole em meus braços. Seus lábios se entreabriram e eu encarei-a por mais tempo do que devia.

— Você deveria ser proibida de andar nua.

— Hum, na verdade, acho que, se eu andar na rua assim, vou ser presa por atentado ao pudor.

Sorri, descendo os lábios para os seus.

Courtney não recuou.

— Transa de uma noite — me lembrou, sussurrando.

— Mas, se eu comecei a te foder de madrugada e já era o dia de hoje, acho que não conta — falei rouco, esperando sua resposta.

— Jude...

— Vamos fazer um trato? — sugeri, porque sabia que ela precisava disso.

Eu conhecia bem a sensação de sufocamento quando impomos regras e, de repente, começamos a descumprir.

Fiz tudo errado com Courtney. Tomei café da manhã com ela, cometi o erro de conhecer sua personalidade, de saber quem ela era, e agora eu queria mais. Queria fodê-la de novo, o que nunca acontecia no dia seguinte, e eu precisava disso. Pela maneira como seu corpo respondia, eu também sabia que ela queria. Mas as regras do sexo de uma noite eram bem claras. Eu tinha que garantir que não levaria isso adiante.

— Que trato? — enfim indagou, franzindo as sobrancelhas.

— Não vou mais te procurar sexualmente — prometi e garanti que a palavra sexualmente fosse usada, porque eu iria procurá-la para outros fins. — Não vou incomodar você, ser grudento ou qualquer porra que os homens fazem depois de um sexo maravilhoso. Eu amei foder você, Courtney. Mas entendo e respeito o seu espaço, assim como você respeita o meu.

— Hum... — Ela pareceu incerta.

Desci os lábios para o seu maxilar, beijando de leve sua pele. Ela tremeu e eu passei a língua ali, indo para o lóbulo e mordiscando suavemente sua orelha.

Aline Sant'Ana

— Diga sim — pedi.

— Você vai me levar para a casa da Bianca depois? — falou, sua voz falhando.

— Vou. E vou deixar você tomar banho. Mas, primeiro... — Segurei as laterais do seu rosto e plantei um beijo breve em sua boca. Os olhos de Courtney brilharam e eu sorri. — Você vai me deixar te comer de novo e bem gostoso.

— Sexo de despedida — ela murmurou.

— Sim. Um fodido sexo épico de despedida.

— Ah, Jude...

Peguei-a no colo, levando-a para o meu sofá.

— Relaxa, Courtney, e se entrega a mim.

Courtney

Como você é fraca, resmunguei mentalmente.

Eu disse que seria fraca se ele me fizesse um convite para sexo de novo. Não conseguia ter forças contra Jude Wolf e só de lembrar que esse homem foi capaz de me dar três orgasmos na noite passada, sendo que um deles foi tão longo que pode ser considerado duplo, eu não tinha forças para lutar. Então, quando aquele marinheiro de mais de um e noventa de altura me pegou no colo, eu soube o quanto estava fodida, e não no sentido maravilhoso — embora também —, mas naquele que nenhuma mulher quer ficar, quando se encanta por um homem que é tão utópico que só pode mesmo durar vinte e quatro horas.

Alguma fada madrinha desavisada deve ter jogado ele no meu colo. Bem como fez com a Cinderela, colocando limite de tempo. "Seja feliz até esta manhã", ela deve ter sussurrado aos céus. Esqueci dos problemas, do maldito cheque que eu tinha que depositar na conta, do fato de ter perdido os meus sonhos e da vontade de ser bem-sucedida profissionalmente. Era maluco como Jude me deixou feliz durante esses instantes e eu soube que essa alegria estava prestes a acabar quando ele voltou do quarto, com o pacote da camisinha entre os dentes brancos, sorrindo.

Quer dizer, eu ia ser feliz por mais um tempinho...

— Courtney — sussurrou. — Abra as pernas, me deixe ver o quanto você está molhada para mim.

Sem hesitar, eu as abri. Depois de ele me beijar por uma eternidade, eu estava mais do que pronta para recebê-lo. Jude brincou com os lábios da boceta, separando-os, e, enfim, colocou dois dedos dentro de mim. Todas as ressalvas que senti foram para o espaço. Jude sabia como tocar uma mulher, ele sabia alcançar os pontos mais maravilhosos e eu tinha total certeza de que ele deve ter treinado bastante para ser tão experiente.

— Isso, rebola no meu dedo — Jude pediu e eu olhei para baixo, vendo meus quadris se movendo.

Quando isso começou a acontecer?

— Não pense, Courtney — falou, como se lesse meus pensamentos. — Apenas se movimente.

Enquanto ele me penetrava com o dedo médio e o indicador, sem me conter, comecei a me movimentar. Jude, com a mão livre, segurou o pacote da camisinha e o rasgou com os dentes. Ele a desenrolou em seu sexo duro, totalmente ereto, enquanto me olhava nos olhos com um sorriso sacana.

Era muito sexy saber que ele conseguia fazer duas coisas ao mesmo tempo, sem se desconcentrar de nenhuma delas.

Parei de raciocinar de vez quando aquele corpo enorme montou em cima de mim. Jude beijou meus lábios, entreabrindo-os com a língua, pedindo um espaço que eu estava ansiando demais em oferecer. Seu corpo maravilhoso e quente ondulou sobre o meu, com Jude ainda me penetrando com os dois dedos. Estremeci no instante em que ele levantou os quadris para dar mais espaço para me masturbar. Com o polegar circulando devagar, agarrei seu pescoço e o puxei para mais um beijo molhado. Seus dentes puxaram meu lábio inferior, apenas para Jude depois angular seu rosto e sugar minha língua com a sua.

O som do beijo e de nossas respirações ofegantes quase me fez chegar lá.

Jude, então, causou a minha morte.

— Você sabe que quer gozar nos meus dedos — sua rouca e abrasadora voz soou. — Se liberta, Courtney Hill.

Depois de mais um par de minutos, senti a onda me cobrir do ponto em que Jude tocava até os pés. Com a eletricidade pura, me contorci, e, como se necessitasse da sua boca para gozar mais profundamente, procurei seus lábios. Ele me beijou enquanto eu mexia, com Jude engolindo o pedido suave e agradecido de prazer.

Se afastou dos meus lábios quando o orgasmo acabou, encarou meus olhos por longos segundos e depois mergulhou em meus seios. Ele apertou e chupou cada mamilo com uma atenção digna, sugando, mordiscando e me provocando arrepios. Arranhei suas costas e senti o seu pau quente no meio das minhas

Aline Sant'Ana

70

coxas, buscando um lugar para entrar. Jude, no entanto, tinha outros planos. Saiu de cima do meu corpo, ficou de pé e apontou para o sofá.

Seu peito subia e descia pela respiração pesada. As bochechas estavam coradas, os lábios, muito vermelhos e outra parte da sua anatomia também estava prestes a explodir.

— Eu quero que você se ajoelhe no assento do sofá. Coloque as mãos no encosto e fique de costas para mim. Te quero ajoelhada com essa bunda virada para mim, Branca de Neve.

— Ajoelhada na parte em que sentamos? — questionei, para ter certeza.

Sua cabeça se moveu com um sim.

Fiz o que ele pediu e virei o rosto para vê-lo sobre o ombro. Jude veio por trás, segurando minha cintura, e, em seguida, passou as mãos nas minhas costas, chegando na bunda. Jude olhou para o meu corpo com veneração e apertou as nádegas com vontade. Seu rosto se encaixou no vão entre o ombro e o pescoço. Com um chupão e uma mordida, ele deixou sua marca na minha pele. Joguei a cabeça para trás e ele subiu de joelhos no sofá. Apertei o encosto com força ao experimentar a sensação do seu pau percorrer minha bunda e procurar o lugar certo.

— Preciso entrar em você, Courtney.

— Por favor — pedi.

Ele começou com apenas a cabeça do membro e percebi que estava um pouco dolorida pela noite intensa de sexo. Jude murmurou um "shhh" no meu ouvido e, em seguida, perguntou se eu estava bem. A ardência, conforme Jude me invadiu, se tornou um problema do passado. Garanti que estava tudo ok, colocando a bunda colada em seu corpo. Ele soltou um palavrão bruto, apertou minha cintura com força e lambeu a pele atrás da minha orelha.

— Vem comigo — rosnou e, em seguida, afundou todo o seu pau na minha boceta.

Que sensação maravilhosa!

Embalando um ritmo suave, para depois acelerar com força, nossos corpos ficaram muito molhados de suor. Suas estocadas ficaram firmes e ele começou a circular o quadril em torno de mim, para que eu desse mais espaço a ele.

— Você é tão apertada — a voz gutural praguejou ao pé do meu ouvido. — Sinto essa linda bocetinha sugando meu pau.

— Então fode gostoso — murmurei, a voz perdida em prazer.

Coração em Chamas

— É exatamente isso que eu quero: te foder gostoso.

Segurei mais firme o encosto do sofá quando Jude começou a embalar com força. Ele mordeu o meu ombro e manteve os dentes ali, estocando sem parar. Fui capaz de escutar o ranger do sofá, os urros de prazer de Jude enquanto aquilo ficava mais delicioso e o próprio som que saía da minha garganta, uma mistura de choramingo e gemido, perdido entre cada batida dura de pele.

Senti todo o meu corpo se contorcer para ele, todas as ondas elétricas iniciando o processo que me faria chegar lá.

— Porra — rosnou Jude, fazendo sua pele bater com dureza na minha, o som mais alto, tamanha a força que ele estava fazendo nos quadris. — Você tá chegando lá.

— Sim — gemi.

Jude soltou minha cintura e levou sua mão para a frente do meu corpo, tocando o clitóris com os dedos mágicos. Eu fechei as pálpebras, sentindo seu sexo entrando e saindo de mim, além daquele toque no ponto onde a descarga de energia se iniciou. Gozei tão intensamente que perdi a força das pernas, mas Jude me manteve ali, ainda ajoelhada no sofá. Seu pênis rígido, sem ter gozado ainda, me avisava que eu seria capaz de ter mais uma onda de orgasmo.

— De novo, Courtney? Caralho, como você consegue gozar assim em seguida?

Eu não fazia ideia, mas era um dom que o corpo de Jude conseguiu descobrir.

— Hum...

— Porra! — xingou de novo quando a onda me consumiu, me levando a outro planeta. Pude sentir Jude aumentar seu entusiasmo durante a estocada, até não restar nada mais além do seu sexo se aliviando dentro da camisinha. Senti os impulsos que ele deu, latejando dentro de mim, e adorei a maneira como meu corpo reagiu, estremecendo também.

Me joguei no sofá e Jude se sentou no chão. Ele deixou seu corpo cair também e, por fim, se deitou ao meu lado, esparramado e nu sobre o carpete cinza.

Fiquei numa altura superior à dele e virei o rosto para vê-lo. Jude tinha um sorriso satisfeito no rosto.

— Banho? — questionou, ainda respirando com dificuldade.

Assenti.

— Só me dê cinco minutos.

Aline Sant'Ana

O pedido que fiz não tinha motivo. Eu conseguiria me levantar naquele segundo se quisesse, mas a verdade é que eu queria admirar o rosto de Jude Wolf antes de ser obrigada a me afastar dele.

— O tempo que você precisar, Branca de Neve.

Jude

Coloquei o cinto de segurança e esperei que Courtney fizesse o mesmo. Ela estava com as bochechas coradas do banho quente que tomou e a esperei sair da ducha para entrar; achei que seria mais fácil do que fazermos isso juntos. Courtney pegou suas roupas, a bolsa, o celular e verificou as chamadas. Notei discretamente a ligação que fez para Bianca, avisando que estaria em breve na casa da amiga.

Comecei a dirigir quando percebi que Courtney estava segura. Ela ligou o rádio e deixou a música tocar. Parecia familiarizada com ela, era uma música agitada e de balada, que me deu uma ideia muito louca de dançar aquilo com Courtney bem colado ao seu corpo, depois de umas três tequilas para que ela tivesse se soltado o suficiente...

— Jude.

— Hum?

— Você está em outro planeta de novo.

Abri um sorriso para Courtney.

— Provavelmente. Me desculpa. Você disse algo?

— Quis saber se já conhece a Bianca.

— Ah, claro. Ela é a irmã do Wayne.

— Do Brian.

— Sim, é que nos chamamos pelos sobrenomes.

— Eu sei — respondeu, sorrindo. Desviei os olhos dos seus e voltei a atenção para a rua. O semáforo tinha ficado livre para andar. — Só fiquei curiosa porque ela nunca citou você e somos amigas há muito tempo.

Engatei a primeira marcha novamente.

— Bianca quase não me vê. Só fala comigo quando o Wayne volta para casa, afinal, sempre estive em missão com ele — expliquei para ela, dirigindo. — Como Bianca não gosta das festas do Wayne, a gente quase não se encontra mesmo.

Coração em Chamas

— Ah, certo — Courtney murmurou e abriu a bolsa para pegar algo.

De repente, ela começou a rir.

Lancei-lhe um olhar e ela continuou rindo.

— O que é tão engraçado?

Limpando os olhos, ela abriu um sorriso enorme para mim.

— Encontrei um chaveiro na rua esses dias.

— Acho que não entendi ainda.

— Eu estava andando e, de repente, vi algo reluzindo no chão. Não tinha ninguém por perto, então percebi que a pessoa perdera sem se dar conta. Acabei pegando e enfiando na minha bolsa e não tinha ideia do que faria com aquilo, daí pensei em colocar no meu molho de chaves, mas ando com a cabeça tão a mil que esqueci. Veja só, agora o reencontrei perdido nas profundezas sem fim da minha bolsa.

Parei no semáforo vermelho novamente e virei o rosto para olhá-la.

Ela tinha em seu dedo indicador, balançado para lá e para cá, um chaveiro em formato de âncora. Era azul e parecia de plástico, mas era bonito. O negócio me lembrou o mar, o meu plano infalível de empreendimento e, claro, tinha a cor dos olhos de Courtney, o que era ridículo eu reparar, já que nunca fui muito atento para esse tipo de coisa.

Ainda com o carro parado, Courtney se inclinou para o meu lado, me deixando consciente de que agora ela não tinha mais o seu perfume, mas sim o cheiro do meu sabonete em sua pele. Quando olhei para suas mãos, a vi prender a pequena âncora com facilidade na argola da chave do meu Jeep. Courtney abriu um sorriso satisfeito e depois voltou para o seu lugar. No rosto da Branca de Neve, havia um sorriso gentil.

— Acho que, depois dessa seta enorme do destino, eu deveria dá-lo de presente a você, Jude.

Peguei a peça na mão, com a chave ainda no contato do carro, e senti algo se revirando na boca do meu estômago.

Virei-me para Courtney e umedeci os lábios.

— Obrigado — eu disse, porque não sabia como responder àquilo.

Ela deu de ombros.

— Não foi nada, realmente.

Mas tinha sido, sim.

Aline Sant'Ana

— Setas do destino, hum?

— Aprendi com você — Courtney garantiu.

Dirigi o mais devagar possível, sequer percebendo que queria adiar isso. *Que porra, Jude!*, briguei comigo mesmo. Caralho, eu ia vê-la assim que o projeto estivesse pronto, poderia conversar com ela sobre a ideia foda, eu poderia... Não, eu não poderia transar com Courtney mais uma vez, no entanto, ainda tínhamos coisas para resolver.

Mas pode ser tarde demais, avisou uma parte do meu cérebro, bem irracional, por sinal.

Tarde demais pra quê?

Analisei a boca de Courtney, que, mesmo sem batom vermelho, tinha uma coloração natural. Era bem rosada, bonita, e o formato dos seus lábios me fez desejar beijá-la no instante em que me tornei consciente dele. Seus cabelos curtos e negros, úmidos do banho, cheirando ao shampoo de eucalipto que eu usava, foi demais para aguentar.

Há pouco mais de uma hora, ela estava nua, com meu corpo pressionando o dela, entrando e saindo de suas curvas molhadas, e agora eu a estava deixando na casa da amiga, porque foi isso que prometi. Todavia, porra, eu queria muito fodê-la mais uma vez, eu não queria me despedir assim. Parecia insaciável? Talvez. Mas o que se faz depois de uma noite boa dessas? A gente pede bis. E havia o fato de que eu adoraria conversar com ela um pouco mais, queria que esse tempo se prolongasse, mas a quem eu estava tentando enganar?

Isso não daria certo nem em um milhão de anos, eu não era esse tipo de cara.

— Acho que você passou da casa da Bianca — Courtney me alertou e eu freei bruscamente o Jeep. Depois, voltei à realidade e percebi que, sim, eu tinha passado do lugar em que tinha de deixá-la.

— Foi mal — me desculpei, já dando ré.

— Tudo bem.

Parei na casa de Bianca e vi o carro do Wayne, sinal de que ele estava em casa. Bianca trabalhava durante o dia e, sem que eu pudesse me dar conta, estava girando os punhos pelo volante do carro já desligado, deixando os nós dos dedos brancos pelo aperto. Porque, cacete, ela estaria com Wayne ali sozinha e, se eu conhecia bem o meu amigo, ele daria em cima dela. Seria engraçado, depois sedutor e Courtney poderia desejá-lo em um piscar de olhos.

Eu não tenho controle nenhum sobre a vida dela, obriguei-me a lembrar.

Coração em Chamas

Deixe-a ir, Jude.

— Bom, acho que eu fico aqui — Courtney murmurou. Ela tirou o cinto e colocou a bolsa no ombro. Em seguida, virou-se para mim, com um sorriso fraco. — Obrigada, Jude.

Ela destrancou a porta e eu assisti tudo em câmera lenta. Os cabelos de Courtney balançando, seu perfume — meu perfume — chegando até mim, ela se movimentando para sair até que seu corpo estava fora do meu carro. Courtney bateu a porta e me olhou através da janela. O vidro estava abaixado, mas ela mantinha-se longe demais para eu dar um beijo de despedida.

Não seria apropriado também, cacete.

— Courtney, eu gostei pra caralho desse tempo que passamos juntos. — Fui sincero.

Ela sorriu e mordeu o lábio inferior, colocando uma mecha do cabelo curtinho atrás da orelha.

— Sim, foi mesmo ótimo — disse e, em seguida, fez uma pausa longa. Suspirou profundamente e moveu os dois dedos perto da cabeça, como um cumprimento militar. — Adeus, Jude.

— Adeus, Courtney. — Sorri e fiz o mesmo cumprimento para ela.

— Certo — sussurrou, antes de virar as costas e ir em direção à casa.

Vi Courtney subir os degraus até alcançar a enorme porta de vidro fumê. Wayne abriu para ela, deu um tchau para mim e Courtney olhou por cima do ombro uma última vez antes de desaparecer da minha vista.

Fiquei um tempo parado no Jeep, sem dar partida, com a sensação de que tinha perdido algo incrível, sem que eu tivesse, de fato, perdido qualquer porra.

Segurei o chaveiro e soltei um xingamento.

Eu tinha que ir para casa e planejar o Heart On Fire logo.

Aline Sant'Ana

Coração em Chamas

CAPÍTULO 6

I don't wanna know, know, know, know
Who's taking you home, home, home, home
And loving you so, so, so, so
The way I used to love you, oh
I don't wanna know

— Marooon Five feat Kendrick Lamar, "Don't Wanna Know".

Courtney

— Você está *stalkeando* Jude Wolf? — acusou uma voz feminina.

Me virei rapidamente para Bianca e abaixei a tela do notebook. Senti o coração acelerado; achei que estava sozinha na casa dela. Brian tinha saído com os amigos e Bianca geralmente não retornava na hora do almoço.

— Só me perguntei se deveria adicioná-lo no Facebook, mas aí percebi que era uma ideia idiota. Então, de qualquer maneira, acabei me perdendo nesse limbo chamado internet e vendo uma coisinha ou outra sobre ele.

Com os saltos altos batendo no piso frio, minha amiga se aproximou com um sorriso. Sentou ao meu lado na cama e chutou os Jimmy Choo pretos para longe, dobrando as pernas como um índio.

Bem acomodada, mesmo que vestida socialmente, Bianca suspirou.

Ela já sabia da minha transa dupla de uma noite e uma manhã. Sabia como eu tinha ficado mexida nos quinze dias que se passaram e, mesmo depois de tanto tempo, eu *meio* que não conseguia tirar Jude da cabeça. Ele não ligou, nem enviou mensagem, cumpriu o prometido e eu estava em parte muito aliviada, porque sabia que, se ele fizesse qualquer uma das coisas que prometeu não fazer, eu cederia.

Era estúpido, meu Deus, como eu podia estar tão fascinada por um homem com o qual só convivi por algumas horas? A decisão de verificar o Facebook dele foi só para saber se Jude realmente era parecido comigo em alguma coisa ou se foi apenas a mágica do sexo espetacular que me fez imaginar tudo. Além do mais, ele poderia voltar para as missões, caso não conseguisse realizar o seu projeto. Eu via o quanto Bianca sofria com Brian, e não queria passar pela mesma coisa.

— O que você encontrou? — Bianca questionou.

Aline Sant'Ana

78

— Nada de interessante.

— Vamos lá, Court.

Respirei fundo. Eu odiava me sentir fragilizada e agora, além do meu lado profissional, a minha sanidade amorosa estava por um fio. Não queria ficar encantada por Jude, eu precisava encontrar outro cara para passar um tempo, esfriar a cabeça, sem toda aquela intensidade.

— Não sei se quero falar — respondi honestamente.

— Você encontrou alguma coisa e agora está pensando sobre isso?

— Ele é muito parecido comigo, Bianca.

E ele era. O que me deixou ainda mais irritada enquanto percebia. Jude tinha um gosto musical parecido com o meu: músicas agitadas e rock. Gostava de ir a lugares em Miami, quando estava aqui, que eu usualmente frequentava. Jude assistia filmes que eu assistia e, a cada coisa que ele compartilhou no maldito Facebook, fui percebendo que nossas personalidades eram semelhantes na maior parte do tempo. Ele tinha fotos com inúmeras mulheres, nunca repetindo o rosto delas ou as marcando no Facebook, sinal claro de que agia como eu: publicava que estava curtindo, mas nunca dava nome aos bois. Era engraçado pensar que seguíamos a mesma conduta no que diz respeito a relacionamentos de uma noite, embora eu estivesse, naquele exato segundo, escorregando mais do que poderia admitir.

— Tá legal, isso é meio assustador.

— Eu sei — concordei com Bianca.

— Gostos musicais, comida, lugares?

— Tudo isso.

— Meu Deus — Bianca murmurou. — O que você quer fazer a respeito, Court? Quer ir atrás dele?

Arregalei os olhos.

— É claro que não!

— Por quê? Seria tão ruim assim? Estamos no século XXI.

— Porque ele me fez uma promessa e quero que ele cumpra. Isso nunca daria certo, B. Eu gosto demais da minha liberdade para entregá-la a outra pessoa.

— Você tem uma visão tão distorcida sobre os relacionamentos. Se encontramos alguém parecido conosco, é ainda mais fácil de trocar ideias, impor condições, sem que isso seja pesado para ambos. Você já tem vinte e seis anos,

Coração em Chamas

Court.

— O que a minha idade tem a ver com Jude? — rebati, irritada.

— Não tem nada a ver com ele, mas sim com você. Não acha que está na fase de assumir os compromissos? Você é tão dinâmica, gosta de adrenalina, sempre se entregou para a vida, mas nunca para o amor. Não consigo entender.

— Relacionamentos de uma noite são fáceis e eles são o que são, porque terminam e cada um segue para um lado. Não sou idiota, B. Eu sei que o que estou sentindo por Jude ultrapassa todos os limites que já impus, mas também sei que do outro lado há um cara que, assim como eu, não quer nada sério.

— Você é muito teimosa — B rebateu, embora ainda sorrisse. — Então, vamos mudar de assunto? Eu voltei para casa na hora do almoço porque me lembrei que você queria companhia para compensar o cheque.

— Tinha me esquecido disso.

— Pois eu não. Vista uma roupa, te espero lá embaixo.

Antes que pudesse levar meus pensamentos de novo para aquele homem, enfiei-me num short jeans, calcei botas com *spikes* e vesti uma camiseta preta básica. Estava na hora de enfrentar a vida. Fui com Bianca no meu carro, que agora já fazia parte da garagem de sua casa. Combinamos que eu ficaria lá por uma semana, mas a companhia dela e do Brian estava me fazendo bem. Dessa forma, ela estendeu o convite, dizendo que eu poderia ficar por lá quanto tempo quisesse. Em seguida, fomos buscar meu carro e mais algumas coisas.

Agora, parecia que eu morava aqui.

Fiz os trâmites bancários quando passou do meio-dia e o cheque finalmente foi liberado da prisão da minha bolsa. Decidi agendar uma transferência para os meus pais, como tinha avisado que faria. O dinheiro seria o bastante para comprarem uma casa e se livrarem da hipoteca, além de um carro e um dinheiro extra que poderia servir para eles viverem bem. O resto permaneceria na minha conta, até eu ter coragem de gastar qualquer centavo.

Liguei para eles e recebi o mesmo tratamento doce, dizendo que não era necessário, que estavam bem, embora eu soubesse que eram orgulhosos demais para pedir ajuda. Garanti que não faria falta, e não faria mesmo. Meu pai pegou o telefone por último, chorou e disse que nenhum dinheiro cobria a minha saúde e o fato de eu ter sobrevivido ao acidente. Acabei me emocionando com ele, prometendo que ficaria bem e longe de encrenca. Ele suspirou fundo e me disse para visitá-los assim que eu estivesse precisando de um abraço de urso.

Bianca foi paciente comigo durante todo o percurso. Duvido que qualquer

Aline Sant'Ana

ser humano tivesse a bondade que Bianca tinha em seu coração. Ela não me pressionou sobre planos para o futuro, não quis saber o que eu faria dali em diante, apenas deu o espaço que eu precisava para pensar. Ainda não tinha ideia e, mesmo que me perguntasse, a resposta seria reflexo da incerteza.

Agora, a tarde já havia caído, Bianca voltou para o trabalho e fiquei sozinha naquela mansão de vidro. Fiz uma limpeza no quarto em que estava, arrumei algumas coisas, dei uns telefonemas para uns amigos distantes e fiquei longe do computador, para não fazer qualquer burrada, como ver fotos de Jude Wolf sem camisa, me mostrando que, de fato, ele era tão bonito como meus olhos tinham captado pessoalmente.

— Tem alguém em casa? — gritou Brian, lá embaixo.

Desci as escadas e fui recepcionada com um sorriso gentil do irmão da Bianca.

— Oi, Court. Eu imaginei que estivesse aqui.

— Como foi seu dia, Brian?

— Bom. Encontrei uns caras e a gente ficou batendo um papo.

— Está gostando do seu retorno a Miami? — indaguei, porque conversamos pouco durante esses dias.

— Eu precisava dessa pausa mais do que tudo. É tanto tempo livre que nem sei o que fazer.

— Quer ir para uma festa esta noite? — convidei, mas não com a intenção de avançar qualquer coisa com Brian. Eu queria encontrar um cara por lá e, quem sabe, desencanar do Jude.

Brian pensou por um momento e colocou as mãos dentro do bolso da calça jeans.

— Tem algo em mente?

— Há vários lugares em Miami. A gente pode decidir mais tarde.

— Beleza. Vou chamar uns amigos.

— Isso parece bom. — Sorri, tentando ignorar a dúvida se ele seria capaz de chamar Jude ou não.

Esperava, pelo bem da minha saúde mental, que não.

JUDE

Apertei o botão e esperei que a impressora liberasse o meu trabalho. Era uma junção de papéis escritos no Word, além de planilhas com orçamentos, assuntos técnicos como o porte do navio, funcionários e ambiente, além de um possível plano de negociação com uma empresa responsável por turismo. Tudo aquilo foi feito em duas semanas de pesquisa, dedicação, correria pra caralho. Eu queria que tudo ficasse perfeito, porque desejava mostrar a Courtney.

Era a ideia que ela me deu, afinal de contas, e eu precisava da sua opinião.

Ignorei a ligação da minha mãe, deixando o celular tocar, enquanto observava as folhas se acomodando no suporte da máquina. Eu não estava a fim de escutar a sua voz doce me dizendo que eu deveria continuar na marinha ou o seu choque ao constatar que eu ainda seria um marinheiro após a ideia que tive, mas não em serviço. Não sei o que seria pior para o meu pai: eu largar tudo ou simplesmente abandonar quem ele achava que eu deveria ser. Já estava consciente da opinião dele sobre qualquer empreendimento que eu pudesse ter. Ouvi que minha mente era fraca, que eu não tinha tino para negócios, que eu iria falir dentro de um ano. Enfim, ele nem sabia o que eu queria criar, mas já odiava antes mesmo de dar uma chance de eu ser bem-sucedido.

A impressora terminou o serviço e mais de cinquenta folhas foram impressas. Grampeei-as, coloquei dentro de uma pasta, deixei tudo ali e fui tomar um banho, porque tinha um destino para essa noite: a casa da Bianca Wayne. Tinha me encontrado de manhã com o Wayne e ele me disse que Courtney ainda estava lá. Tentei ignorar a reação possessiva que tomou conta de mim, imaginando mil cenários ridículos sobre Wayne vê-la todo maldito dia. Courtney não era um brinquedo, nem minha propriedade, para eu pensar que tinha algum poder sobre.

Foi só uma foda.

Terminei o banho e procurei roupas legais para vestir. Peguei uma calça jeans clara, coloquei as meias e os coturnos militares. Para finalizar, uma regata branca sem qualquer estampa foi jogada no meu peitoral ainda meio molhado do banho. Coloquei a tag no pescoço, por força do hábito, e andei pelo quarto, procurando a carteira. Assim que a achei, enfiei no bolso com a chave do carro. A âncora ainda estava lá, me lembrando da cor dos olhos de Courtney e do único presente que eu fazia questão de manter por perto.

Me encarei no espelho e considerei que tudo estava no lugar. Peguei a pasta, passei perfume e saí rumo à casa de Bianca.

— Wayne, você tá em casa? — questionei, assim que liguei para ele.

Aline Sant'Ana

Dirigindo pelas ruas, dei seta para a direita.

— Por enquanto sim. O que houve?

— Courtney está aí?

— Sim. Quer que eu passe para ela?

— Não, relaxa. Só precisava dessa informação. Chego aí em cinco minutos.

— Beleza. Tem certeza de que está tudo bem, Wolf?

— Tudo certo. Te explico quando chegar.

Desliguei e estacionei perto do carro dele. Percebi que havia um automóvel diferente, além do da Bianca, e imaginei ser de Courtney, já que o cara me disse que ela decidiu passar mais tempo na casa da amiga. Respirei fundo, tirei a chave do contato e abri a porta. Subi os degraus e toquei a campainha.

— Tô indo! — gritou Wayne, meio distante.

Cruzei os braços na altura do peito.

Alguns segundos depois, ele abriu a porta. Estava bem vestido, tinha acabado de sair do banho e parecia mais agitado do que o normal. Ele me deu um sorriso e me puxou para um tapa nas costas. Entrei depois do cumprimento, tentando entender se Wayne estava sóbrio.

— Cara, mil desculpas. Tomei uns shots de tequila com a Bianca. Entra, por favor.

Lancei um olhar para a cozinha e vi Bianca. Ela estava com os cabelos loiros presos em um coque e os olhos castanhos bem estreitos, como se me avaliasse. Ela nunca me olhou assim, porra. Acabei apertando a pasta entre os dedos, imaginando o que Courtney disse a ela. A irmã do Wayne saiu da bancada e veio até mim, com apenas um vestido vermelho. Me recepcionou com dois beijos na bochecha e desceu o olhar para me analisar mais uma vez.

— Que surpresa você por aqui — disse, desconfiada.

— Vim conversar com a Courtney.

— Acho que ela vai demorar, acabou de entrar no banho — avisou Bianca, sem demonstrar surpresa por eu procurar sua amiga.

Em todas as vezes que conversei com ela, Bianca parecia o tipo de mulher que nunca viraria uns shots de tequila com o irmão na bancada da cozinha. Era uma advogada renomada e sempre andou na linha, era até um pouco divertido vê-la em uma sexta-feira relaxada. Mesmo assim, havia algo em Bianca, como se ela estivesse verificando se eu estava pronto para uma missão, o mesmo olhar que os meus superiores me davam antes de me designarem para ficar dois anos

Coração em Chamas

em alto-mar.

— Beleza. Eu vou esperar.

— Quer beber alguma coisa? — ofereceu Wayne.

— Eu tô tranquilo. Vim dirigindo, então...

— Você bebeu no dia em que saiu com a Courtney? — Bianca disse de repente, investigando, bem séria.

Encarei-a. Porra, então ela sabia mesmo o que tinha rolado.

— Sim.

— E você a levou para a sua casa depois de beber? De carro?

Elevei a sobrancelha e abri um sorriso, entendendo o motivo de sua preocupação.

— Bebi apenas alguns copos de scotch e tenho total controle sobre meu corpo. Pode ficar tranquila, sua amiga não correu perigo nenhum.

— Se você diz...

Fui até o sofá com Bianca enquanto Wayne ia para a cozinha pegar a garrafa de tequila e os uns copos de dose. Ele colocou na mesa de centro e se sentou ao meu lado. Parecia que estava muito mais agitado do que Bianca, mas ainda era Wayne.

— Você disse que ia me explicar o motivo da sua vinda repentina — Wayne falou, sorrindo. — Porra, fiquei curioso, Wolf.

— É sobre o empreendimento que eu quero fazer — respondi e percebi que os olhos de Bianca não paravam de me analisar. — Courtney me deu a ideia.

— Wow. Isso é sério?

— Muito sério.

— E você veio aqui mostrar para ela?

— Sim, eu quero que ela veja.

Bianca cruzou as pernas e murmurou alguma coisa. Eu desviei os olhos para ela, percebendo que agora a irmã do Wayne estava sorrindo.

— Isso é simplesmente perfeito — ela murmurou.

— Ah, é? — questionei, sem entender sua linha de raciocínio.

— É sim. Quando conversar com Courtney a respeito, vai entender o porquê.

Mudamos o assunto para algo que não fosse Courtney. Wayne falou sobre desejar viajar por uns dias e até me convidou para ir, mas, como estava engajado

Aline Sant'Ana

no projeto, não poderia sair agora. Neguei, dizendo que precisava trabalhar no empreendimento. Acabei contando a ele que, se tudo desse certo, eu não sairia, de fato, da marinha. Que só precisaria de uma licença especial para me tornar outra coisa, embora não dissesse o quê. Na verdade, eu já era o capitão do navio quando tínhamos missões, agora, eu seria o capitão de um cruzeiro e precisava modificar o meu título para conseguir dirigir navios de turismo. Enquanto eu divagava, escutei Bianca mudar o assunto, falando sobre o caso que estava trabalhando e o quanto estava cansada. Depois de três shots de ambos, acabei cedendo e bebendo dois com a companhia e a conversa. Quase quarenta minutos mais tarde, escutei passos na escada e virei a minha atenção para lá.

Eu sabia quem estava descendo, mas não estava preparado para o que vi.

Courtney estava com um vestido preto curto, chegando apenas abaixo da bunda, agarrado em cada deliciosa parte do seu lindo corpo. Na cintura, havia uma espécie de corset sobre o tecido, subindo até os seios e deixando seu corpo em formato de violão. Nos pés, a rebeldia pura: um par de coturnos de cano baixo e bem femininos até, porém não eram capazes de esconder a personalidade daquela mulher. Os cabelos curtos estavam levemente cacheados e brilhosos. No rosto da Branca de Neve, um batom roxo-escuro marcava a deliciosa boca e os olhos estavam com alguma sombra suave e escura, que permitia que suas íris ficassem mais claras.

Ela não esperava me ver.

Vi quando Courtney titubeou no último degrau da escada. Seus lábios se entreabriram e seu suspiro soou audível. Ela segurou na parede com uma mão e apertou a pequena bolsa com a outra, contra o lado do quadril. As unhas compridas, no mesmo tom roxo do batom, me lembraram que fiquei dois dias com as costas arranhadas e doloridas.

Era uma lembrança doce, embora.

— Jude — falou, sua voz direta, quase acusatória.

— Oi.

Bianca e Wayne se levantaram. Vi quando Wayne se aproximou dela e tocou sua cintura com apenas uma mão, a fim de chamar sua atenção para ele. Analisei o contato com frieza, tendo pensamentos homicidas que envolviam a cabeça de Wayne fora do corpo. Caralho, eles iam sair juntos? Era isso?

— Quando estiver pronta para sair, me avisa. O O'Donell vem buscar a gente, porque já avisei que bebi uns shots.

— Tudo bem. — Courtney sorriu para ele, os dentes brancos contrastando com o batom escuro.

Coração em Chamas

Apertei a pasta com mais força e devo ter amassado algumas folhas.

— Vocês vão sair? — perguntei, minha voz nada além de um tom grave e seco.

Courtney olhou para mim, estreitando as sobrancelhas.

— Convidei Brian para irmos a uma festa. Ele chamou uns amigos.

— Hum.

— Brian, querido, vamos lá fora? — Bianca se meteu. — Está uma noite tão bonita e o seu amigo vai chegar para levar vocês à festa, né? A gente aproveita e espera ele lá.

— Beleza — Wayne concordou, alheio à tensão. Ele lançou um olhar para mim. — Fica à vontade, cara. A gente não tem pressa para sair. Vamos comer algo antes e tal.

Eu não tive forças para responder, porque, se eu movesse um músculo, o mataria. Nunca me senti assim em relação a nada na vida, mas comecei a fantasiar qual seria a forma mais rápida de matar um dos meus melhores amigos. Ele ia sair com Courtney e fodam-se os amigos que ele chamaria, eu sabia que, se não fosse ele, outro cara ia pegá-la e beijá-la. Courtney estava vestida para matar, ela queria terminar a noite na cama de alguém, ela queria o que eu dei a ela.

E prometi que nunca mais faria.

Sabe, caras como eu geralmente honram suas promessas, mas essa era a mais estúpida de todas.

De qualquer forma, eu precisava cuidar dessa merda que eu chamava de cérebro.

Ela não me pertence, caralho!

A casa ficou silenciosa e Courtney finalmente desceu o último degrau. Ela olhou para a chave do carro que eu tinha prendido no bolso do jeans e o chaveiro estava para fora, todo exibido, mostrando que eu ainda me importava. Seu rosto se amenizou por um instante; havia ficado claro que eu não tinha curtido o fato de ela sair com Wayne, mas Courtney conseguiu contornar a situação.

— Então, Jude... o que você veio fazer aqui? — questionou, a voz um tom mais suave.

Aline Sant'Ana

Courtney

Jude estava aqui e *com ciúmes* de mim. Era uma coisa muito louca, que nem em décadas eu ia esperar. Ficou tão evidente em seu rosto que havia ficado puto, que não conseguiu esconder a carranca que fechou a sua expressão em algo aterrorizante. Ele parecia capaz de matar um homem com dois passos e eu dei graças a Deus por Bianca ter percebido que seu irmão corria risco de vida, porque Brian não se ligou.

Meu coração parou de bater descompassado com essa tensão súbita assim que vi a âncora na chave do carro de Jude, presa no bolso da frente da calça jeans, tão colada nas coxas — e em todo o resto — que não sabia como ele era capaz de se mover. Jude soltou um suspiro forte e eu reparei que seu rosto havia se tornado um pouquinho mais suave. Ele lambeu o lábio inferior para umedecê-lo e apontou para o sofá, indicando que me queria sentada ali.

— Tudo bem — eu disse, caminhando até ele.

Assim que me acomodei, Jude se sentou ao meu lado. Eu tinha me esquecido do quanto o seu perfume era maravilhoso e da cor viva de suas tatuagens que desciam pelos braços. Tentei não reparar em como ele estava bonito naquela noite, mesmo que não vestisse nada social ou um quepe da marinha.

Jude era maravilhoso com ou sem qualquer coisa.

Engoli em seco.

— Você se lembra da conversa que tivemos quando nos conhecemos?

Pensei por um segundo e Jude desceu o olhar para a minha boca.

Jesus, me ajude a sobreviver a esta noite.

— Lembro.

— Eu disse que você era a minha seta, a minha direção.

E ele impulsivamente disse que me amava, mas ninguém estava anotando isso, né?

— Nunca vou me esquecer — garanti, abrindo um sorriso.

Ah, ali estavam elas. As covinhas apareceram quando Jude sorriu para mim, os olhos mais brandos e um pouco mais claros da fúria que sentiu. Parecia um furacão do mais profundo verde com um toque mel. Hoje, estava mais intenso do que no dia em que nos conhecemos.

— Você, sem querer, acabou me dando uma ideia para o empreendimento. Eu disse que sou ousado e acho que você também vai achar isso aqui bem interessante. — Riu. — Talvez essa não seja a palavra certa, mas...

Coração em Chamas

— Nossa, Jude! Bem, agora você me deixou curiosa.

— Eu gosto do que ainda não foi inventado — Jude continuou, encarando meus lábios novamente. Depois, desviou para os meus olhos. — Gosto do que desafia o pudor, que vai além dos limites. Sempre quis um empreendimento que chocasse o mundo e que só os corajosos tivessem como enfrentá-lo. Pensei em uma boate, pensei até em uma casa de swing, mas nada despertava aquele lado exótico, sabe?

Imaginei Jude dono de uma casa de swing e comecei a sorrir. Era a cara dele.

— O que pode ser mais exótico do que isso?

Jude estendeu uma pasta transparente para mim e meu coração bateu nas costelas assim que li o nome do projeto. Não havia nada na frente, além da frase que também estava estampada na pele, sobre o osso do meu quadril.

— Heart On Fire — sussurrei, chocada.

— Eu não estava brincando quando disse que tinha achado sua tatuagem incrível.

Pelo visto, não mesmo.

Abri a pasta e percebi os olhos de Jude em mim enquanto tirava o bloco grosso de folhas A4 de dentro. Meu coração iniciou um samba forte no peito, porque Jude colocou realmente a minha tatuagem no nome do projeto!

Incerta do que esperar, consegui virar a primeira página e meus olhos passaram por uma introdução.

> O EMPREENDIMENTO **HEART ON FIRE** VISA O ENTRETENIMENTO ADULTO.
> O OBJETIVO É CONSEGUIR PARES IDEAIS QUE NÃO BUSCAM NADA ALÉM
> DO QUE O OUTRO PARCEIRO PRETENDE OFERECER.
> DURANTE O CRUZEIRO, OS PASSAGEIROS PARTICIPARÃO DE FESTAS TEMÁTICAS QUE AGUÇARÃO
> SUA CURIOSIDADE E LIBERARÃO SUAS FANTASIAS, PODENDO ENCONTRAR O AMOR OU
> APENAS UMA DIVERSÃO PELO TEMPO QUE A VIAGEM DURARÁ.
> SEXO SERÁ PERMITIDO LIVREMENTE, JUSTAMENTE PARA QUE OS PASSAGEIROS SE SINTAM DESINIBIDOS.
>
> SEJAM BEM-VINDOS AO PROJETO HEART ON FIRE.
> O PRIMEIRO CRUZEIRO ERÓTICO DO MUNDO.

— Cacete! — soltei um palavrão, sentindo todos os pelos do meu braço se erguerem. — Isso é exótico pra caramba, Jude!

Aline Sant'Ana

— Tente se lembrar do que você me disse em nossa conversa. Consegue encontrar a sua ideia aí? — falou, divertido.

— Sim! Foi o que eu falei, mas de uma forma muito mais criativa. — Virei-me para olhá-lo, e as covinhas estavam lá. — Como você chegou a isso?

— Digamos que nossa noite foi inspiradora.

Ah, e como havia sido...

— Quais serão as regras para esse cruzeiro? — indaguei, com o sangue acelerado. Eu achei aquilo incrível. Era perfeito para pessoas como nós que não queriam compromissos. Claro que o amor poderia surgir em um ambiente como esse, era até romântico, mas para quem buscava apenas diversão... também era a situação ideal. — Quem são as pessoas que vão participar? Como você vai financiar isso?

Jude se recostou no sofá e cruzou os braços na altura do peito, os músculos saltando, e eu desviei o olhar para suas tatuagens.

— Está tão curiosa assim?

— Eu achei muito fantástico!

— É sério? — Ele ainda parecia inseguro com a minha felicidade. Depois, abriu um sorriso imenso. — E eu com medo de você me chutar daqui até o carro.

— Sério, Jude. Eu estou... apaixonada pela ideia.

— Leia tudo que quiser — garantiu, se acomodando —, não temos pressa.

Comecei a me perder nas páginas. Jude fez um processo tão detalhado de tudo, que minha cabeça começou a matutar sobre os assuntos abordados. Ele citou como o cruzeiro seria, como as festas poderiam acontecer, as acomodações, os funcionários e acrescentou algumas regras que pareciam super plausíveis. Não era nada muito absurdo, bem livre para as pessoas se curtirem sem preocupações. Finalizou com gráficos, planilhas financeiras de custos, tudo muito bem anotado.

Apenas uma coisa me incomodou conforme fui passando os olhos.

— As pessoas vão comprar a viagem em uma agência comum?

Jude passou as mãos pelo cabelo, parecendo perdido.

— Eu não sei como elas farão, não sei como conseguiria atingir o público-alvo. Não sei se alguma agência de viagem aceitaria. Pensei em contratar um profissional de marketing para me ajudar com o planejamento, com pesquisa de mercado, mas ainda não me veio ninguém à cabeça.

Lembrei imediatamente das festas que ia, convidada pelos atores famosos, e como as orgias aconteciam, como eles se soltavam, como o pudor saía de cena.

Coração em Chamas

As pessoas têm facilidade para se soltar quando são artistas ou estão nesse mundo paralelo. Pensei, então, que, se encontrássemos as pessoas certas, elas aceitariam um convite, sem questionar. Elas pagariam o preço que fosse pedido pelas garantias de um cruzeiro como este. Jude tinha um projeto milionário em mãos, ele só precisava de mais uma direção.

— Jude, eu tenho uma proposta.

Isso o intrigou.

— Sério?

— Sim. — Sorri, emocionada.

Podia ser a adrenalina correndo nas veias, que sempre me levava às decisões mais loucas, mas agora eu me sentia à beira de uma cena de ação. Não corria o risco de saltar de um prédio, nem de perseguir carros em alta velocidade, muito menos de dar pulos malucos. Eu estava ali, bem quietinha, sentada no sofá da sala de uma amiga, apenas encarando os olhos de Jude. O homem me analisou com atenção, esperando eu dizer qualquer coisa, mas aquele frio na barriga... Ah, eu queria curtir cada segundo daquilo.

O desejo louco de arriscar, a força de vontade que fazia tanto tempo que eu não encontrava, desde o acidente.

Eu me senti viva.

E era uma emoção que não experimentei por todo esse tempo, não até ver este projeto. Jude me trouxe uma felicidade imensa e sequer tinha noção disso. O coração acelerado, também por culpa sua — ninguém mandava ser tão gostoso —, me deu uma sensação de que isso que eu queria fazer era o certo.

Assim como Jude disse, às vezes, tudo o que você precisa fazer é seguir as setas.

A porta da sala se abriu e Brian surgiu com o amigo, O'Donell. Bianca entrou e não disse nada, apenas piscou para mim e subiu as escadas. Dei uma analisada boa no tal O'Donell. Ele parecia sóbrio e era tão bonito quanto Brian, mas, de repente, aquela saída com seus amigos parecia não ser tão interessante. Eu queria ficar com Jude, guiá-lo da maneira que ele precisava. Soltei um suspiro e pedi-lhe um segundo.

Conversei com os meninos por um tempo, explicando que estava em meio a algo muito importante e não poderia sair. Senti o olhar de Jude na minha nuca, fixo, apenas esperando para ver qual seria a minha decisão. Quando Brian deu um aceno para ele, se despedindo, e O'Donell também, a porta se fechou.

Ajeitei o meu vestido e Jude me encarou, com os lábios entreabertos, não

Aline Sant'Ana

escondendo a surpresa.

— Você vai ficar comigo? — perguntou.

— Sim — respondi, me aproximando. Jude se levantou, enfiou as mãos no bolso traseiro da calça jeans e eu dei uma boa olhada em seu corpo. — Agora, eu preciso conversar contigo. Bem sério, ok?

Ele soltou um suspiro, abriu um sorriso com os dentes certinhos, e as covinhas assinalaram profundamente nas duas bochechas.

— Ok.

CAPÍTULO 7

Because the heart on fire
The heart beat on fire
I know your heart beat on fire
This could be the heart beat on fire

— *Indiana, "Heart On Fire".*

JUDE

Assim que Courtney voltou para a sala, eu soube que estava perdido.

Branca de Neve simplesmente largou os caras e desistiu da festa para discutir o projeto comigo, e que tudo fosse para os ares, eu me senti feliz pra cacete. Eu queria passar a noite com ela, apenas conversando — a promessa, claro —, e eu gostava do seu ponto de vista. No momento em que apontou o erro do projeto, eu soube que ela viria com uma solução, porque sua mente era parecida com a minha e, de alguma forma, muito complementar.

Esperei Branca de Neve se aproximar e se sentar ao meu lado.

Courtney pegou a garrafa de tequila e serviu uma dose para cada um, sem dizer nada, apenas fez aquilo como se eu precisasse beber com ela.

Aceitei a dose e virei, e a vi fazer o mesmo, sem esboçar uma careta.

Depois, ela serviu uma segunda.

Bebi.

— Não que eu precise de uma dose de coragem — explicou Courtney, sorrindo. Colocou o copo vazio em cima da mesa de centro e abriu um sorriso —, mas agora eu me sinto infinitamente mais relaxada.

— Sua reação foi inesperada.

— Eu sei, é meio maluco o que estou sentindo agora. — Abriu um sorriso magnífico, que eu não tinha visto antes. Courtney parecia feliz em uma proporção muito grande e eu suspeitava que o que estava naqueles papéis era o verdadeiro responsável. — Jude, como eu disse, quero te fazer uma proposta.

— Certo.

— Eu posso encontrar uma forma de resolver o problema dos clientes.

— Você pode?

Aline Sant'Ana

Ela assentiu.

— Fui dublê de filmes de ação, me envolvi com todos os tipos de pessoas famosas, fui em suas festas e sei os gostos peculiares que elas têm. Eu tenho muitos contatos, Jude. Muitos mais do que você poderia sonhar.

Uau, isso era algo que eu não tinha pensado, colocar o cruzeiro focado nesse público-alvo. Eu jamais conseguiria o contato de alguém de Hollywood, por exemplo. Mas Courtney, por outro lado...

— Eu pensei de o Heart On Fire ser seletivo, dos clientes só conseguirem entrar se tiverem um convite e se forem convidados diretamente por alguém que já participou do cruzeiro. Claro que as primeiras pessoas teríamos que selecionar a dedo, precisaria ver o perfil de cada um, mas, só de cabeça, já consigo pensar em, pelo menos, cinquenta artistas que topariam isso sem nem pensar duas vezes. Não precisamos ficar só nos astros do cinema, tem as modelos, os cantores, alguns apresentadores de TV. Eu conheci gente de todos os cantos enquanto trabalhava como dublê e posso fazer essa lista com garantia de que todos os inscritos vão participar.

Apoiei os cotovelos sobre as coxas, interessado demais no que ela tinha a dizer.

— Achei isso muito bom, Courtney. Sério.

Ela abriu um sorriso largo.

— Essa notícia correria como praga por eles, porque vão querer se gabar de um ambiente que mantém a discrição e permite fazer sexo com liberdade. Eles vão correr atrás do Heart On Fire, vão exigir convites, eu consigo imaginar a repercussão disso, porque será como o Clube da Luta, você só sabe sobre ele se participar. Mas, ao mesmo tempo, cada um que participar vai querer contar para alguém. A propaganda boca a boca, nesse caso, é a mais incrível.

— E isso vai impedir que pessoas normais possam ir ao cruzeiro?

— Não. Como eu disse, qualquer um que tiver o convite pode ir, afinal, será indicado. Podemos colocar regras sobre exposição de identidade e adicionar outras coisas para garantir que ninguém espalhe que viu um artista em um cruzeiro erótico. De qualquer forma, quem expuser o Heart On Fire estará se expondo também. Entende a lógica? Ninguém vai querer dizer tão abertamente assim que gosta de festas sexuais em um transatlântico.

— Courtney... — murmurei, sentindo-me arrepiado.

Ela me encarou.

— O quê?

Coração em Chamas

Eu queria beijá-la. Beijá-la até que perdesse o fôlego. Eu sabia que ela era inteligente, eu sabia que a minha decisão de vir aqui era a certa. De repente, quis que ela participasse de tudo, quis que ela tivesse acesso a todas as coisas, quis convidá-la para o projeto Heart On Fire.

— Alguém já disse que você é incrível? Meu Deus, eu tô... — Passei os dedos pelo cabelo e me servi de mais um shot de tequila. Courtney pediu que eu a servisse, e nós bebemos juntos. Sentindo o calor do álcool no sangue, percebi que mais algumas doses e eu não poderia pensar com coerência, então decidi parar. Eu precisava me movimentar. Me levantei, sendo seguido por Courtney.

— Jude?

— Você resolveu o quebra-cabeça. Você simplesmente resolveu tudo.

Ela me admirou com carinho e mais alguma coisa, uma energia que eu não conseguia nomear.

Enquanto estávamos separados por menos de um metro de distância, percebi quão difícil estava sendo manter o controle.

— Então, posso te perguntar uma coisa? — indagou Courtney, tirando-me da súbita vontade de agarrá-la.

— Sim, o que você quiser — respondi, a voz grave.

— O que acha de ter uma sócia?

Courtney

Por mais que eu tivesse uma indenização milionária, nunca chegaria aos pés de construir um transatlântico a ponto de transformá-lo em um cruzeiro erótico. Eu sabia que a minha sociedade com Jude, caso ele aceitasse, não seria no âmbito financeiro. Eu poderia ajudá-lo a idealizar melhor os detalhes, encontrar os clientes certos, preparar a parte interna do navio e expandir a criatividade, mas nunca teria grana suficiente para investir de verdade nisso. Poderia auxiliá-lo em uma coisa ou outra, todavia, alguns milhões perto de centenas de milhões era um abismo financeiro que eu jamais conseguiria cobrir.

Também não sei o que aconteceu com o meu coração a ponto de eu simplesmente chutar a porta assim. Garanti para mim mesma que me manteria afastada de Jude, que não seria louca de procurá-lo, e isso, claro, era o *oposto* de me afastar dele, era entrar em um projeto que, se desse certo, mudaria nossas vidas. A promessa de convívio diário, uma garantia de que eu teria de vê-lo sem tocá-lo, era torturante. Contudo, assim que vi aquela pilha de folhas, meu sangue circulou nas veias de uma maneira tão única, que não pude deixar de amar a ideia logo de cara.

Eu precisava muito dessa guinada na vida.

Jude me analisou com os olhos mel-esverdeados e o sorriso no seu rosto sumiu. Ele pareceu concentrado, talvez perdido nos pensamentos, assim como eu estava, tentando entender como uma transa de uma noite se transformou no que éramos naquele segundo — ainda que não pudéssemos nominar, era assustador pra caramba, e eu sabia que ele precisava de um tempo.

— Não precisa me responder agora — garanti a Jude, ajeitando sem motivo as dobras invisíveis do meu vestido justo. Ainda em pé, comecei a me afastar e ele me acompanhou. — Pode me ligar assim que tomar uma decisão. Sei que isso é repentino, mas...

— Courtney — Jude me interrompeu e piscou duas vezes seguidas. — A resposta é sim, eu não preciso pensar. Queria você nesse empreendimento antes que se oferecesse. Eu só fiquei um pouco chocado com a sintonia dos nossos pensamentos.

Alegria é uma palavra pequena demais para descrever o que senti ao ouvir aquilo. Meu sorriso se alargou de uma maneira que o rosto chegou a doer. Eu me aproximei de Jude e, antes que pudesse pensar sobre o assunto, passei os braços em seu pescoço e o abracei. Senti seu corpo se colando ao meu e dessa vez não era em um âmbito sexual, mas íntimo, um agradecimento.

Levou alguns segundos — ou séculos, depende do ponto de vista — para Jude envolver as mãos na minha cintura e completar o espaço que faltava. Ele estava tão cheiroso e quente, que fechei as pálpebras por um segundo. Jude deixou sou rosto cair entre o meu pescoço e ombro, inspirando forte o perfume de rosas que se encontrava ali.

Quando senti que era emoção demais e eu provavelmente começaria a chorar de euforia, apoiei as mãos em seu peito rígido e me afastei.

Nos encaramos.

— Talvez você não entenda isso agora, Jude, mas, quando sofri o acidente, pensei que a minha vida tinha acabado — iniciei um desabafo que não pude conter. Meus olhos piscaram, afastando as lágrimas. Por mais que já tivesse contado a ele o que houve, não cheguei a mostrar como me senti. — Nos segundos em que perdi o equilíbrio e bati a cabeça na estrutura de ferro, eu soube que a minha profissão tinha chegado ao fim. Eu amava o que fazia, entende? E sabia que tinha chegado ao fim antes mesmo que me sentisse satisfeita sobre aquilo. Eu perdi a fé em mim mesma, perdi a direção, perdi a força de vontade e recebi uma indenização por tudo que me aconteceu, tendo em vista que eles assumiram

Coração em Chamas

que foi culpa da produção, mas nenhum dinheiro parecia o suficiente para cobrir o buraco no meu peito.

Me surpreendendo, Jude levou sua mão até o meu rosto e começou a acariciar a minha bochecha com o polegar. A voz que saía da garganta era firme, porém, assim que seu contato passou por minha pele e foi molhado, eu sabia que lágrimas estavam descendo devagarzinho, como se não quisessem me assustar.

— Eu tenho um afundamento no crânio e, como te disse, isso me impede de realizar as coisas que fazia como profissão. O médico disse que eu teria que voltar a trabalhar com um capacete. — Comecei a rir, em meio às lágrimas. Jude sorriu. — Imagina uma dublê vestindo esse tipo de proteção, Jude! As pessoas nunca iam me contratar, e eu sou defeituosa.

— Você não é — murmurou Jude, admirando meus olhos.

— Sim, eu sou — enfatizei, a voz mais grave. — Não podia fazer o que eu amava, eu simplesmente não podia mais ser a Courtney Hill que batalhei a vida inteira para ser. Mas você chegou aqui na casa da Bianca, apresentando esse projeto, e eu senti toda a adrenalina que me fazia correr em alta velocidade e saltar de cenários montados para que eu fosse a dublê perfeita. Eu senti a adrenalina, sem precisar tirar a porcaria da minha bunda do sofá.

Jude abriu um sorriso de lado, com apenas a covinha da esquerda aparecendo.

— Não é uma porcaria de bunda, Branca de Neve.

Rolei os olhos e comecei a rir.

Ele se afastou e as lágrimas pararam de cair.

— Não consigo imaginar como é ter um sonho interrompido — Jude começou a falar, sua aparência branda, porém concentrada, que fez o meu estômago saltar de forma idiota. — Mas sei como é viver perdido em si mesmo, tentando se encontrar. Faço isso a vida toda, Courtney. Sou expert em privações nesse sentido. Então, estou feliz por você ter achado uma coisa que te faça sentir essa vontade de novo, estou feliz pra caralho por você ter se aberto comigo sobre isso, porque eu quero que nós dois estejamos apaixonados pelo Heart On Fire na mesma proporção. Eu quero que seja a coisa mais ousada da porra desse mundo e, se você tá nisso como eu tô, como estou vendo que você tá, eu não tenho nada a dizer a não ser obrigado. Sério, Courtney. — Fez uma pausa longa, seus olhos nos meus. — Obrigado.

Não percebi o quanto isso era importante para Jude. Eu sabia que ele tinha problemas com os pais e saber que ele viveu a vida inteira como eu estava vivendo nos últimos meses fez a minha garganta coçar.

Aline Sant'Ana

Nós provavelmente passaríamos pelo inferno para fazer esse navio entrar em curso, mas, desde que fizéssemos isso juntos, nada poderia nos parar.

Decidi, então, falar o óbvio.

— Eu vi o orçamento que você fez e sei que não tenho aquelas centenas de milhões de dólares. Você entende que essa sociedade será muito discrepante? Porque eu não vou ter como investir...

— Eu também não tenho centenas de milhões, Branca de Neve — murmurou, achando algo engraçado no que eu disse.

— Meu Deus, então como a gente vai conseguir criar isso do zero?

Ele mordeu o lábio inferior e sinalizou para voltarmos a sentar no sofá.

— Eu vou explicar.

Jude

Me sentei com Courtney no sofá, pronto para contar a ela como conseguiria realizar o plano. Deixei que a emoção de tê-la como sócia não fosse tão explícita, mas eu sentia um mundo de questionamentos dentro de mim, nos quais deixaria para pensar a respeito depois. Agora, eu tinha que garantir a ela que a loucura do Heart On Fire, apesar de cara pra caralho, seria plausível.

— Um dos meus amigos da marinha precisou pedir afastamento definitivo devido a um problema de família — comecei a explicar. — O pai de Dominic era dono de uma indústria náutica que possuía soluções para construção naval em geral, mas com foco em cruzeiros e iates de alto luxo. Dominic precisou ir embora porque seu pai faleceu e ele teve que cuidar dos negócios, sendo filho único e entendedor do assunto.

— Nossa, Jude. Eu sinto muito por ele.

— Sim, eu também senti. A marinha era o verdadeiro amor do cara, mas eu sabia que, desde que ele estivesse envolvido com a coisa, não sentiria tanta falta. — Fiz uma pausa. — De qualquer forma, Dominic hoje tem todo o império do seu pai, herdou uma quantia bilionária, ou até mais do que isso, e continua com os negócios. Ele foi uma das poucas pessoas que sempre me apoiou no lance de ter um empreendimento, ainda que não fizesse ideia do que era. Porra, nem eu fazia ideia do que queria fazer, não até encontrar você.

Courtney ouviu essa informação e seu sorriso se abriu.

— Continue.

— O meu plano é, durante um tempo, alugarmos um navio e fazermos várias festas no maior estilo do projeto. Depois, com mais grana acumulando, alugamos outro e outro... afinal, Dominic tem alguns navios usados lá, esperando serem vendidos. Enquanto não vendem, tenho certeza de que ele faria um preço legal para o aluguel e, com o dinheiro que ganharemos, conseguiríamos juntar em alguns anos até termos o nosso. Depois disso, é só embarcar. Poderíamos conversar com Dominic, apesar de eu já ter ligado para ele a fim de ter uma noção dos preços. Ele me passou a planilha, mas sem saber para o que diabos eu queria.

— Você realmente esquematizou tudo.

— Eu quero fazer acontecer, Courtney.

— Bem... e quem vai dirigir o cruzeiro?

— Eu — respondi, sucinto.

Ela abriu os lábios em choque.

— Você pode?

— Eu sou capitão, Courtney. Sou bacharel em ciências náuticas e estudei quatro anos em regime militar, sob internato. Conheço qualquer navio e, como comandante, tenho a licença para ser capitão de longo curso, podendo levar a tripulação para qualquer água internacional. Tudo o que preciso fazer é pegar uma licença nova e conversar com um superior, para que ele me libere das missões definitivamente e eu possa fazer viagens com foco em turismo. E sei que consigo, porque já estive em ação por mais de seis anos. Então, posso comandar o Heart On Fire.

Courtney pareceu bem mais surpresa naquele segundo.

— Você realmente vai largar as missões?

— Sim.

— E pilotar ou seja o que for... o Heart On Fire?

— Com certeza.

Ela levou alguns segundos para se recuperar, me olhando de cima a baixo. Quando pareceu mais lúcida, continuou:

— Posso conseguir as pessoas para encherem o navio, mas vai levar um tempo. Precisamos de uma identidade para essa empresa, depois vamos precisar escolher o nome, já que você deu apenas a ideia do projeto... a minha tatuagem. Eu quero conversar com a Bianca para, quando formos legalizar isso, termos um contrato de sociedade e tudo direitinho. — Courtney suspirou. — O que nos leva a outra coisa que está como um elefante nessa sala, porém não tivemos coragem

Aline Sant'Ana

de abordar.

Ah, sim. A atração fodida que eu sentia por ela e vice-versa.

— Quer falar sobre isso? — questionei.

— Precisamos conversar sobre isso.

— Certo. — Suspirei fundo e acomodei as costas confortavelmente no sofá. — O que você está pensando?

— Quero saber se vai ser complicado para nós o fato de termos dormido juntos.

Porra, direto ao ponto. Me remexi desconfortavelmente.

— Vai ser para você?

— Perguntei primeiro. — Courtney sorriu.

— Eu posso me segurar, Branca de Neve. — Minha voz soou mais rouca.

Pode, Jude? Pode mesmo, filho da puta?, meu cérebro acusou.

Encarei o decote que o corset deixava em seu vestido, as coxas de Courtney, a peça bem curta agarrada em suas curvas.

Admirei seus lábios.

Quantos anos dura uma sociedade mesmo?

Voltei para o decote.

Tempo demais.

— Pode? — inquiriu, sua voz divertida. — Então tire os olhos dos meus peitos, Jude.

— Porra... — murmurei, voltando a fitá-la.

— Acredite, eu sei. Mas também entendo que a noite que tivemos foi só uma coisa passageira. Se quisermos abrir essa sociedade, vamos precisar respeitar o espaço um do outro — Courtney enfatizou, mas sua voz falhou um tom. — Você vai continuar com as suas noitadas e eu com as minhas. Para sermos sócios, vamos precisar ser amigos, claro, no entanto, se cruzarmos a linha...

— É perigoso brigarmos e fodermos o projeto — concluí.

— É o que eu penso — Courtney frisou.

— Eu fiz uma promessa quando você saiu da minha casa e vou cumpri-la.

— Tudo bem — suspirou —, eu sei que vai.

Resolvi provocá-la um pouco. Desencostei do sofá e sentei bem na ponta. Apoiei os cotovelos nas coxas e me inclinei para ela.

Coração em Chamas

— E você, Courtney?

Ela encarou meus lábios.

— Eu o quê?

— Consegue aguentar a atração que sente por mim?

— É moleza — respondeu sorrindo, a voz baixinha. Ela manteve os olhos em minha boca.

— Então pare de me olhar como se quisesse que eu arrancasse suas roupas.

Desperta, voltou para a zona segura.

— Eu não te olho assim! — protestou.

— Uhum. — Sorri e voltei para minha posição no sofá.

— Vai ser difícil — Courtney admitiu, a voz tão suave que quase não fui capaz de escutar.

Eu, no entanto, quis bem que ela ouvisse.

— Vai ser o inferno.

— Mas vamos conseguir — Branca de Neve acrescentou.

Dei mais uma olhada para o seu corpo.

— Espero que sim.

Courtney

Eu posso ter pirado por uns cinco minutos inteiros quando descobri que o Jude seria o capitão do Heart On Fire. Posso tê-lo imaginado de farda, arrancando pedaço por pedaço de roupa, me mostrando a pele bronzeada. Posso ter voltado ao momento em que Jude tirava a roupa e mantinha aquele quepe sexy pra caramba, me provando que marinheiros são, de fato, a fantasia sexual de qualquer mulher.

E era meio difícil pensar que eu seria sócia de um.

E teria que vê-lo com aquelas roupas, sem arrancá-las do seu corpo esculpido.

Ou sem beijar os lábios masculinos mais macios e quentes que já experimentei...

Mas esse era o momento da minha vida, a chance de me reerguer das cinzas. Eu não poderia deixar que um homem lindo e a minha atração descontrolada por

Aline Sant'Ana

100

ele ferrassem com tudo. Eu precisava colocar a cabeça no lugar.

— Acho que a nossa reunião durou bem mais do que o esperado — Jude disse, pegando o celular para ver a hora. — Já é meia-noite.

— Meu Deus!

— Sim, levamos muito tempo discutindo tudo. Estou empolgado pra caralho, Courtney.

Sorri.

— Também me sinto assim.

— Você quer se reunir com o Dominic esta semana? Podemos pesquisar e conversar com ele a respeito de tudo. Ver com mais precisão o que podemos fazer e começar a colocar o projeto em andamento.

— Eu acho perfeito, de verdade, Jude.

Ele se levantou e eu me levantei também. Soltei um suspiro quando Jude passou na minha frente e encarei a sua bunda maravilhosa, o formato largo das costas e como a regata branca ficou bem em seu corpo, exibindo os braços tatuados e fortes.

Jude parou na porta, me lançou um olhar tranquilo e enfiou as mãos no bolso traseiro do jeans.

— Você me passou o seu número certo, quando nos conhecemos? — questionou de repente.

Umedeci a boca.

— Sim.

Ele sorriu.

— Então eu vou te ligar. Também vou te adicionar no Facebook, lá é mais fácil de conversar.

— Parece ótimo.

Novamente, estávamos lidando com despedidas. Mas agora, muito diferente da outra vez, não era um adeus. O começo de uma parceria maluca e súbita, é verdade, no entanto, havia tantas promessas no olhar de Jude, tanta energia e determinação, que senti que o veria muito em breve.

Não sabia como lidar com as sensações e emoções que estava sentindo por Jude, na verdade, talvez não conseguisse nomeá-las. Tudo o que conseguia compreender naquele segundo é que eu precisaria afastar toda a confusão mental e me deixar levar.

Coração em Chamas

— Courtney... — Jude me chamou, parado na porta.

— Sim?

— Obrigado por se oferecer para a sociedade. Obrigado por abraçar essa ideia, significa muito.

— Eu que agradeço.

— Sei que não nos conhecemos direito — Jude continuou —, mas sei que posso aprender bastante sobre você no tempo que tivermos. E vice-e-versa. Isso parece meio intenso, porque, se der certo, é o compromisso de uma vida, mas te garanto que vou cumprir a promessa que fiz a você e, por mais que seja foda pra caralho, vamos conseguir nos manter no âmbito profissional.

Eu sabia que sua palavra valia mais do que um contrato assinado. A verdade estava nos olhos de Jude, tarde da noite, com o vento gelado entrando pela porta aberta da casa de Bianca. Olhando-o apenas de regata, alheio à temperatura mais baixa, soube que nada abalava aquele homem. Nem sua família indiferente, nem uma guerra com mil homens, muito menos a tentação pelo corpo de uma mulher que já esteve em sua cama.

Jude Wolf não desonraria sua promessa.

E, em algum lugar do meu coração, senti um aperto vazio.

— Obrigada por me tranquilizar a respeito, Jude. Parece louco, eu sei, mas confio em você.

— Na noite em que nos conhecemos, você disse que não confiava.

— Eu não era capaz de te ver como vejo agora.

Ele deu um passo à frente. Fiquei consciente de sua presença, assim como no abraço, exceto que agora nós não nos tocamos, embora sua admiração estivesse profundamente estampada no rosto e o desejo por contato, também.

— E como você me vê?

Antes que pudesse pensar, soltei o ar com força e as palavras saíram em uma velocidade moderada.

— Você é um homem de palavra, um cara que não mede esforços para ter o que quer. — Jude, com os olhos fixos nos meus, ouviu atentamente. — É independente, não gosta de regras, exceto as que você mesmo cria. Mesmo assim, não é egoísta, tem um bom coração.

— Tenho? — sussurrou.

— Você é capaz de ser dois homens em um só, sem que uma personalidade bata de frente com a outra — continuei. — Vejo um amigo e um amante, vejo

Aline Sant'Ana

102

um marinheiro e um empresário, vejo quem você quer ser e quem os outros querem que você seja, mas entendo que não luta para provar o contrário, você só quer ser melhor do que as expectativas baixas que eles criam. Você, Jude Wolf, é destemido o suficiente para ser melhor do que esperam que você seja.

— Courtney...

— Além de tudo o que disse anteriormente, ainda respondendo a sua pergunta, sou capaz de enxergar um homem em quem posso confiar, porque, se ele serviu ao meu país e ficou em alto-mar por anos somente para cumprir seu dever com a nação, sei que posso acreditar em sua palavra, assim como posso deixar a minha vida em suas mãos. Não tenho medo, receio ou qualquer ressalva em relação a você, Jude. Se você diz, eu acredito. Porque é isso que fazemos com homens honrados e eu aposto que você tem várias medalhas na sua farda, não tem? — Resolvi aliviar o final, porque a intensidade com que Jude me olhou fez meu estômago congelar.

— Muitas — confessou, com a voz grave.

— Eu disse — brinquei, embora naquele segundo estivesse imaginando como sua farda de cerimônia era bonita.

— As pessoas sempre me julgam pelo meu comportamento.

— Elas estão erradas — sussurrei.

— Eu nunca ouvi essas palavras antes.

— Pois deveria tê-las escutado.

Comecei a observar os traços de Jude. O maxilar bem desenhado, embora não largo para deixá-lo com o rosto grande. O queixo com um furinho, a barba por fazer que agora cobria todo o espaço que podia em seu rosto, marcando uma sombra escura na pele. Os olhos quase verde-escuros, pela intensidade da luz da entrada da casa de Bianca. Além do nariz reto, bem masculino e sem detalhes suaves, como o lábio cheio, que foi feito para enlouquecer uma mulher.

Ele não fazia ideia do quanto era bonito.

— Suas palavras mexeram comigo e eu agradeço por cada uma delas. Mas vou embora agora, antes que eu faça uma merda nada honrada, Courtney. — A voz grave, intensa demais, fez os pelos do meu braço se erguerem.

Acabei sorrindo fracamente.

— Boa noite.

Jude se afastou e desceu um degrau, de costas para a rua e de frente para mim.

Coração em Chamas

— Boa noite, Branca de Neve.

Enquanto assistia-o ir embora, pensei que eu precisaria ser forte dali para a frente e que seria necessário muito mais do que força de vontade para resistir a um homem como Jude Wolf.

O capitão de um cruzeiro erótico, pensei e ri sozinha.

Um pecado sobre duas pernas.

Aline Sant'Ana

PARTE II
Três anos depois

Coração em Chamas

CAPÍTULO 8

Baby, I'm not made of stone, it hurts
Loving you the way I do, it hurts
When all that's left to do is watch it burn
Oh baby, I'm not made of stone, it hurts

— *Emeli Sandé, "Hurts".*

JUDE

Há três anos, quando iniciamos o planejamento do ideal do Heart On Fire, eu e Courtney não fazíamos ideia do negócio que tínhamos em nossas mãos. Sabíamos que era uma ideia incrível, que precisaria de muita grana — sendo que não tínhamos o suficiente — e que não poderíamos dar um passo maior do que a perna. No entanto, não havia como prever o sucesso disso tudo. Não tínhamos como imaginar o que nos esperava.

Fomos percebendo, com o decorrer das festas que fizemos, o quanto as pessoas pagavam caro por sua liberdade. No começo, com todos muito inseguros para irem a um local que garantia sexo, conforto, intimidade e sigilo, pensamos que seria complicado conquistar a confiança do público-alvo. Porra, como nós fomos surpreendidos. Assim que a propaganda boca a boca começou, os convites para a festa sendo espalhados entre amigos da alta sociedade, gente famosa e rica indicando mais gente famosa e rica, não conseguimos mais parar.

O plano inicial foi alugar um cruzeiro usado que pertencia à indústria naval do meu amigo, o Dominic. A minha sorte era que o cara tinha uma mentalidade parecida com a minha, o tino para fazer o dinheiro multiplicar, e, assim que expus para ele a ideia, tive seu total apoio. Inclusive, Dominic quis ir para a festa, a fim de curtir o que foi prometido pela premissa. Fizemos uma espécie de acordo com o cara: ele cobrava valores acessíveis nos aluguéis, desde que pudesse ir a todas as festas de Miami gratuitamente.

Da primeira festa, conseguimos a segunda e, da segunda, a terceira. O dinheiro começou a rodar e a margem de lucro era assustadora, a ponto de eu e Courtney termos dinheiro para uma vida tranquila pra cacete e ainda sobrava absurdos para investirmos. Miami, por fim, se tornou uma cidade pequena para o ideal Heart On Fire e, como a indústria de Dominic envolvia todos os Estados Unidos, começamos a fazer nas regiões mais próximas. Realizávamos, no final do

Aline Sant'Ana

segundo ano, até seis festas em cidades diferentes, tudo ao mesmo tempo.

É possível imaginar como as coisas foram malucas durante esses três anos. Consegui com a marinha a minha liberação para poder ser o capitão de navios de turismo, embora ainda não pudesse, de fato, levar o Heart On Fire para alto-mar, tendo em vista que ainda não tínhamos dinheiro para isso. Eu e Courtney queríamos muito, queríamos o nosso próprio cruzeiro, e a realidade estava chegando perto. Trabalhamos duro, nos dividindo para cada um dar atenção ao que podia, quase entrando em uma sincronia perfeita, na qual um confiava no outro sem precisar questionar.

No final do primeiro ano, percebemos que, além dos funcionários contratados para a festa de uma noite em cada navio, precisávamos de uma equipe por trás, para que não enlouquecêssemos. E cara, na boa, a equipe Majestic foi a melhor coisa que conseguimos montar, porque, apesar de toda a magia e sincronia entre Courtney e mim, nós não éramos super-heróis. O segundo ano, então, foi menos desafiador no âmbito profissional porque, apesar de termos mais festas, mais navios, em mais cidades, construímos um time tão foda que o peso saiu de nossas costas.

Acabou que, com exceção da idealização das festas, no ano atual, eu quase não me encontrava mais com a minha sócia. Nós limitávamos a comunicação a telefone e internet, e talvez fosse melhor assim. Courtney ficava mais nas redondezas e eu focava em Miami, para atender as altas expectativas das pessoas que iam de Hollywood para lá.

Uma pena que isso não significava que havia sido fácil ignorar o fato de que já tínhamos dormido juntos e que ambos — mesmo depois de todo esse tempo — ainda se sentiam atraídos um pelo outro.

Acredito que, no começo, foi complicado. Envolvidos em uma atmosfera sexual demais, planejando as primeiras festas, tínhamos que falar de sexo, olhar para o outro, sabendo bem o que fomos capazes de fazer entre quatro paredes. Meu corpo queimava por Courtney e, por mais que eu pudesse transar com uma mulher diferente a cada final de semana, nenhuma delas me aplacava a vontade que sentia de tomar a minha sócia nos braços, mergulhar naquelas curvas, escutar a sua voz sexy, a sua inteligência. Correndo o risco de contrariar o Jude do passado, Courtney era muito mais do que só uma foda.

Então, sim, no começo, foi difícil.

Não sabíamos se o negócio ia dar certo, trabalhávamos próximos e com frequência e, mesmo que tentássemos, não era possível ignorar a maneira que nossas respirações aceleravam quando estávamos perto um do outro ou em como o olhar escorregava para a boca.

Coração em Chamas

Tudo isso foi um purgatório até que o "nosso filho" começou a dar certo, passando a ser depois daquilo um inferno.

O sucesso subiu em uma escala que não previmos e isso colocou medo nos dois. Medo pra caralho. Se cruzássemos uma linha, tudo o que lutamos — e foi muito — poderia ir para o espaço. Funcionávamos em sincronia, pensávamos do mesmo jeito, era uma sociedade perfeita, mas, se misturássemos as coisas e não funcionasse, a gente ia afundar.

Que metáfora.

Courtney foi a primeira a reparar que, no meio do segundo ano, estávamos quase cedendo. Em um dos encontros que tivemos, eu fiquei a um centímetro de beijá-la, de fodê-la no meu sofá mais uma vez e de tomá-la para mim. Ela enfiou entre nós um espaço emocional e físico, me lembrando de tudo o que poderíamos perder por um beijo, por uma transa.

Então, no dia seguinte, Courtney quis deixar bem claro que ia passar com um trator em cima da atração. Havíamos marcado uma reunião e ela apareceu com um cara na porta da porra da minha casa, beijando ele e com olheiras de quem passou a noite inteira ocupada.

Eu fiquei com raiva na hora, tão puto, que quase matei o filho da puta de tanto que o soquei. Assim como fiquei com essa fúria por um longo tempo, Courtney ficou irritada, porque eu bati no seu encontro sem motivo. Passei a jogar na cara dela suas transas esporádicas — o que era ridículo, porque eu fazia a mesma coisa — e ela a dizer o quanto eu estava sendo um neandertal possessivo. Por fim, as brigas duraram quase dois meses, até que Courtney se cansou e mandou eu me foder, disse que, se eu estava brigando com ela por ficar com outros caras, imagina como seria se entrássemos em uma amizade com benefícios. Eu me lembro de suas palavras: "Isso é ruim, Jude. Se terminássemos, a sociedade ia acabar também? Conseguiríamos separar? Até porque nós dois não estamos em um relacionamento, mas você age como se fosse um ex-namorado insuportável".

Eu soube que aquela era sua maneira de tomar distância, assim como o fato de eu trepar com várias mulheres era o modo de eu afastar qualquer confusão emocional.

Sinceramente, eu não era um cara fácil de me apaixonar, mas já tinha sentido isso no passado e sabia, bem lá no fundo, que, se Courtney deixasse, a gente ia envolver o coração nessa receita trágica. Se ela deixasse eu tomar seu corpo todos os dias, se ela me deixasse entrar além de sócio, como um amigo, um amante, eu ficaria de quatro por ela e não ia ser bonito. Sou um cara ciumento, gosto de cuidar do que é meu, e Courtney é independente demais para aguentar essas merdas. Porra, ela fazia boxe e sabia artes marciais. Quem precisa de um

Aline Sant'Ana

homem protetor quando sabe quebrar outro cara ao meio?

De qualquer forma, ela não queria arriscar o projeto milionário que tínhamos. Courtney achava que era muito risco para pouco ganho. E, realmente, como podemos comparar uma foda com algumas centenas de milhões de dólares?

A não ser que aquela foda fosse com Courtney Hill...

Meu celular vibrou no bolso, tirando a imagem de Courtney nua da minha cabeça. Havia chegado um e-mail de Dominic, com alguma novidade sobre a indústria que ele queria que eu ficasse sabendo. Como era tarde da noite, não visualizei. Aproveitei para virar o scotch em um só gole, finalizando o copo. Já passava das três da manhã, havia uma mulher nua nos meus lençóis, que eu não sabia como se chamava, mas isso não era importante. Eu poderia voltar para lá, transar com ela, fingir que eu estava gostando e que repetir isso por longos três anos, enquanto eu só queria *uma* mulher específica, não era cansativo pra caralho.

Dizem que não se pode ter tudo na vida, não é mesmo?

Sorte no dinheiro, azar no amor.

Comecei a rir baixo pela ironia, antes de acordar a garota desconhecida com beijos por suas costas e fazê-la gemer assim que me afundei em suas curvas molhadas.

Que grande estupidez era ser rico, se a única coisa que eu queria não podia ser conquistada pelo número de zeros da porra da minha conta bancária.

Courtney

Soquei com força com um gancho de esquerda e elevei o joelho para alcançar o saco de areia na altura certa. Fiz isso alternadamente por vários minutos. Eu já estava suada de quase uma hora de treino, mas não podia deixar de trabalhar a ansiedade. Fazia um tempo que não via Jude, talvez algumas semanas, e, durante os nossos encontros, sempre ficava aquele clima tenso de um assunto que não fora resolvido.

Bati de novo no saco de areia com o joelho, empenhando mais força dessa vez, sentindo o suor descer pelas costas.

Na maior parte do tempo, eu desejava pular no colo de Jude, mandar a razão para longe e me entregar. Eu fui a responsável pelas barreiras entre nós, porque tenho certeza de que Jude não cumpriria a promessa que fez para mim há anos. Ele certamente não parecia querer cumprir, porque, cada vez que se

Coração em Chamas

aproximava, vinha com intenção de me provocar. Quando o assunto profissional escorregava, ele era o primeiro a falar qualquer coisa que me deixava arrepiada, a me tocar em uma parte do corpo que não deveria, a admirar a minha boca como se lembrasse do gosto dos meus lábios.

E era difícil, *muito difícil*, segurar a tensão sexual por todo esse tempo.

Cada dia eu sentia que ficava mais complicado. Eu podia levar todos os homens da cidade — e dos arredores — para a minha cama, ter vários orgasmos, beijar inúmeras bocas, mas, para a tristeza do meu corpo, nenhum deles era Jude. Meu Santo, como era irritante isso! Saber que aquele homem havia me estragado para qualquer outro ser humano, saber que o meu corpo se lembrava do dele e reconhecer que, em algumas noites, os sonhos eróticos vinham e era a imagem *dele* que aparecia para me embalar. Era humilhante não conseguir me livrar do que sentia, por mais esforçada que eu fosse. Nenhuma pessoa merecia ter tanto controle sobre a outra assim e se Jude soubesse ou, pior ainda, percebesse que *eu* não tinha mais forças para impor limites, até quando conseguiria manter essa âncora sob o mar? Até quando a nossa sociedade ia durar?

Senti imediatamente falta de Brian, de poder conversar com ele e pedir seus conselhos. Ele havia se tornado um grande amigo, assim como sua irmã era para mim. De uma semana morando por lá, passei quinze dias com os irmãos Wayne. Depois de um mês, virou um ano. Não consegui me desapegar de ambos e, quando Brian teve que ir para uma missão, no final de dezembro, eu soube que meu coração tinha se quebrado um pouco. Ele me ouviu falar sobre Jude, me aconselhou sobre seu amigo, disse o que achava da nossa sociedade e, agora, eu tenho certeza absoluta, Brian me diria mais alguma coisa sábia que me faria botar a cabeça no lugar.

Mesmo sem os conselhos de Brian, eu tinha sua irmã ao meu lado todos os dias da semana. Eu estava morando no mesmo bairro de Bianca e de Jude. Apesar de não ver tanto assim a terceira pessoa citada, eu vivia colada na casa de Bianca. Sabia que ela sentia falta do irmão e, depois de viver um ano com ele, reconhecia o buraco que Brian era capaz de deixar. Dessa forma, ano passado, assim que veio um dinheiro fantástico do empreendimento que me fez recuperar o dobro da grana que investi, comprei a casa ao lado da minha melhor amiga.

Por ela, claro, nunca por Jude.

E eu queria ouvir seus conselhos sobre Jude, queria que Bianca pudesse me dizer o que fazer, mas ela estava em uma fase romântica, apaixonada por um promotor e etc, então, pensei, enquanto socava com força o saco de areia, seus conselhos seriam sobre arco-íris e finais felizes. E ela realmente acreditava que meu relacionamento com Jude ia dar certo uma hora, que ambos pararíamos

Aline Sant'Ana

de ser teimosos e que veríamos que, se tudo corria bem na profissão e na cama, daria certo também no amor. Ela achava que nós íamos passar por um momento de transição, que a paixão ia vencer a atração e que todo mundo ia se declarar, mas B não sabia que Jude passava literalmente cada dia do final de semana com uma mulher diferente e que eu ficava com uns caras aleatórios durante o mês. Éramos, oficialmente, a prova de que conseguimos seguir em frente.

Eu, confesso, falhando miseravelmente nisso, mas Jude estava bem... com *aqueles* casos dele.

Acabei socando com o máximo de força, ignorando o sangue fervendo nas veias e a dor absurda no pulso.

Decidi parar.

Estava sentindo ciúmes de Jude e isso já não era novidade. Cada vez que eu olhava seu Facebook, o sentimento estúpido vinha no meu coração. Determinada a fazê-lo ir embora, suspirei fundo e olhei que horas eram. A reunião com Jude e Dominic, o cara que salvou a nossa bunda desde que o empreendimento tinha começado, estava marcada para dali a uma hora.

Droga, eu precisava ser forte de novo.

Fui direto para o banho com a mente vazia e, assim que saí de lá, vesti uma calça jeans creme com alguns rasgos, botas coturno marrons e uma blusa vermelha bonita, que caía nos dois ombros e tinha um leve brilho. Passei uma maquiagem suave na boca, mas intensa nos olhos, e, depois de perfumada e com todos os documentos na bolsa, saí de casa para ir a uma distância não muito longe dali.

Jude morava a quatro quadras e eu optei por ir a pé ao invés de tirar o carro da garagem. Estava um dia bonito. Miami sempre elegante com o céu azul e o clima quente... Eu adorava essa cidade. Apesar de ser branca como a neve, sentia paz quando o calor aquecia cada parte da minha pele, fazendo eu me sentir viva. A alegria de estar bem-sucedida era o suficiente para a sensação voltar a me tomar e os fantasmas de uma profissão antiga que eu amava não me atormentavam mais. Agora, eu havia encontrado outra coisa para me fazer feliz, outra paixão e o foco e o desejo em construir o Heart On Fire de verdade deveriam ser o bastante para me afastar de Jude.

Eu finalmente estava contente e satisfeita. Sexo só ia atrapalhar a equação.

Cheguei na casa imensa e masculina do homem que atormentava os meus pensamentos. A porta da entrada estava aberta e eu escutei risadas masculinas. Sabia que uma delas pertencia a Dominic e imaginei que eles estivessem prontos para começar a falar da próxima festa que faríamos. Já me senti subitamente

Coração em Chamas

empolgada, com a cabeça a mil, mas parei de pensar por uns segundos quando me dei conta da cena em frente aos meus olhos.

Vi dois caras gostosos sem camisa, fazendo sei lá o quê com uma coqueteleira. Dominic jogou a cabeça para trás, rindo à toa, e Jude abriu um sorriso para o amigo, balançando algum drink naquele negócio metálico, fazendo com que seus braços e — por Deus — suas costas ficassem tensos.

Deixei a bolsa descer devagar pelo ombro e pigarreei.

Dominic foi o primeiro a me olhar. Ele tinha a pele bronzeada, os cabelos curtos, ainda no corte militar, mas a sua barba era imensa, quase um palmo abaixo do queixo. Retinha, negra, daquele jeito que só os caras cuidadosos sabem manter, era um chamariz e tanto. Perdi a conta de quantas mulheres se atiravam em Dominic nas festas que fazíamos e os olhos claros, em um tom cinza metálico, tornavam-no ainda mais sedutor.

Foquei em Dominic porque, apesar de ele ser um cara muito gostoso, não me dava arrepios e borboletas malucas no estômago há três anos.

Ele não era Jude.

Falando no diabo...

Jude abriu um sorriso com as duas covinhas. Os cabelos estavam mais compridos do que na época em que o conheci. Jude mantinha um corte bagunçado, mais comprido em cima e curto dos lados. Sua barba estava rala, mas sempre ali, talvez uma semana sem que ele a tivesse feito. Tentei muito mesmo não descer os olhos por seu corpo, focar no semblante do cara mais bonito que já vi na vida, mas foi impossível. Ele usava uma bermuda rosa-escuro de tecido frio, como se estivesse pronto para pular na piscina. Me esqueci da presença de Dominic por um momento ou dois e aqueles olhos mel-esverdeados de Jude, interessados em mim, percorreram delicadamente as minhas curvas.

Estava na hora de dizer alguma coisa.

— Reunião com coquetéis? — Resolvi bancar a mulher indiferente, embora Jude soubesse bem que eu tinha secado cada músculo do seu corpo como se quisesse lambê-lo.

Ele também fez o mesmo, então, empate.

— É uma notícia muito boa que temos para te contar — falou Dominic, sorrindo torto.

Encarei Jude.

— É?

Aline Sant'Ana

114

Os olhos desceram para os meus lábios e Jude umedeceu a boca.

— Com certeza — murmurou baixo e rouco. Depois, encarou meus olhos e abriu um sorriso safado.

Santo Cristo.

— Agora fiquei curiosa.

Dei um passo à frente, incerta se isso era seguro. Por algum motivo, Jude estava especialmente radiante e sedutor. Não sabia o que era, mas o grau de excitação do homem era meio preocupante para a minha sanidade mental.

— Eu acho que o Jude tem que te contar a melhor parte — Dominic falou e tirou a coqueteleira das mãos do amigo. Em seguida, serviu os três copos que estavam sobre a bancada e me admirou por uns segundos. — Courtney, você trouxe biquíni?

— Não — respondi prontamente, desafiando os olhos de Jude. — Não sabia que seria uma festa na piscina.

— Nós decidimos que poderia ser, mais tarde — Jude confessou. — Eu acho que você vai ficar tão feliz que vai querer se jogar na minha piscina.

— Nua? — indaguei, brincando, já que não tinha biquíni.

— Pode ser — falou Dominic, soando sério.

— Não. — A voz de Jude se elevou um tom, ecoando pela sala. — Nem fodendo! Esquece a festa na piscina. Vamos conversar sobre negócios.

— Ah, interessante — provoquei, adorando a vitória pelo ciúme de Jude.

Seu rosto ficou duro, os lábios, franzidos e a testa, vincada.

Adorável.

Dominic nos olhou, escondendo a risada.

— Vamos falar de negócios — o amigo intercedeu. — Jude, te dou as honras.

— Mas isso tem a ver com você também. — Ele ainda estava irritado, pelo tom de voz.

— Eu tô ligado, mas acho mais legal se você contar.

— Bem, foda-se.

Observando a conversa dos dois, decidi me aproximar. Fiquei entre Jude e Dominic e peguei um dos copos com o coquetel que estava sobre a mesa do pequeno escritório. A bebida parecia suave, com suco de laranja, um toque doce e alcoólico.

— Branca de Neve — começou, usando o mesmo apelido de anos. — Você

Coração em Chamas

recebeu o e-mail da nossa equipe financeira este mês?

— Recebi, mas ainda não vi — confessei. — Fiquei presa no projeto da próxima festa nos arredores.

— Certo, eu imaginei — continuou Jude. Em seguida, ele puxou o notebook e me mostrou a planilha. Apontando com o dedo, me indicou um saldo verde. Estreitei os olhos e aquilo era, realmente, *verde* demais. — Isso foi o que faturamos este mês e isso é o que temos em caixa para investimento.

Meu coração começou a acelerar. Era muito dinheiro.

— Isso é sério?

— Sim — Jude falou, com a voz mais branda e sorridente. — Sabe o que isso significa, Courtney?

— Que temos dinheiro para comprar...

— O Heart On Fire — meu sócio concluiu por mim. Eu senti minhas pernas bambearem e bebi mais do coquetel. — Courtney, nós vamos poder montá-lo do nosso jeito. Poderemos fazer as festas que guardamos com cuidado, tudo o que foi pensado vamos conseguir concretizar, só que, dessa vez, pra valer. Colocaremos o cruzeiro em alto-mar e finalmente escolheremos uma rota. Eu vou ser o capitão e, claro, precisaremos de mais gente, mas damos conta. Porra, Courtney! — Pausou. — A gente vai criar um cruzeiro erótico que faz rotas de viagem e não festas nos portos. Literalmente, o nosso Heart On Fire.

Senti exatamente o local onde a tatuagem estava começar a pinicar. Meus olhos encontraram os de Jude e ele estava sorrindo tanto, de modo tão genuíno, que eu quis beijá-lo. Mas, ao invés disso, passei as mãos por seu pescoço e o abracei. Apertei-o tão forte contra o meu corpo que comecei a rir e chorar ao mesmo tempo. Esse era o projeto que veio depois de uma noite mágica com esse homem, o projeto que tínhamos sonhado por três anos e agora finalmente, da nossa maneira, ia começar a acontecer. Pensei que não poderia me sentir mais aliviada e feliz, até que os braços de Jude envolveram a minha cintura e ele tirou meus pés do chão.

— Eu tô feliz pra caralho — ele sussurrou no meu ouvido e imediatamente me arrepiei.

— Eu sei. — Sorri, minhas lágrimas molhando sua bochecha. Os rostos colados. Seu corpo sem camisa grudado no meu. — Jude, meu Deus.

— Sim, porra!

— É mágico. Vai acontecer. — Soltei-o, dando um grito empolgado. Ele riu de mim e eu fui abraçar Dominic, embora longe de ter a mesma intensidade e

Aline Sant'Ana

significado. — Obrigada por tudo, Dominic.

— Ah — ele disse, já me soltando do abraço. — Jude não te contou a melhor parte. Depois disso, você poderá me agradecer.

— Jude? — Me virei para olhá-lo, secando as poucas lágrimas.

— Um cruzeiro, na verdade, é o dobro do valor que temos — Jude começou e eu me senti murchar. — Mas Dominic vai nos fazer a preço de custo e também vai investir o resto que falta, como incentivo para poder fazer as viagens que sempre quisemos com o Heart On Fire. Ele não participará dos lucros, só quer a sua vaga na suíte mais cara e as regalias.

— Isso é... é sério?

— Sim — Dominic confirmou, me fazendo virar para olhá-lo. — Vocês vão ter dinheiro de sobra para terem até mais transatlânticos no futuro. Pensem nisso como um incentivo para nunca mudarem de indústria naval.

— Dominic...

— Ah, agora você pode me agradecer.

— Muito, muito, muito obrigada.

E voltei a chorar. Dessa vez, sem conseguir me conter.

Jude

Quando Dominic me mandou o e-mail e eu ignorei na noite passada, não fazia ideia de que seria uma proposta tão foda. Mas, cara, era a chance de ouro, o bilhete dourado do Willy Wonka, e eu fiquei tão ocupado transando com a menina que não sabia o nome que perdi a chance de ligar para o cara à noite. De qualquer forma, esta manhã, assim que o li, soube que o dinheiro que ele propôs para gastarmos era viável. Dominic tinha dólares para limpar a bunda e era um investidor. Isso, de fato, era tudo o que faltava para conquistarmos os mares e eu finalmente conseguiria ser o capitão do *meu* próprio transatlântico.

Muito louco isso, né?

Courtney ficou radiante, mas, assim que caiu a ficha de que o sonho ia se tornar realidade, começou a chorar. Ela tentava ser forte a maior parte do tempo, e eu sabia o quanto aquilo era importante para ela, assim como era para mim. Então, assim que começou a se soltar sobre isso, o alívio de que o negócio estava mesmo dando certo e poderíamos criar o Heart On Fire do nosso jeito, eu a puxei pela cintura e Dominic nos deu privacidade, alegando que ia se jogar na piscina para comemorar.

Acariciei suas costas, adorando que seu cabelo ainda continuava curto, como no dia em que a conheci. Suas curvas no mesmo lugar, os olhos sempre ariscos e a boca beijável já me era familiar. No entanto, havia algo em Courtney que não estava ali quando a conheci. Uma força de vontade para lutar, uma alegria imensurável que se tornou ainda mais evidente a cada conquista. Ela estava livre, feliz e, porra, eu me sentia assim também.

Foi inegável que fizemos bem um para o outro com essa sociedade.

— Não sei por que estou chorando — ela alegou, aconchegada no meu peito.

Abri um sorriso contra sua testa.

— Eu acho que é de felicidade.

— É que parece demais. É uma coisa... tão maluca.

— Nós conseguimos. Valeu a pena cada noite mal dormida, cada planejamento detalhado, cada objetivo alcançado.

Ela virou para me olhar, seu rosto rosado pelas lágrimas e os olhos ainda mais azuis.

— Estou orgulhosa de você.

Bem, eu não esperava que ela fosse dizer *aquilo*. Elevei a sobrancelha.

— Seu pai pode dizer o que quiser sobre você não ser honrado e ser incompetente. Acredite, por mais que você não diga em voz alta, sei o quanto isso dói.

Engoli devagar, surpreso demais pelas palavras da Branca de Neve.

— Mas eu vejo um homem que batalha diariamente para ser a melhor versão de si mesmo. Então, só queria que você soubesse que eu, Courtney Hill, estou orgulhosa de você.

Segurei as laterais do rosto perfeito de Courtney e abri um sorriso de lado.

— Também estou orgulhoso de você e não é para recompensar o elogio, é apenas porque estou. Sei quão foi difícil abdicar de um sonho e ter de lutar por outro. Mas agora vejo paixão em seus olhos e sei que você ama o que faz. Courtney, você está apaixonada pelo seu trabalho e, cara, eu fico feliz de ser o responsável por isso.

Por um segundo, percebi que Courtney se retesou. Os músculos de sua face e de todo o seu corpo ficaram congelados. Ela entreabriu os lábios, como se quisesse dizer alguma coisa, depois os fechou. Piscou diversas vezes, vasculhou meu rosto com as íris desconfiadas e depois encarou minha boca. Com nossos

Aline Sant'Ana

118

corpos grudados, pude sentir o coração dela acelerar e fiquei confuso com aquela reação, porque eu não disse nada demais.

Ela se afastou do abraço lentamente, depois de quase um minuto inteiro relutando se ia fazê-lo ou não. Seus olhos desceram para o meu corpo e depois focaram no meu rosto. Courtney abriu um sorriso suave e deu um beijo no meu maxilar. Senti uma coisa diferente na barriga, aquele ímpeto e vontade de tomá-la se tornando mais forte a cada segundo, mas respirei fundo, talvez duas vezes, e fechei os olhos.

— Vamos comemorar, Jude?

Sim, eu queria comemorar.

Começaria com as mãos em todo o seu corpo, com beijos em cada parte da sua pele macia, depois a faria gemer ao pé do ouvido e escutaria sua voz me pedindo para fodê-la duro e bem gostoso.

Abri os olhos.

Infelizmente, eu não podia tê-la, pensei. Mas, se Courtney me desse qualquer indício, se ela quisesse quebrar esse voto estúpido de castidade que havia entre nós, eu seria o primeiro a agarrá-la e nunca mais soltá-la.

Mas isso precisava partir dela, então, eu sorri, como se não estivesse afetado pelas imagens vívidas de um sexo que não aconteceria.

— E de que jeito você pretende fazer isso? — questionei, e Courtney encarou meus lábios.

Ela segurou a blusa pela borda e a puxou pela cabeça. Por uns segundos de choque, não consegui entender o que ela estava fazendo, mas aí vi toda aquela pele e... porra! Dei um passo para perto de Courtney, me segurando muito para não beijá-la. Eu literalmente precisei colocar os braços para trás e agarrar a mesa. Admirei seu sutiã vermelho e senti o sangue circular mais depressa, meu autocontrole se esvaecendo, até não sobrar nada além de uma semi-ereção por trás da bermuda.

Courtney colocou as mãos na cintura, puxou a calça para baixo e, em seguida, os coturnos. Sem nada no corpo além da lingerie vermelha e delicada, eu admirei peça por peça. A renda do sutiã, puxando seus seios de modo que o decote ficava em evidência, a barriga lisa, as tatuagens espreitando o braço da Branca de Neve e o Heart On Fire, bem acima da marca da calcinha fio dental, que era tão pequena que mal a cobria...

— Vamos para a piscina? — indagou, sorrindo.

Me lembrei de Dominic e do fato de Courtney estar seminua na minha sala.

Coração em Chamas

Caralho, ela estava tão feliz, mas vê-la assim de roupas vermelhas e provocantes era demais para a minha sanidade. Eu não podia deixar que Dominic a visse, porque...

Porque...

Merda.

— Hum... — respondi, incerto. Minha voz saiu rouca e eu nem tinha começado a falar ainda.

— O que foi?

— Dominic está lá.

— Qual é o problema?

O problema é que Courtney era minha, cacete.

— É inapropriado pra caralho — respondi, esperando que fosse uma resposta sensata.

Courtney abriu um sorriso.

— É do tamanho de um biquíni. Não tenho roupa de banho aqui. Ele não vai se importar.

Tenho certeza de que ele não se importaria, mas, se Dominic olhasse para ela com outros olhos, eu ia matá-lo.

— Eu não quero que ele te veja assim.

Ela chegou perto de mim e eu precisei fechar os olhos quando passou a ponta das unhas compridas por meu tórax, descendo em direção à barriga, que ondulou com o contato.

— Por quê? — Courtney sussurrou.

Segurei a cintura dela, tomando respirações fundas e precisas. Eu era um cara controlado, conseguiria fazer isso e inventar uma desculpa sensata.

Pense, Jude.

— Ele é praticamente um sócio — falei baixo, grave. — E, se tem uma coisa que vimos em relação à sociedade, é que os laços não podem se estreitar. Eu estou vendo você aqui, assim, de lingerie na minha sala e estou esquecendo o fato de que há milhões em nossa conta conjunta e principalmente que fiz uma promessa a você.

Courtney admirou meu rosto, o sorriso ainda lá.

— Dominic é homem, assim como eu, e acredite... — continuei — nenhum ser humano conseguiria resistir a você assim. Então, merda, Courtney...

Aline Sant'Ana

— Você acha que ele avançaria um sinal? — questionou, se afastando de mim.

Dei graças a Deus, porque a pele quente dela estava se tornando insuportável de resistir.

— Eu acho que ele avançaria todos os sinais.

— Bem, então... você tem uma cueca boxer para me emprestar? Se possível vermelha, para fazer conjunto com o meu sutiã.

— Sim, tenho.

Nunca me senti tão aliviado em toda a minha vida.

Courtney abriu um sorriso e eu dei outro a ela, provavelmente mais idiota do que poderia confessar.

Três anos resistindo à vontade de tocá-la.

Nunca estivemos tão perto e, ao mesmo tempo, tão longe.

Mas eu seria paciente e, quando Courtney estivesse pronta...

— Eu vou buscar — avisei, por fim, saindo dali e precisando ajeitar a bermuda, porque a ereção me incomodou por todo o caminho até o quarto.

Caralho...

Foda-se o bom senso, a promessa e a razão.

Que mulher!

Courtney

Já tínhamos bebido muitos coquetéis e a piscina se tornava mais leve a cada drink. Não vou mentir, estar com dois homens gostosos tão pertinho de mim era uma experiência sensacional. Me sentia feliz e, apesar da companhia maravilhosa, era por outra coisa... algo chamado sucesso, que fazia muito tempo que não entrava no meu vocabulário.

Nos divertimos durante toda a tarde, conversamos sobre trabalho e fizemos planos. Eu me reuniria dali a uma semana com Jude, e Dominic me disse que ele já tinha o cruzeiro perfeito para nos vender, novinho, apenas esperando ser decorado. Jude queria algo espetacular e eu também, então, precisaríamos decidir com calma. Cada festa, cada funcionário, cada finalidade para o Heart On Fire.

Quando fechava os olhos, eu podia imaginá-lo.

121

E agora se tornaria real.

Leve demais e feliz, eu precisava me encontrar com Bianca, então me despedi dos meninos. Jude deixou que eu tomasse banho na sua casa e eu voltei para as minhas roupas. Ao tirar a boxer de Jude, me lembrei dele tentando disfarçar o ciúme. Era doce, eu precisava admitir, a maneira como ele me protegia.

Estava confusa e, enfim, eu precisava conversar com Bianca.

Esperei que B me enviasse uma mensagem, avisando que estava em casa. Peguei na geladeira algumas coisas para fazermos uma tábua de frios, uma garrafa de vinho e, embora ainda estivesse alta da bebida que Jude e Dominic fizeram, para ter a conversa que teria com a minha amiga, eu precisava de mais álcool no sangue.

— Oi, querida! — Ela me recepcionou com um abraço caloroso. — Entre. Tudo isso é para nós?

Estiquei a sacola de papel para ela, já deixando-a em suas mãos.

— Sim. Vamos comer e beber.

— Tão grave assim? — B questionou, curiosa.

— Um pouco.

Preparei com B a tábua de frios, escutando ela me contar do seu dia no trabalho, apenas resumidamente, porque parecia ansiosa para ouvir o que eu tinha a falar. Assim que nos acomodamos com o vinho e os frios na mesa de centro da sala e esticamos os pés, consegui tomar fôlego para iniciar um assunto do qual eu estava fugindo há três anos.

— Não sei até quando vou conseguir resistir ao Jude, Bianca.

— Ah, querida... — Ela suspirou.

— Hoje foi difícil lidar com ele e tem sido cada dia mais duro, você sabe disso.

— Embora você não me conte, acredite, eu sei.

Suspirei fundo.

— Preciso de um conselho, B. Nós vamos entrar de cabeça no projeto Heart On Fire e todo o distanciamento que tomei dele esses anos, enquanto eu trabalhava nas redondezas de Miami e Jude focava nas festas aqui da cidade, não vai adiantar. Precisaremos encarar uma coisa totalmente nova e lidaremos um com o outro diariamente. Eu sei que vai ter noites que vamos passar a madrugada inteira conversando, decidindo e etc... eu sei que vai existir uma proximidade maior e... — inspirei — te juro, não sei se vou conseguir resistir ao Jude.

Aline Sant'Ana

— Não resistir seria tão ruim assim?

— Já pensou se a sociedade acabar por causa de um relacionamento que não deu certo?

— Você não era a senhorita do não-vivo-no-e-se?

— Eu mudei, um pouco.

— Não. Você continua a mesma, mas tem medo por Jude. Tem medo de se apaixonar por ele e se machucar.

— Isso é besteira.

Bebi um longo gole de vinho e me servi de mais.

B se acomodou no sofá, dobrando as pernas em formato índio, e abriu um sorriso doce.

— Você sabe que não é besteira e eu acho que você está sendo boba. Deveria demonstrar para Jude que está interessada, mostrar que há uma chance de vocês se envolverem. Você precisa dar dicas, Court. Ele não vai saber a não ser que você mostre que é seguro se aproximar, principalmente por causa da promessa que te fez.

— Como eu vou dar dicas do que quero se ele não para de transar com todo mundo? — questionei, ultrajada.

— Você parou de sair com os caras?

— Hum, não...

— Com vocês dois trabalhando juntos e direto, eu duvido que vão continuar a fazer as coisas que fazem. Vão precisar se concentrar e ficar focados. O passo após jogar a toalha e abandonar outros parceiros vai ser a atração física. Enfim, vai por mim, entrar nesse projeto com Jude de construir o Heart On Fire do sonho de vocês vai te guiar ao caminho certo.

— E que caminho é esse?

B sorriu.

— O caminho do amor, é claro.

— Ah, B. Você está tão apaixonada que é ridículo.

— E você não está?

— Não — apressei-me em negar, embora não tivesse certeza.

— Sei, Court. Acredito em você — ironizou.

B ficou a noite inteira me dando conselhos sobre Jude, sobre como conseguir fazê-lo entender que eu gostaria que a promessa fosse descumprida.

Coração em Chamas

Meu coração acelerou quando me dei conta do desejo que havia profundamente em mim. Alguma parte o queria por perto, queria se aproximar de Jude e ver do que nós dois seríamos capazes. A outra estava agarrada à ideia da sociedade e ao receio de estragar tudo.

Quando deitei na cama, sozinha à noite, percebi que uma das partes estava ganhando feio da outra. Não havia como lutar contra, não havia a possibilidade de vencer, então, suspirei fundo e, como se estivesse saltando de asa delta, me deixei ir.

Ah, Deus.

Que essa escolha não fosse a errada.

Aline Sant'Ana

Coração em Chamas

CAPÍTULO 9

Cuanto tiempo estoy esperando
Tu amor olvidaste de mi
Cuando quería saberlo
Que día esperando de mi
Pensando en mi
Pensando en mi

— Offer Nissim feat Maya, "Cuando".

JUDE

Eu estava com todas as informações necessárias para me reunir com Courtney. Havia a planta do cruzeiro, blocos em branco com espaço suficiente para bolarmos a ideia das festas e etc, além de toda a informação financeira que entraria em jogo. Também estava pronto para recebê-la. Havia tomado banho, vestido meu melhor jeans e uma camisa social leve para lidar com a onda de calor. Apesar de a casa ser climatizada, era a temperatura da minha pele que me preocupava.

Estava quente e ansioso para ver Courtney.

Durante toda a semana, tive sonhos bem agitados que envolviam seu corpo. Minhas fodas esporádicas ligaram e não consegui atendê-las, não quando eu pensava que nenhuma delas poderia substituir a Branca de Neve. A febre envolvia aquela mulher, a única responsável por todas as confusões mentais e físicas do meu corpo.

Mesmo assim, eu precisava deixar toda essa atração de lado ou não conseguiríamos trabalhar no Heart On Fire.

Escutei a campainha tocar e fui em direção à porta. Assim que a abri, fui recepcionado pelo sorriso de Courtney. Por mais que eu pudesse culpar a ansiedade em vê-la, soube que não era esse o motivo de achar que havia algo diferente na minha sócia. Ela estava com um semblante determinado, uma energia que me assustei ao senti-la. Segurei a maçaneta com mais força, por algum motivo que não soube nomear, e a voz de Courtney preencheu meus ouvidos.

— Oi, Jude. — Seu tom soou doce, quase como se ela estivesse flertando comigo.

Aline Sant'Ana

Que porra foi essa?

— Oi — respondi, franzindo as sobrancelhas. — Entre.

Courtney entrou e entregou umas sacolas para mim. Eu as peguei e desci o olhar para o seu corpo. Ela vestia um short de couro preto e uma regata branca e folgada, que era um pouco transparente, exibindo o sutiã escuro por baixo. Seus cabelos curtos estavam bagunçados e úmidos de um banho recente. Nos lábios, um batom rosa, que destacou ainda mais aquela boca cheia, me fez umedecer os meus. Caralho, ela estava linda.

E de coturnos.

— Eu trouxe algo para comermos. Imagino que vamos trabalhar até tarde.

— Sim, vamos — falei, meio perdido nos pensamentos. Abri um sorriso. — O que trouxe de bom?

— Algo para cozinharmos. Eu pensei de comprar qualquer coisa pronta, mas em algum momento vamos precisar de uma pausa.

Me imaginei cozinhando com Courtney e isso me fez lembrar da manhã que passamos juntos, o café da manhã maravilhoso que ela fez para mim. Cozinhar com ela seria íntimo e, cara, eu queria. Era uma das coisas que mais amava fazer.

— Beleza. Vamos cozinhar mais tarde.

Courtney andou pela minha sala enquanto fui guardar os ingredientes na geladeira. Assim que voltei, ela estava com as mãos enfiadas nos bolsos traseiros do short justo, olhando tudo em volta.

— Onde vamos ficar? — questionou.

Na minha cama.

Eu quis muito responder isso e, juro, precisei me segurar com todas as forças para não fazê-lo.

— O escritório não é muito confortável, então será que rola ficarmos no sofá?

— Pode ser. — Sorriu. Courtney agitou a blusa e o seu decote ficou mais evidente. Engoli devagar. — Tá calor aqui, né?

— O ar-condicionado está ligado, mas também estou me sentindo quente.

Courtney desceu a visão por todo o meu corpo com calma e depois buscou meus olhos.

— Hum, eu imagino. — Pausou. — Bem, vamos trabalhar?

Conseguimos nos ajeitar no sofá de modo que ficássemos com um espaço

Coração em Chamas

para o computador sobre a mesa de centro, a quantidade imensa de folhas impressas, os blocos, a planta do cruzeiro e etc. Courtney ficou sentada ao meu lado, bem colada em mim, porque precisaríamos analisar tudo bem de perto e porque eu não sou burro.

Uma mulher gostosa assim na minha casa a mais de quinze centímetros do meu corpo? Nem fodendo.

— Bem, precisamos decidir qual será o foco do Heart On Fire. Sexo sem compromisso ou romance? Por enquanto, estamos abertos somente ao sexo sem compromisso, com as festas. Mas acho legal se pudermos adicionar outro foco ao cruzeiro. O que acha? — Courtney questionou, colocando a caneta na boca.

Quente pra cacete.

— Você acha que é necessário definir isso?

— Eu acho que as pessoas vão acabar encontrando o que elas precisam encontrar, mas, ao mesmo tempo, acho legal haver festas que estimulem o romance.

— Isso é interessante.

— Podemos fazer festas sexuais e festas românticas.

— Ou podemos colocar uma festa para cada dia, com uma temática diferente — adicionei à ideia.

— Várias festas ao mesmo tempo! De modo que as pessoas possam escolher para onde querem ir.

— Caralho, Courtney! — elogiei sua ideia.

— Pega a planta do nosso Heart On Fire — pediu, animada.

— Você está pronta para ter uma ideia de como ele é?

— Eu estou maluca!

O cruzeiro que foi apresentado por Dominic, para nós montarmos o Heart On Fire, era espetacular. Tinha capacidade para quatro mil passageiros, além dos tripulantes. Era um transatlântico imenso que poderia cruzar mares internacionais. O nosso Heart On Fire era elegante por dentro, Dominic havia me dito, mas poderíamos modificá-lo se quiséssemos. A decoração seria conosco, embora ele conhecesse um cara que seria indicado para fazer esse tipo de serviço.

Mostrei a planta para Courtney e esperei que ela processasse o tamanho do negócio. Assim que disse o número de passageiros que poderíamos ter, seus olhos se arregalaram. Sim, eu imaginava que ela sabia que, se enchêssemos o Heart On Fire, poderíamos ter um lucro absurdo.

Aline Sant'Ana

— Meu Deus, Jude.

— Eu sei.

— Isso é muito mais do que esperávamos.

— Dominic foi ousado. Ele pegou o melhor cruzeiro dele. Esse preço que estamos pagando não é nem perto do quanto realmente vale.

— Ele parece não se importar que estamos dando metade do valor.

Dei de ombros.

— Ele tem zilhões na conta, Branca de Neve. E vai curtir a suíte presidencial da porra do cruzeiro. Ele quer sexo fácil e gosta da nossa ideia.

— É, ele foi um anjo que caiu do céu.

— Concordo. — Sorri. — E então, acha que podemos definir isso sobre as festas? Podemos pensar em algumas coisas.

— Eu tive um sonho noite passada e acho que foi um sinal — Courtney falou e eu ignorei o tópico sonhos, porque os meus eram bem molhados... e com ela. — Sabe os cabarés de Paris? Nos quais os homens ficam de terno e as mulheres, de lingerie? Eu acho uma temática legal. Mas aí penso que alguém pode achar que isso é errado... enfim, é só uma ideia.

— Bem, as pessoas não serão obrigadas a ir às festas. Elas poderão escolher não ir.

— Então, acha que seria interessante?

Minha mente foi para um ambiente escuro, com uma música sexy demais para ser ignorada e pessoas elegantes e mascaradas.

— Máscaras.

— O que disse?

— Um baile de máscaras com essa temática, assim as pessoas podem se sentir mais confortáveis ao esconder suas identidades.

— É genial, Jude! — Courtney elogiou. — Anota, por favor.

E assim a noite começou, sem previsão de ser encerrada, comigo imaginando Courtney com uma lingerie e máscaras. Eu queria curtir cada festa com ela, eu queria que pudéssemos fazer isso acontecer e, meu Deus.

Encarei seus olhos e sua boca.

Ela tinha a mesma expressão voraz que a minha.

— Esse cruzeiro... — Courtney falou.

Coração em Chamas

— Vai ser difícil resistir — sussurrei, grave, querendo que ela soubesse que estava me referindo a ela.

Courtney abriu um sorriso perspicaz.

— É? — Suspirou. — Bem, então vamos fazer acontecer.

Indiretas.

Indiretas em todos os lugares.

Como sobreviver a Courtney Hill, cacete?

Courtney

Eu tinha me decidido por Jude e que Deus me ajudasse com isso.

De qualquer maneira, eu queria que fosse devagar, sem a pressa da atração nos engolindo e virando fogo. Eu queria ser amiga dele e não só sócia. Queria que confiasse em mim, que me falasse mais sobre sua vida, sobre seus gostos e todo o resto. Eu queria ter certeza de que daríamos certo antes de antecipar e ir para o sexo. Já sabia que o tesão existia, mas quanto ao que é necessário para fazer um casal dar certo... bem, ainda havia muito jogo.

Só que era difícil encarar aqueles olhos mel-esverdeados, o corpo maravilhoso, aquela boca, e ter que fingir que não queria tirar os botões da sua camisa social e...

Pigarreei e fui para uma zona mais saudável de pensamentos.

— Precisamos definir os dias que o cruzeiro ficará em alto-mar, para vermos todas as atrações. Essa festa que bolamos pode ser a de abertura.

— Acho que já decidi um itinerário — Jude falou, sua voz grave e maravilhosa inebriando meus sentidos. — Como estamos pensando em um cruzeiro que será atrativo, pensei no... Caribe.

Ele puxou o computador para o colo e me mostrou um mapa.

— Podemos começar em Miami, depois vamos para Ilhas Cayman, Cozumel e Freeport. Pegamos Caribe, México e Bahamas. Essa rota, na velocidade no transatlântico, duraria sete dias. Não é tempo suficiente para ficarem afastados de seus projetos, mas é o bastante para curtir uma semana inteira dentro da intensidade do Heart On Fire.

— É genial. Já estou curiosa para conhecer os lugares.

— Acho que a diversão vai estar mais dentro do cruzeiro do que fora. —

Aline Sant'Ana

130

Jude sorriu, malicioso. Meu Deus, esse homem era um pecado vivo. Calor subiu pelo meu pescoço e bochechas. — Decidindo que teremos sete dias, vamos ver quais serão as atrações?

— Bem, a festa de abertura pode ser essa que elaboramos hoje. Pode até durar dois dias, para as pessoas se reencontrarem dentro da magia das máscaras. Podemos colocar uma festa mais sexual depois, não necessariamente em seguida, mas algo que dê para atiçar quem se encontrou nessa primeira. O que acha?

— Uma festa sexual... — Jude falou, pensativo. Ele umedeceu os lábios. — E uma festa romântica.

— Boa. As duas podem acontecer ao mesmo tempo.

— Eu iria para a festa sexual, claro — brincou, piscando para mim, e eu ri. — Bem, vamos falar sobre sexo para idealizarmos a parte da coisa.

— Hum...

Nós íamos falar sobre sexo?

— O que mais te marca durante a relação sexual? — questionou, sério.

— Uau, Jude.

— Sim, eu quero que defina isso em uma palavra.

— Contato? — insegura de dizer o errado, murmurei.

— Tá. É um começo. Sexo é atrito, mas envolve mais coisa.

— Certamente envolve.

Me lembrei do corpo de Jude sobre o meu e o calor se tornou insuportável.

— Vamos pensar em uma palavra — Jude garantiu, alheio ao meu calor. — Feche os olhos, Courtney.

Me ajeitei no sofá, e seu braço tocou o meu. Jude também estava quente.

— Sério? — questionei em um fio de voz.

— Sim. Precisamos pensar em algo que estimule as pessoas lá dentro, que as faça ser criativas a ponto de brincarem com os parceiros. Cara, a gente tem que pensar nisso. Me ajuda aqui?

— E como vou te ajudar a pensar em algo assim?

— Apenas feche os olhos.

Certo, eu conseguia fechar as pálpebras, não envolvia nenhum esforço físico.

Cerrei-as.

Coração em Chamas

— Imagine um homem segurando a sua cintura, te puxando contra o corpo dele. — Sua voz baixou para um nível sensual e eu quase podia sentir tudo o que ele disse. Minhas fantasias envolviam Jude, então não foi difícil idealizar seu rosto. — Imagine-o descendo beijos da sua boca para o pescoço, bem de leve, com mordidinhas, retirando a alça da sua blusa com o indicador enquanto faz isso.

Ai.

Meu.

Deus.

— Hum...

— Agora, imagine-o tirando de vez a sua blusa, de modo que ela caia em seus quadris. Imagine-o tomando seu seio na mão e, depois, substituindo os dedos pela boca. Consegue imaginar isso, sentir isso? O que vem na sua cabeça, Branca de Neve? — A voz de Jude estava pura gravidade.

— Tesão, Jude. É o que vem.

E eu precisei abrir os olhos.

Sua boca estava entreaberta, encarando a minha. Respirei fundo e molhei meus lábios subitamente secos. Jude literalmente soltou um palavrão rouco quando percebeu que eu estava afetada. Ele se levantou do sofá, indo para longe de mim, passou as mãos pelos cabelos, puxando-os no processo. Eu admirei aquele homem, todo grande, buscando controle. Era difícil falar sobre sexo comigo, porque eu sabia que a nossa noite tinha sido incrível.

Por Deus, quem teve a ideia de criar um cruzeiro erótico ao lado do cara pelo qual sentia um tesão enorme?

Ah, claro, tinha que ser eu.

— Jude...

— Eu estou bem — garantiu, respirando com força. — Só preciso de cinco segundos.

— Tudo bem.

Ele teve seus cinco segundos. Depois, virou-se para mim com um sorriso sacana.

— É complicado falar de sexo com você.

— Eu entendo.

— Entende?

Aline Sant'Ana

132

Sorri para ele.

— Sim.

— Acha que podemos fazer aquela pausa e cozinharmos um pouco? — indagou.

— Ainda não consegui pensar na palavra. Você vai ter que se esforçar mais um pouco.

A gargalhada de Jude ecoou por toda a sala. Ele estendeu a mão, para que eu a pegasse. Assim que nossos dedos se entrelaçaram, aquele choque de eletricidade correu por todo o meu corpo. Me puxou para cima, de modo que eu ficasse de pé. Nos tocamos, peito com peito, pele com pele, e Jude suspirou fundo. Sua respiração cadenciada acertou a minha bochecha, me aquecendo ainda mais.

— Não consegue pensar em uma palavra ainda? — sussurrou, grave.

— Eu consigo ter mil sensações em uma, Jude. É difícil descrever.

Suas mãos foram para a lateral do meu rosto, o mel da sua íris no azul-turquesa da minha.

— Mil sensações?

— É.

— Sensações — Jude ecoou e, de repente, eu soube.

Essa era a palavra.

— Festa Sensações — disse a ele. — E Festa Romance.

Surpreso, ele abriu um sorriso e depois riu baixo.

— Cara, é perfeito.

— O tema da Sensações pode ser... as pessoas descobrindo o que podem fazer nos corpos uns dos outros.

— Escolhendo um parceiro apenas para noite e descobrindo o que o agrada — Jude continuou, com nossos corpos ainda perto. — Podem brincar um com o outro. Podemos fazer um jogo de atividades para realizarem.

— Isso! Como... hum...

— Cartões — falou rápido, me surpreendendo. — Damos um número de cartões na entrada para cada um e o objetivo é fazer o outro sentir absolutamente tudo. Pode ser como esse jogo que fizemos, mas com ações ao invés de palavras. O parceiro faz uma coisa, por exemplo, na parceira, e ela precisa descobrir qual é a sensação que o outro a fez sentir.

— Quente, frio...

Coração em Chamas

— Exatamente.

— Isso é genial, Jude.

A atração que sentia por ele aumentou mil por cento quando ele beijou, bem delicadamente, o cantinho dos meus lábios. Foi suave, quase como uma prova e um teste de resistência, que não sei como... consegui passar.

— Vamos fazer o jantar — ele disse.

— É melhor — concordei.

E o sorriso de covinhas fez meu coração derreter até não sobrar mais nada.

Nada além de um peito apertado e a incerteza do que éramos Jude e eu.

JUDE

Courtney trouxe os ingredientes para o espaguete à carbonara. Então, assim que fomos para a cozinha, soube que os ânimos se acalmariam. Era difícil falar de sexo com a sua fantasia sexual. Então, que merda, eu tive que me controlar mais uma vez. O lado bom é que Courtney começou a puxar outro tipo de papo, um jogo de perguntas e respostas. Enquanto a água para o macarrão fervia, admirei aquela mulher me encarando com os olhos curiosos.

— Sua cor favorita — pediu Courtney.

— Hum... eu gosto de azul. — Fiz uma pausa, pensando no que perguntar. — Sua comida favorita.

— Lasanha. — Sorriu. — O que você mais gosta de fazer nas horas vagas?

— Jogar XBOX.

— Devemos tentar um dia desses.

— Sério?

— Eu adoraria — respondeu, me surpreendendo.

Descobri coisas sobre Courtney que não fazia ideia. Seu primeiro beijo foi com um cara babaca chamado Anderson, que a traiu um dia depois com a melhor amiga dele. Descobri que Courtney era viciada em jogos de tiro e que o boxe que ela treinava não era boxe, mas sim muay thai. A amizade com Bianca era muito antiga e ela sente falta dos pais todos os dias, embora eles saibam que ela precisava morar em Miami, tendo em vista o trabalho dela na cidade. Também me surpreendeu ao contar sobre sua preferência musical, lugares que gostava de ir na cidade, que eram os mesmos que eu frequentava. Tínhamos mais coisas em comum do que eu idealizava, mas Courtney não parecia tão surpresa.

— Eu já imaginava que éramos parecidos. Completamos os pensamentos um do outro, Jude — enfatizou.

E era verdade. A prova foi a reunião que tivemos hoje e o fato de que Courtney completava todas as coisas que eu dizia.

— É estranho — murmurei, terminando de colocar a mistura sobre o macarrão, bem depressa para que não desse errado. — Estivemos nos mesmos lugares, apesar de fazer anos que eu não voltava para cá. Você é a melhor amiga da irmã do meu melhor amigo. Nunca nos encontramos. Parece tão...

— Acredito que não era para ser — Courtney disse, colocando os pratos sobre a bancada da ilha. — Tínhamos que nos encontrar nesse momento da vida, Jude.

— É, foi o momento perfeito mesmo.

Uma sensação estranha tomou meu peito enquanto a observava. Me imaginei bem longe, com Courtney, em um futuro. Fazendo exatamente a mesma coisa que fazíamos ali, mas juntos. Eu era um demônio de tão puto, mas sabia reconhecer quando uma garota era especial. E Courtney era isso. Ela tinha algo que me atraía, algo que eu não sabia nomear, mas que gostava.

Queria que ela me dissesse em alto e bom som que eu poderia esquecer a promessa. Que tínhamos que nos entregar a seja lá o que fosse aquilo.

Mas, ao invés disso, nós terminamos de preparar o macarrão e jantamos, jogando conversa fora. Eu observando Courtney rir e sorrir comigo, sendo tão linda que era difícil me concentrar na merda da conversa. Quando o assunto foi para uma zona mais privada, me forcei a me concentrar, porque parecia importante.

— Como estão seus casos, Jude? — ela questionou, colocando mais macarrão no garfo.

— Meus casos?

— Sim, as meninas que você sai e tal.

Já fazia uma semana que eu não conseguia transar com ninguém. Era um recorde em terra firme, porque em alto-mar eu precisava me aliviar com a mão. Quando chegava em casa e ficava sem missões, eu dormia em camas diferentes e fazia e acontecia. Mas, agora, havia algo que não encaixava. Nenhuma delas era Courtney e isso estava pirando a merda da minha cabeça.

O cara que não queria relacionamentos sérios, que era conhecido como um diabo por ser tão promíscuo, não tinha vontade de transar com ninguém além

Coração em Chamas

de uma mulher.

— Eu parei de vê-las.

Courtney abaixou o garfo dos lábios devagar, como se tivesse medo do que vinha em seguida.

— Por quê?

— Estou um pouco cansado dessa vida. Sei lá, estou focado no trabalho.

— Eu entendo. Também parei de ver uns caras. Não estou indo mais a festas.

— Sério?

Courtney sorriu.

— Acho que estou apaixonada pelo Heart On Fire.

Acabei rindo.

— Entendo o sentimento.

Mas meio que eu quis dizer outra coisa.

— É melhor focar no que interessa — Courtney intensificou, lançando um olhar para mim. — Durante esses três anos, fiquei com tantas pessoas e nenhuma delas me surpreendeu. É meio estranho pensar que é só mais do mesmo. Sexo sendo assim, é melhor nem fazer, não acha?

Peguei meu copo de suco de laranja e estendi para Courtney. Ela me compreendia.

— Um brinde a isso.

Courtney bateu seu copo no meu, rindo.

— Posso te contar uma coisa? — questionei.

Ela assentiu, ainda sorrindo.

— Não sei se posso falar em voz alta, Courtney. Mas sinto que preciso.

Não era muito impulsivo. Todas as coisas que dizia eram pensadas. Mas agora havia um motor ligado dentro do meu peito, incapaz de me parar. Foda-se. Eu só queria expor o que eu precisava falar.

— Eu saí com várias pessoas nesses últimos três anos.

— Eu sei — Courtney disse, sem rodeios.

— E com nenhuma delas eu senti a conexão que tive com você — falei devagar, de modo que ela entendesse cada palavra.

Courtney não pareceu surpresa quando me encarou. Seus lábios estavam entreabertos, mas era apenas para puxar o ar. Os olhos aguçados e curiosos

Aline Sant'Ana

pareciam interessados no que eu diria a seguir.

— Foi muito forte, Courtney. E depois nós abrimos a sociedade. Enfim, não consegui te tirar do meu sistema.

— Foi um sexo incrível mesmo, Jude — ela falou, a voz branda.

Bem, porra. Foi só um sexo incrível para ela? Ou Courtney estava jogando verde para saber se eu diria alguma coisa além daquilo?

— Eu e você sabemos que foi mais do que um sexo incrível.

E então, apareceu.

Um sorriso maravilhoso naquele rosto delicado. Um sorriso de compreensão de algo que eu sequer entendia. Courtney encarou meus olhos, mas foi além, foi até a minha alma. Perdi a porra do ar por uns segundos, tentando compreender o que se passava com a gente. Enquanto buscava respostas, percebi que os dedos de Courtney procuraram os meus sobre a mesa. Ela pegou minha mão e sorriu mais largamente.

— Precisamos voltar ao trabalho — ela disse. — E, sim, Jude. — Encarou-me. — Foi muito mais do que um sexo incrível.

Meu sangue acelerou nas veias. Me ajeitei na cadeira, admirando seus olhos.

— E o que você quer fazer a respeito, Branca de Neve? — questionei baixo.

Seus olhos desceram para a minha boca.

— Eu quero que a gente vá com calma. — Pausou. — Será que podemos fazer isso?

Não, eu não podia. Queria colocá-la sobre a mesa, beijar cada pedaço do seu corpo que ficou tanto tempo longe da minha boca, queria tirar tantos orgasmos de Courtney que era perderia a conta. Eu queria que ela sentasse no meu pau, queria que o chupasse, queria que eu pudesse dar prazer com a minha língua a ela e em cada centímetro que não pude tocar durante esses três malditos anos.

Mas, ao invés disso, para não perdê-la e sabendo que era isso o que precisávamos, eu assenti.

— Um passo de cada vez. — Foi uma promessa que indiscutivelmente se sobrepôs à outra que foi feita.

Cedo ou tarde, Courtney acabaria nos meus braços.

E, quando isso acontecesse, eu não seria capaz de deixá-la ir.

Courtney

Tínhamos conversado finalmente sobre o elefante na sala. Jude prometeu que ia com calma e eu acho que ele entendeu que não rolaria sexo até estarmos prontos e consolidados para isso. A atração poderia complicar o discernimento e poderíamos pensar com o corpo ao invés do coração. Eu queria que fosse coração, porque, pela primeira vez, estava disposta a entregá-lo a um homem. Jude teria que merecer isso e, pela determinação em seus olhos, soube que não me decepcionaria.

Conseguimos vencer a preguiça depois do jantar e voltamos a trabalhar. Decidimos quase todas as festas e atrações do Heart On Fire, só precisaríamos executá-las assim que a decoração do cruzeiro estivesse de acordo com o desejado. Jude não demorou para pedir o contato do responsável, Dominic enviou por mensagem e, quando fomos ver, já havia passado da meia-noite.

— Acho que preciso ir — avisei, bocejando. — Amanhã cedo tenho que ir para a academia.

— Você pode dormir aqui, se quiser. Te levo na academia assim que acordar — ofereceu, sorrindo.

Pensei imediatamente na conversa que tivemos e acho que deixei claro que iríamos devagar. Jude estava com a camisa social aberta em quase quatro botões, tão sexy. Mas não, Courtney. Você precisa manter essas pernas bem fechadas.

— Jude? — Pigarreei.

— Sim.

— Com calma, lembra?

Ele deu uma gargalhada gostosa que causou coisas idiotas no meu estômago.

— Sim, eu sei. Tem outro quarto aqui em casa. Não precisa dormir comigo, Courtney.

— Ah. — Senti as bochechas esquentando. — Desculpa. Eu achei que o convite fosse outro.

— Vou respeitar seu espaço. Agora, venha. Vou te colocar na cama.

Levantei do sofá e me espreguicei. Assisti Jude caminhar pela casa, com aquela bunda maravilhosa e perfeitamente acomodada nos jeans, e o acompanhei. Ele foi até o seu quarto, pegou uma camiseta branca básica e uma boxer. Estendeu para mim, seus olhos estreitos no meu corpo, quando peguei as peças de roupa masculina.

— Acho que esse short não é confortável. Fique à vontade para usar minhas roupas.

Aline Sant'Ana

138

— Sim, vou me trocar — garanti, feliz por ele ter pensado em mim. Dei uma olhada para sua cama e a memória do que fizemos veio à tona. Um estremecimento que começou na nuca percorreu cada centímetro do meu corpo. — Onde é o outro quarto?

Jude deu um passo para fora do seu dormitório e voltou para o corredor. Quando o segui, vi que o quarto de hóspedes era literalmente ao lado do seu. Não possuía uma decoração diferente do resto da casa, apenas uma cama de casal com lençóis escuros, uma cômoda pequena, um enorme espelho atrás da porta e um tapete neutro próximo à cama. Meu sócio caminhou para o grande abajur de chão que ficava no canto esquerdo e o acendeu, apagando a luz principal do quarto, deixando o ambiente com um clima mais agradável.

— Estarei ao lado. Se precisar de alguma coisa, me chame — avisou, bem pertinho de mim a cada passo que dava.

Por que esse homem era tão quente?

Eu ia murmurar um ok, mas fui surpreendida, quando suas mãos vieram para a minha cintura. Ele me puxou contra seu corpo e eu apertei as peças de roupa nas mãos, segurando-me para não gemer. O contato de sua pele, do seu toque, mesmo vestido, era o suficiente para me enlouquecer. As peças de roupas emprestadas ficaram entre o tórax de Jude e o meu corpo. Ele desceu o olhar para os meus lábios e, delicadamente, colocou uma mecha do cabelo rebelde atrás da minha orelha.

Umedeci a boca.

— É permitido beijar você nessa fase vamos-com-calma?

— Hum...

Fiquei alguns longos segundos desviando o olhar por todo o rosto de Jude, inclusive aqueles lábios que... pelo amor de Deus!

— Você está pensando demais, Branca de Neve. Sinto muito.

— Estou?

— Uhum — sonorizou rouco.

Seu nariz desceu em direção ao meu e, de repente, estávamos dividindo o mesmo ar. Respirei devagar. Jude soltou um suspiro contra meus lábios e isso foi tão íntimo e, ao mesmo tempo, tão certo, que precisei fechar as pálpebras. Fazia três anos que não sentia sua boca, seria tão maravilhosa quanto eu me lembrava? Jude seria tão arrebatador quanto tinha sido na primeira vez em que me beijara?

Ele raspou primeiro a boca na minha, como se estivesse me testando, e os pelos da minha nuca se levantaram. Ele abriu um sorriso contra meus lábios

Coração em Chamas

e, bem devagar, colou o contato. Seus lábios cheios preencheram os meus e, primeiro, entreabriram a minha boca, com Jude colocando o inferior entre eles, para que eu chupasse de leve. Fiz isso e escutei Jude soltar um grunhido, antes de apontar a língua e exigir espaço.

Sim, meu Deus. Ele era tudo que eu me lembrava e mais um pouco.

Levei as mãos para seus cabelos, passando os dedos pelos fios lisos. Jude angulou o rosto para aprofundar o beijo. A língua, macia e provocativa, percorreu todos os cantos da minha boca, brincando com a minha, que também queria sentir muito a dele. Meu estômago se remexeu, um formigamento começou a descer para o meio das minhas pernas e liberei um suspiro seguido de um gemido, quando Jude lambeu meu lábio superior, depois o inferior, apenas para mordê-los tentadoramente.

Puxei-o pela gola da camisa quando percebi que ele queria encerrar o beijo. Eu sei, não era o ideal, mas eu precisava de mais alguns minutos daquilo.

Mais uma vez, senti os lábios se elevarem em um sorriso contra os meus.

Que delícia.

Jude, dessa vez, foi profundo e nada sutil. A língua invadiu o espaço entreaberto da boca, girando na minha, recuperando parte de toda a vontade ao longo desse tempo. Como eu sonhei em beijá-lo de novo! Em sentir o contato maravilhoso dos seus lábios, e agora era real, ele estava mais uma vez em meus braços. Sua boca tentando-me, levando-me ao limite, enquanto suas mãos permaneciam surpreendentemente comportadas na minha cintura.

O beijo foi diminuindo até parar e nossas respirações se encontrarem, ofegantes e perdidas em um desejo que queríamos muito realizar, embora não pudéssemos.

Não ainda.

Com os corpos ainda colados, minhas mãos permanecendo em seus cabelos e suas palmas quentes tocando minhas costas, eu abri as pálpebras.

Os olhos de Jude, quase negros, pareciam quentes e maliciosos demais para que eu pudesse me controlar.

Respira, Courtney.

— Boa noite, Branca de Neve. — A voz foi tão baixa e rouca, que quase não compreendi.

— É... hum... boa noite, Jude.

Ele passou o polegar no meu lábio inferior, como se quisesse secá-lo da umidade do beijo.

Aline Sant'Ana

140

E, depois, se afastou devagar.

Jude deu passos para trás e me deixou sozinha, fechando a porta do quarto, a fim de me dar privacidade. Assim que me dei conta de tudo o que aconteceu, um sorriso enorme e estúpido ficou grudado no meu rosto, como se eu tivesse quinze anos de idade e acabasse de ser convidada para tomar um sorvete com o cara mais gato da escola.

Me joguei na cama assim que tirei as roupas e vesti as suas, fechei os olhos, revivendo cada segundo que Jude me beijou.

Ah, caramba. Que beijo maravilhoso!

Acabei rindo sozinha e, depois, ficando em silêncio ao escutar os passos de Jude além da parede ao lado. Ouvi-o se movimentar pelo piso e quase pude enxergá-lo tirando as roupas para dormir. Depois de um som que denunciava que a cama estava ocupada e havia cedido pelo peso de seu corpo, veio o silêncio.

Segundos mais tarde, uma batida soou na parede.

Sorri e retribuí o toc-toc.

Silêncio absoluto dali então.

Fechei os olhos.

E milagrosamente consegui dormir em paz depois de três anos. O fato de ter beijado Jude Wolf veio antes com sonhos adicionais e sonos agitados. Ali, não mais. Dormi tranquila, como se toda a tensão houvesse se esvaído, como se eu pudesse me manter nas nuvens, como se eu tivesse a certeza de que Jude seria meu.

Ah, ele seria.

Pode escrever.

Coração em Chamas

CAPÍTULO 10

Como tú me tientas, cuando tú te mueves
Esos movimientos sexys, siempre me entretienen
Sabe' manipularme bien con tus caderas
No sé porque me tienes en lista de espera

— **Shakira feat Maluma, "Chantaje".**

JUDE

Estávamos em uma festa na casa de Dominic e eu permanecia focado nos quadris de Courtney. Aquela parte do seu corpo, mexendo para lá e para cá, me provocando e me manipulando, fazendo meu coração se aquecer... e outras partes minhas também, era demais para suportar. Cara, já fazia algumas semanas desde que tínhamos escolhido ir para a zona segura; beijos somente, sem segunda base, e conhecimento um sobre o outro, que era a parte mais importante. O acordo implícito de exclusividade se manteve, tanto por Courtney quanto por mim. Eu reconhecia que ela precisava disso, então, dei todo o espaço. Mas, quando ela vestia aquelas saias justas e curtinhas, um croped que exibia a barriga lisa e se maquiava como se quisesse causar um infarto num homem, era difícil demais resistir.

— Como está o relacionamento de vocês? — questionou Dominic, se aproximando.

Courtney estava dançando com Bianca e o namorado da loira, o promotor chamado Pietro, que parecia tão perdido quanto eu, encarando a mulher que pertencia aos seus braços dançar algo latino como se nascesse para aquilo.

— Estamos indo devagar.

— Sem sexo? — Dominic indagou, rindo.

— Tá tão na cara assim?

— Você parece um lobo prestes a atacar.

— Semanas beijando ela sem chegar a ir para a segunda base. Vou enlouquecer.

— Courtney é uma mulher que vale a pena, Jude. Pensa nisso.

— Eu sei. Estou me segurando.

— Quando ela estiver pronta, vai te deixar saber.

Aline Sant'Ana

Courtney virou o rosto para me olhar. Estava corada, suada, os cabelos curtos grudados no seu rosto em plena salsa. Ela me mandou um beijo, passou a mão pelo corpo e começou a fazer aquilo com os quadris, de mexê-los em um círculo perfeito, dobrando os joelhos para ir descendo até o chão.

Virei o resto do scotch.

— Respira, Jude — provocou Dominic, batendo no meu ombro como despedida, e saiu.

Essa festa era para comemorar a compra oficial do Heart On Fire. Já havíamos trabalhado na parte toda do cruzeiro e, junto à equipe Majestic e ao contato de Dominic, os problemas foram se resolvendo. Faltava apenas uma semana para darmos início ao plano e já estávamos no fim da venda das passagens para a inauguração oficial em alto-mar. O itinerário estava ok, assim como toda a equipe que me ajudaria a controlá-lo durante a viagem.

Só precisávamos esperar mais um pouco.

Cansada de dançar, ela se aproximou de mim, desfazendo meus pensamentos coerentes. Estava um pouco alta da bebida, então passou os braços no meu pescoço e me puxou para um beijo breve na boca.

— Está se divertindo?

— Estou sendo torturado — respondi.

Ela sorriu.

— Ah, é?

— Sim. Por você, aliás.

— A dança?

— Você é foda, Courtney.

Ela gargalhou e colou seu corpo ainda mais no meu, sentindo como eu estava duro por ela. Nem me preocupei em esconder, todo mundo estava alto demais para perceber.

— Vou mudar de assunto, então. Recebeu uma carta do Brian?

Abri um sorriso discreto.

— Sim. Wayne me disse que voltará daqui a uma semana para uma pausa.

— Ele também me disse — Courtney contou, sorridente. — Será que podemos colocá-lo no cruzeiro? Ele adoraria.

— Separei um convite para ele.

— Ah, Jude. Você é genial.

Coração em Chamas

— Você viu quantas passagens já vendemos?

— Vi. — Seus olhos azul-turquesa brilharam. — Todas esgotadas, Jude.

— Sim, porra. É uma ideia genial, Courtney. E o Heart On Fire é só o começo.

— Não duvido disso nem por um segundo.

Passei as mãos em sua cintura, puxando-a para mim. Outra música começou a tocar, um ritmo latino novo que era incapaz de me deixar parado. Comecei a quebrar meu corpo de leve com o dela, deixando-o guiá-la para um lado e, depois de meia-volta, para o outro. Courtney sorriu, afetada pela dança, e vi o desejo em seus olhos. Peguei a mão de Courtney e coloquei uma em meu ombro e a outra colada à minha, na altura dos nossos rostos. A fiz girar duas vezes no lugar, rodopiando em seus coturnos, antes de fazê-la voltar a bater seu peito no meu.

— Para quem não gosta de músicas latinas, você é uma ótima parceira.

— Eu gosto de tudo quando estou em uma festa.

— Hum, bom saber.

Com os passos básicos da salsa, Courtney me acompanhou legal. Demorou para ela pegar o ritmo: um pé para trás, depois o outro para frente. Um para o lado e, em seguida, o outro. Tudo isso quebrando os quadris, quase em ritmo reggaeton, que, graças ao bom Deus, era sexy pra cacete, e eu consegui fazê-la amolecer contra mim.

— Você é tão quente dançando, Jude.

— Na cama, eu sou melhor — provoquei, puxando seu lóbulo entre os dentes assim que a virei de costas para mim.

Segurei a cintura de Courtney, com a palma na pele da sua barriga nua. Fui descendo, rebolando devagar com ela até o chão, fazendo nossos quadris circularem juntos. Courtney resmungou quando sentiu meus dentes no seu pescoço e um beijo na pele suada daquela mulher que me deixava louco.

Rebolei com ela para subir e, antes que ela pudesse pensar de novo, agarrei sua mão e a joguei para longe de mim. Apenas com os dedos a segurando, virei-a para mim, girando-a sem parar. Seis voltas em torno do meu corpo depois, ela cambaleou tonta de encontro aos meus lábios.

Raspei a boca na dela.

— Me provoca de novo para você ver.

— Eu estava te provocando?

Continuei dançando com ela.

Aline Sant'Ana

— Você rebolou a noite toda olhando para mim. Esqueceu que eu sei dançar e posso rebolar *com* você?

— Droga, Jude.

Ri.

— É.

Agarrei sua bunda e Courtney, surpresa, soltou um suspiro. Rodei nossos quadris bem juntinhos, descendo e subindo, sem permitir que ela respirasse, encarando seus olhos azuis bem abertos e chocados para mim. Ah, como era gostoso levá-la ao limite.

— Está gostando de ser provocada?

— Jude... — sussurrou, admirando meus lábios.

— Quando você me quiser da maneira que sei que quer, mas ainda não está pronta — avisei, direto —, você vai me dizer. Entendeu, Courtney?

— Eu vou dizer — disse suave, com um tesão visível.

— E eu vou esperar.

Ela sorriu e me encarou até estarmos prontos para irmos embora. Se despediu das amigas, assim como me despedi dos caras, e, quando a madrugada chegou, levei Courtney para sua casa. Garanti que estivesse bem acomodada, a botei na cama, e voltei para a minha casa com o pensamento em Courtney. Ela era uma boa dançarina quando estava comigo e, meu Deus, como eu queria tê-la mais uma vez.

Estávamos em um relacionamento gostoso, nos descobrindo, e, mesmo que a vontade de estar dentro dela fosse forte, tê-la perto de mim já supria certas necessidades que eu sequer sabia que existiam.

Especial pra cacete.

E isso era o mínimo dentro do que sentia.

Courtney

Escutei meu celular tocar; já havia passado das quatro da tarde. Eu estava fazendo um planejamento em uma planilha compartilhada com Jude, trabalhando arduamente para ter tudo organizado. Mas a ligação era dos meus pais, e eu tinha uma notícia muito legal para compartilhar com a minha mãe. Afinal, ela sempre torceu para me ver feliz e eles, apesar de terem ficado um pouco chocados eu quando disse a respeito do empreendimento, me apoiaram desde o princípio. Agora, a novidade não ia ser sobre o Heart On Fire, mas sim sobre um homem maravilhoso que estava preenchendo meus pensamentos e coração.

— Oi, querida — disse minha mãe, assim que atendi. — Como você está?

— Estou bem. E vocês? Saudades!

— Estamos ótimos. Queremos que você venha nos visitar assim que der!

— Infelizmente estou trabalhando muito, mamãe. Mas, assim que o projeto for concluído e eu voltar de viagem, farei questão de visitá-los. Aliás, é muito provável que eu leve alguém...

— Hummmm. Talvez um sócio muito bonito? — ela brincou.

— Como a senhora sabe? — indaguei, chocada.

— Filha, você sempre fala dele de uma maneira maravilhosa. É cheia de elogios. Eu sabia que estava encantada por ele. Então, me conta absolutamente tudo. Como ele é?

Respirei fundo.

— Olhos mel-esverdeados, cabelo um pouco bagunçado, tipo mais curto dos lados e comprido em cima. É escuro e liso. A pele do Jude é bronzeada, ele tem um sorriso maravilhoso e bem branquinho. Tatuagens nos dois braços, forte como o Thor e... acho que fisicamente é isso.

— Vou ter netos lindos...

— Mamãe!

— Apenas divagando. — Riu. — E a personalidade dele?

— Hum... ele é mandão. É divertido, também. Acho que tem um tino maravilhoso para os negócios. É responsável, se preocupa comigo, me respeita e é paciente.

— Parece ser maravilhoso, querida. Pode ter certeza de que mal posso esperar para conhecê-lo. E vocês estão fazendo o quê? Namorando?

— É, algo assim. Estamos nos envolvendo e sendo exclusivos.

— Espero que ele consiga dizer que está em um compromisso contigo em breve. Não é legal enrolar, querida.

Mordi o lábio inferior.

— Na verdade, sou eu que o estou brecando.

— Por quê? — questionou, alto.

Aline Sant'Ana

— É que nos envolvemos logo que nos conhecemos. Foi só atração física, mas aí fizemos a sociedade...

Expliquei tudo o que tinha acontecido e ela me escutou atentamente. Quando terminei, ouvi algo que não esperava da minha mãe.

— Uma das coisas que me mais orgulha na vida é ter uma menina destemida, uma filha que corre atrás do que quer, sem medo de ser feliz. Você me disse que ele é um homem responsável, então, não precisa se preocupar com a sociedade. Agora, eu te pergunto: o que está te prendendo, querida? Pense consigo mesma sobre o que você sente em relação a isso e tente entender. Porque tenho certeza absoluta de que a Courtney que eu conheço se jogaria nos braços desse rapaz sem pensar duas vezes.

Naquele momento, eu percebi o motivo real de me segurar em relação a Jude. Naquele segundo, eu soube o porquê de não estar com ele. Soltei um suspiro fraco, com a minha mãe ainda na linha, presa a um turbilhão de emoções conflituosas dentro de mim. A verdade é que eu tinha vivido um grande amor, um que eu sabia que seria único, uma paixão que acabou de forma trágica. Era um tipo de amor bem diferente, mas insano e profundo da mesma maneira.

Amei a minha profissão, eu a amei por tantos anos que não soube o que fazer quando ela foi arrancada da minha vida. Foi tirada de mim de modo que não tive como contestá-la e eu tinha medo, meu Deus, tanto pavor de Jude ser arrancado da mesma maneira. Porque eu sabia que minha alma estava entregue a ele, principalmente por todos esses anos nos quais foi me conquistando. Primeiro, meu corpo. Depois, minha mente. Em seguida, cada centímetro do meu coração. E era absurda a ideia de perdê-lo. Isso não tinha nada a ver com o sucesso profissional, porque eu já conhecia, àquela altura, o caráter de Jude. Mesmo que brigássemos pelo que fosse, ele não seria capaz de fazer nada contra mim. Somado a isso, tínhamos contratos.

Então, sim, eu estava com medo de perdê-lo porque, antes de tê-lo, já fui capaz de amá-lo.

Chame de encontro de almas, de destino, do que for. Encontrei Jude em meio a uma dor insuportável da perda de uma grande paixão, mas ele me acendeu e me curou, sem reconhecer, de fato, o que fizera por mim. Ele foi capaz de me esperar, assim como eu fui capaz de esperá-lo. Vi, durante cada dia dos três anos que passaram, Jude se envolver com outras mulheres das quais ele sequer lembra o nome. Também me envolvi com vários caras, nenhum deles me causando todas as emoções que Jude era capaz. Não só na parte sexual. Jude era divertido, me puxava risadas, ele me compreendia como nenhum outro homem.

Como fui capaz de deixá-lo na espera por tanto tempo?

Coração em Chamas

Desliguei o telefone com a minha mãe, totalmente aérea. Comecei a rir na minha sala, sozinha em casa, enquanto lágrimas desciam pelos meus olhos. A sensação era explosiva, maluca e completamente fora de órbita. Eu amava Jude! Por Deus, como seria até tê-lo comigo? Como agiria perto de Jude, incerta sobre os sentimentos dele? Como poderíamos seguir em frente e como seria o seu beijo depois de ter plena noção do que estava dentro do meu coração?

De qualquer maneira, a Courtney destemida estava de volta e não era o momento de pensar em mais nada.

Estava na hora da ação.

Jude

Os preparativos para o embarque do Heart On Fire estavam quase cem por cento. Eu já podia sentir a adrenalina me consumindo, ainda que faltasse alguns dias para, de fato, subirmos a bordo. Essa era a realização de um sonho foda que lutamos muito para ter. Daqui a pouco, Courtney chegaria aqui em casa para falarmos sobre tudo. Eu queria vê-la, só para sentir se essa loucura era compartilhada.

— Estou chegando — Courtney me avisou ao telefone. — Preciso levar algo para comermos?

— Não precisa. Eu fiz o jantar.

— Jura?

Sorri, por mais que ela não pudesse me ver.

— Por que ficou surpresa?

— Não sei. Estou ansiosa.

— Eu também.

— Te vejo em trinta minutos — garantiu e, em seguida, desligou.

Essa meia hora levou uma vida inteira. Assim que o tempo passou, escutei o carro de Courtney parando na garagem da minha casa e a vi pela janela. Ela estava com seus coturnos, calça jeans preta rasgada e blusa curta rosa que não cobria toda a barriga, exibindo o umbigo sexy que me provocava pra caralho. Havia uma pinta perto dele, do lado direito, e, mesmo que não pudesse vê-la a essa distância, eu sabia que estava lá, pronta para que eu a beijasse.

A campainha tocou e eu ajeitei a camisa social que vestia. Era no exato tom dos meus olhos e estava casualmente aberta em três botões. Uma calça jeans

Aline Sant'Ana

148

preta toda lisa, sem rasgos, além dos meus coturnos e o cinto, completavam o que eu tinha escolhido para aquela noite. Nunca fui um cara muito vaidoso, mas gostava da ideia de impressionar Courtney. Eu sabia que ela me olhava cheia de cobiça e, porra, a ideia era que ela se sentisse pronta para dar o próximo passo. A *tag* no peito me dava a sensação de que eu ainda estava vivo, então, obrigatoriamente, também estava lá.

Abri a porta e Courtney deu um sorriso cheio de dentes brancos. Ela estava especialmente radiante quando me olhou. Seus olhos traziam um brilho novo e ela estendeu para mim uma garrafa de vinho.

— Não sei se combina com o que você preparou, eu espero que sim.

— Não vai combinar, mas podemos tomar mesmo assim.

Courtney riu, divertida. Ela se aproximou e seu rosto foi subindo em direção ao meu, buscando um beijo. Assim que nossas bocas se tocaram, bem de leve, Courtney passou a ponta da língua no meu lábio inferior, provocando.

Senti uma onda elétrica descer de onde ela havia me beijado até a cabeça do meu pau.

Meu Deus, Courtney Hill.

— Posso entrar?

— Sempre — respondi.

Com a respiração presa nos pulmões, dei espaço para Courtney. Ela entrou com aqueles quadris quebrando de um lado para o outro e eu admirei como o seu lindo traseiro era capaz de preencher os jeans. Seus quadris eram bem largos e a cintura muito fina, o tipo de corpo que faz um homem querer pular de um precipício, se isso fosse conquistá-la.

— Gostei de como você deixou as luzes — elogiou.

— É mais íntimo. — Enfiei as mãos no bolso frontal da calça jeans, admirando-a de costas enquanto ela analisava a sala.

Durante os meses que se seguiram de planejamento para o Heart On Fire ficar da maneira que sonhávamos, além de todo o planejamento de cada cômodo, cada quarto, cada atração, precisei lidar com uma espécie de namoro neutro com Courtney. Não dissemos nada um para o outro, mas parecíamos um casal de adolescentes virgens que se beija e teme o próximo passo. Eu queria demais que ela subisse esse degrau, mas a fiz prometer que me diria quando se sentisse à vontade e eu queria cada sílaba de certeza.

— Eu gostei.

Coração em Chamas

Courtney se virou para mim e eu, ainda olhando-a e tentando decifrá-la, coloquei a garrafa de vinho sobre a bancada. Courtney me seguiu, suas botas pesadas fazendo um sonoro baque a cada passo. Assim que seus olhos perceberam a produção toda que levei a tarde fazendo — confesso que para tirar a ansiedade da iminente inauguração do Heart On Fire —, os lábios de Courtney se entreabriram.

— Me diz que você comprou tudo pronto! — desacreditada, ela praticamente gritou.

Acabei rindo.

— Não, eu mesmo fiz.

— Comida japonesa? — indagou, admirando cada peça: sushi, norimaki, huramaki, meu favorito, temaki, hot roll de salmão, entre outras coisas. — Meu Deus, Jude. É muita coisa.

— Eu sou o tipo de cara que come uma barca sozinho. Então, fiz o suficiente para eu comer tudo e você beliscar.

— Que cavalheiro — ironizou ela, ainda sorrindo.

— Um gentleman, de fato.

— Como você sabe fazer isso?

— Eu gosto de comida. Gosto do fato de poder fazer o que quero comer e ter habilidade para isso. Sempre treinei bastante e a comida japonesa precisa de um jeito especial. Fiz curso em um dos meus retornos a Miami, porque realmente queria poder cozinhar para mim mesmo.

Pensei em como a minha vida era isolada. Eu aprendia as coisas para mim mesmo e isso não era egoísmo, apenas falta de oportunidade para fazer para outras pessoas. Meu melhor amigo estava em missão, meus pais me ligavam e, depois de tudo, o clima estava até mais leve, mas eu sabia que nunca mais seria a mesma coisa.

Nunca tive o prazer de ter uma companhia que admirasse o que eu fazia na cozinha, porque era solitário. E ver a expressão chocada de Courtney, a maneira como ela pareceu realmente feliz em ver que havia me dedicado para essa noite, me fez sorrir. Não por fora, isso eu já estava fazendo, mas por dentro.

— Jude, uau, isso é demais.

— Não é nada, Courtney. De verdade.

— Significa muito para mim pensar que você trabalhou horas por isso. Que preparou o arroz, o nori, que deixou tudo bonitinho para que ficasse perfeito. —

Aline Sant'Ana

150

Seus olhos encontraram os meus, intensos. — Significa muita coisa, sim.

— Só pelo prazer de sua companhia e felicidade.

— É. — Ela pareceu distante quando disse, porém ainda mais feliz. — Eu vejo isso agora.

Nos sentamos, seguramos os hashis e começamos a conversar sobre a expectativa do Heart On Fire. Quando a intimidade nos pressionava a dizer qualquer coisa sobre esse relacionamento, colocávamos o trabalho como um escudo protetor e impenetrável. Mas essa noite parecia que algo estava diferente. Talvez não para mim, mas para Courtney. A maneira doce que ela me olhava era novidade e o modo como sorria, mesmo que eu não tivesse dito nada engraçado para ser digno daquele gesto, me fez perceber que ela estava... talvez... se apaixonando por mim.

E, sim, merda! Eu estava muito apaixonado por ela. Do tipo, apaixonado pra cacete.

Eu acordava e pensava em Courtney. Todas as coisas boas que aconteciam na minha vida eu queria compartilhar com ela. Havia mil situações pelas quais essa mulher vinha no meu pensamento, antes mesmo de me dar conta de que estava fazendo isso. Courtney era foda, ela era a mulher que eu queria adormecer ao lado e acordar no dia seguinte, fazendo café da manhã. E eu daria a merda de um braço na guerra para vê-la sorrir com essa doçura, desde que o motivo do seu sorriso fosse eu.

Então, caralho, eu estava de quatro, todo idiota, bobo e fodido. Mas isso não significa que era ruim. Courtney era maravilhosa e eu não temia por nossa sociedade. Confiava nela de olhos fechados, mesmo que a razão me dissesse para não fazê-lo, e passei a lhe confiar um pedaço do meu coração.

Isso era bom o suficiente.

— Você parece aéreo. O que aconteceu?

Estou apaixonado por você. Quero te levar para a minha cama. Quero tatuar o seu nome na minha pele. Quero acordar e ver você todos os dias. Quero dar alguns anos para acontecer, mas desejo uma aliança com meu nome no teu anelar. Sim, tô apaixonado nesse nível louco e, me desculpe se isso soa maluco, mas faz três anos que eu te quero e faz três anos que estou te assistindo com outros caras, quando é a mim que você pertence.

— Eu gosto de te ver comer e falar quando está ansiosa.

— Você gosta? — Ela pareceu incrédula. — Como assim?

— Bem. — Movi os hashis e fiz um círculo, apontando para o seu rosto. —

Coração em Chamas

Você fica empolgada e franze o nariz, é uma coisa que você nem percebe que faz. Sua voz aumenta um tom, suas bochechas ficam coradas. Enfim, eu gosto de te escutar falar quando está envolvida em um assunto muito importante, quando parece que vai explodir se não for capaz de dizê-lo em voz alta. Neste instante, é sobre o Heart On Fire e eu entendo a euforia, porque me sinto maluco também.

— É que... a maioria dos homens diz que mulheres falam muito e isso é chato.

Abri um sorriso de lado.

— Eu não sou a maioria dos homens, Branca de Neve.

— Não, você não é.

— Quer terminar de comer lá na sala? Podemos assistir a um filme e esperar a ansiedade passar.

— Acho uma ótima ideia — Courtney concordou.

Nós levamos apenas a sobremesa para a sala. Eu procurei algo no Netflix para assistirmos e, quando encontrei uma série policial que a premissa interessava a nós dois, selecionei o episódio piloto da primeira temporada. Courtney se acomodou nos meus braços quando acabamos de comer. Eu a deixei deitar em um espaço entre meu ombro e peito, e comecei uma carícia na parte de trás dos seus cabelos, adorando a maneira como ela se acomodava mais em mim, como se estivesse confortável. Abraçada na minha cintura, com seu perfume invadindo minhas narinas de uma forma provocativa e suave, o contato da sua pele na minha me fez relaxar quase imediatamente.

Beijei o topo da sua cabeça e vi seus olhos vidrados na tela.

Por mais que tudo ali na TV parecesse interessante, por algum motivo, eu não conseguia parar de assistir à atenção de Courtney no seriado. A maneira que seus lábios se entreabriam de leve quando algo chocante acontecia, o modo como ela se apertava em meu corpo quando estava assustada e o sorriso que ela dava pelas piadas, sem rir alto, como se não quisesse atrapalhar a voz dos personagens.

Meu Deus, cara.

Eu estava apaixonado de verdade.

Isso era aterrorizante.

E maravilhoso pra porra.

Aline Sant'Ana

Courtney

Não tínhamos mais assuntos de trabalho para tratar e eu tentei adiar o máximo que pude, mas estava na hora de dizer em voz alta. Não havia mais medo da minha parte, não por pensar que isso ia acabar e devastar o meu coração, no entanto, mesmo assim, não sabia como Jude ia reagir. Quer dizer, eu sabia. Ele seria cavalheiro e iria entender. Eu só estava mesmo com um frio na barriga por temer que ele não sentisse o mesmo e me decepcionasse.

Quando começou o quarto episódio, Jude ainda mantinha-se acariciando meus cabelos. Soltei um suspiro, virei o rosto para cima, e meu nariz tocou o maxilar desenhado de Jude. Ele desceu os olhos para os meus e beijou a ponta do meu nariz. Ficamos nos encarando por quase um minuto inteiro, quando entreabri os lábios e sussurrei:

— Estou pronta, Jude.

Seus olhos vasculharam meu rosto, buscando um sentido, embora ele soubesse.

Jude precisava ter certeza.

— Eu quero estar com você. Nua, com roupas, vestindo apenas um sorriso ou até lágrimas. Maquiada, desarrumada, com um péssimo humor ou eufórica. Nada importa, mesmo em todas as mil mulheres que eu sou, sei que posso dividir cada uma delas com você. E quero estar entregue. Sem medo. Desde os dias bons, aos dias ruins, aos fantásticos ou pesarosos. Eu quero compartilhar cada momento e cada segundo ao seu lado. Eu sei, isso é assustador, não é? — Fiz uma pausa, tomando fôlego, admirando aquela íris mel-esverdeada ficar levemente umedecida. — Mas é a minha forma de me descascar para você, Jude. Sem coturnos que me fazem ser tão durona. Corpo, atrito e sensação. Não há mais nada que me impeça de te ter e o medo, que citei antes, é passado. Estou me jogando de bungee jump. Você me pega?

Ele não teve reação a não ser continuar acariciando a minha nuca e me olhar fixamente, como se estivesse em dúvida de que aquilo era real. Jude umedeceu os lábios e virou seu rosto para o meu.

Nariz com nariz, ainda me encarando, sua boca se mexeu contra a minha.

— Isso é sério?

— Cada palavra.

— Quando você quiser ser minha, não vai ser de mais ninguém. Eu não vou te deixar ir, Courtney. Tem certeza do que está dizendo?

— Tenho. — Abri um sorriso, o coração dançando na garganta. — Mas quero que você espere só mais um pouquinho para a gente dar o próximo passo. Tenho um plano e ele está relacionado ao Heart On Fire.

— Para quem esperou três anos, não vou me importar de esperar uns dias. Aliás, também tenho uma surpresa para a nossa festa de inauguração.

— Sério? — questionei, feliz demais para conseguir elaborar outra palavra.
— Ah, Jude...

— Bem, a gente pode esperar. Mas eu quero muito te beijar agora e garantir que desejo todas as mil mulheres que você pode ser.

— Todas as mil?

Seus lábios finalmente tocaram os meus.

— Cada uma delas — disse, por fim, colocando intensamente a língua na abertura da minha boca.

Jude aprofundou o beijo, tomando-me de modo apaixonado e maravilhoso. Seu corpo fez um giro, cobrindo o meu no sofá. Sem pesar, apenas suave, sua pele me aqueceu. A língua macia trabalhou em provocar a minha, causando todas as reações maravilhosas que inebriavam meu cérebro a ponto de não haver nenhum pensamento coerente. Pensei que poderia derreter em seus braços, mas tudo em que Jude me transformou foi em brasa. A temperatura daquele homem, tão alta contra a minha, aqueceu o sangue que corria livre nas veias e as mãos grandes de Jude, puxando meu corpo contra o seu, me fizeram gemer baixo no beijo.

Ondulei meu corpo, querendo contato. Podia sentir o tórax de Jude contra mim, a maneira elétrica que seu corpo correspondia. Os bicos dos meus seios ficaram imediatamente duros e, devagar, fui sentindo as ondas elétricas irem com toda a intensidade de encontro à calcinha, deixando-a molhada. Jude saiu da minha boca, ainda beijando, e foi para o pescoço chupá-lo e reivindicá-lo. Acabei enfiando minhas unhas em seus ombros, elevando o quadril de encontro ao seu, e querendo tanto pele com pele que cheguei a resmungar baixinho para que ele me tomasse em seus braços.

Mordeu meu queixo, depois meu lábio inferior, apenas raspando de leve os dentes, em meio a uma tentação forte demais para que pudesse resistir.

Com as pálpebras cerradas, ouvindo meus gemidos a cada investida fantasma dele, escutei sua voz rouca em algum lugar da minha consciência.

— Precisamos parar, Branca de Neve. Temos planos.

Malditos, malditos, malditos planos.

Aline Sant'Ana

154

— Eu te quero.

— Eu sei.

— Droga.

— Sei também que é importante para você ser tudo da forma que quer. Sem pressão, Courtney. Vamos fazer do seu jeito e também do meu jeito. Apenas vamos deixar rolar até a inauguração e nos segurar para que isso... — Jude, para minha surpresa, pegou minha mão e a levou em direção à sua ereção por cima da calça. Parecia uma barra cilíndrica dura e de ferro. Eu só podia imaginar aquela grossura, aquele tamanho, aquele pedaço de Jude entrando e saindo de mim com precisão. Era tão gostoso... — não aconteça de novo.

— Hum... — murmurei, tonta por Jude.

— Eu também quero você, Courtney. — Me obrigou a olhá-lo, segurando meu queixo enquanto seu corpo ainda pairava sobre o meu. Tão homem, tão quente! — E também me entrego com todas as porras de defeito, que podem até se tornar perdoáveis, se você estiver disposta a me aceitar. Merda, eu nunca quis ninguém como eu quero você. Penso em você quando acordo, quando vou dormir, faço o possível e o impossível para te agradar. Eu simplesmente quero você, Branca de Neve. Desde o dia em que pus meus olhos nos seus, eu te quis. Três anos ou trinta? Não importa. Eu sei que nada vai mudar.

Senti meus olhos ficarem marejados. Passei os braços em torno do pescoço de Jude e ele, delicadamente, deixou seu corpo finalmente pesar sobre o meu. Senti aquela parede maciça de músculos pesados, mas sem me sufocar, cedendo ao contato. Acabei beijando sua bochecha, a única coisa ao meu alcance, e senti quando Jude relaxou de vez, me fazendo sorrir.

— Nunca vai mudar, não é? A atração? — perguntei suavemente, depois de vários e longos minutos de silêncio, que poderiam ter até sido uns trinta minutos.

Jude sorriu contra meu pescoço. Por mais que não pudesse vê-lo, fui capaz de senti-lo.

— Sempre vamos tê-la, Courtney. Não dá para fugir disso e eu adoro. A única coisa que vai acontecer é aumentá-la e, assim, não vou reclamar se cada vez eu te quiser mais.

— Eu também não — murmurei.

— Não há do que ter medo — ele me garantiu.

Foi a minha vez de sorrir, aliviada nos braços de um cara que eu amava.

— Eu não tenho, Jude. Não mais.

Coração em Chamas

CAPÍTULO 11

I didn't know that I was starving till I tasted you
Don't need no butterflies
When you give me the whole damn zoo
By the way
Right away, you do things to my body
I didn't know that I was starving till I tasted you

— Hailee Steinfeld feat. Zedd & Grey, "Starving".

Jude

Era isso, não havia mais como escapar, o Heart On Fire ia embarcar e nós faríamos uma viagem de sete dias inteiros, com um itinerário fantástico, uma tripulação de quase seis mil pessoas, contando os funcionários contratados. Vesti a farda de capitão, com todas as medalhas que conquistei durante as missões presas no peito. O uniforme de embarque, completamente branco, me fez sentir orgulho de vesti-lo. Estava bem passado, com as ombreiras amarelas nas faixas e pretas na base, bem ajeitadas. A camisa engomada, de manga curta, exibindo as tatuagens, denunciava que eu não era um capitão comum, no entanto, os detalhes do resto me recordavam de tudo o que conquistei durante os anos. Agora, estava na hora de unir as duas vertentes da minha vida: o lado empresário e o marinheiro.

Vivendo o sonho.

Ajeitei o quepe, me encarei no espelho e percebi que estava tudo certo. Peguei a carteira e enfiei no bolso, assim como todos os documentos que eram necessários.

A campainha tocou e eu sabia que era a minha carona.

Abri a porta e fui recepcionado por um abraço duro, mas muito significativo. Wayne me olhou de cima a baixo e abriu um sorriso malicioso. Cara, era foda ter meu melhor amigo por perto em um momento como esse.

— Você tá do caralho.

— Farda, você sabe.

— As mulheres vão se jogar em cima de você.

Pisquei para Wayne.

Aline Sant'Ana

— Só quero que uma se jogue em mim. De preferência, sem roupas.

— E eu perdi a melhor parte enquanto estava fora.

Rindo, tranquei a casa e desci as escadas com Wayne.

— Você com certeza perdeu. Eu quero demais ela, cara.

— Consigo entender isso. Sabe, acho que ela é apaixonada por você desde sempre.

— É. Pena que fomos orgulhosos e perdemos todos esses anos por medos idiotas. Enfim, estamos indo recuperar o tempo perdido. Ansioso para o Heart On Fire?

— Só me sinto orgulhoso de você, Courtney e de Dominic também. Sei que, sem ele, vocês não teriam conseguido tão rápido.

— Dominic sempre foi parceiro. — Entramos no táxi que Wayne tinha solicitado. Não tinha como irmos de carro, já que embarcaríamos no cruzeiro. — Enfim, agora ele tem uma das suítes mais fodas do cruzeiro. Ele merece.

— Vai ter retorno para ele, também — Wayne garantiu. — Vocês daqui a um ano estarão comprando outro cruzeiro. O cara pensa longe.

— Sim, definitivamente.

Ficamos em silêncio por um tempo, mas, em seguida, Wayne não se aguentou e perguntou.

— Você acha que eu consigo mesmo uma mulher gostosa dentro do Heart On Fire?

Gargalhei.

— Uma não. Várias.

— Cara, isso é um parque de diversões para adultos.

— É — murmurei, com o pensamento em Courtney. Tínhamos decidido que a primeira festa do Heart On Fire seria à fantasia e guardaríamos a ideia do cabaré para as próximas. Não sabia o que Courtney tinha escolhido vestir, dentro da temática que pedimos, na qual era necessário ser algo *extremamente* sexy. Estava ansioso para vê-la fantasiada, porque esta noite... ela não me escapava. — Vai ter muita diversão nesse cruzeiro, Wayne. Você vai esquecer até do seu nome.

— E eu nunca fui para o Caribe.

— Vou te levar lá. — Sorri e garanti para Wayne.

Chegamos cedo, cerca de nove da manhã, para podermos deixar tudo ok. As pessoas chegariam no fim da tarde e, apesar de confiar na equipe Majestic e em

Coração em Chamas

Courtney, eu precisava ver tudo com os meus próprios olhos, além de verificar uma última vez o painel do navio. Soltei um suspiro, o dia estava quente, o sol a todo vapor sobre nossas cabeças, não perdoando. Era o dia dos namorados, estávamos no inverno, mas deveríamos saber que Miami não nos decepcionaria.

— Courtney já chegou?

— Acredito que sim — respondi a Wayne.

— Vamos ver, então.

Dispensamos o taxista e comecei a subir as escadas. O enorme transatlântico estava parado, apenas esperando que eu iniciasse a viagem. O nome Heart On Fire estava escrito em letras vermelhas na parte inferior e central do navio, no casco. As letras caídas e caligráficas eram na mesma fonte da tatuagem de Courtney, em uma dimensão bem maior, me lembrando de como viemos parar aqui.

Abri um sorriso sem me conter e fui recepcionado por uma das nossas funcionárias.

Optamos por elas usarem nomes falsos e uniformes. Protegeria suas identidades e elas poderiam se sentir mais à vontade por serem guias dentro de um cruzeiro erótico.

Effect abriu um sorriso para mim, empolgada.

— Olá, Capitão. Como se sente hoje?

— Pronto para levar vocês nessa viagem inesquecível.

Emocionada, principalmente por ser uma funcionária antiga que sabia de tudo o que lutamos para estar ali, assentiu.

— Sabrina — chamei pelo nome verdadeiro. — Você treinou todos com as frases que conversamos? Os outros guias serão tão eficientes quanto você?

— Sim — garantiu ela, vestindo a máscara profissional. — "Sejam bem-vindos ao Heart On Fire, o navio que fará você ultrapassar o céu" está na cabeça de todos, além da explicação que deverá ser dada a cada pessoa que subir por essas escadas.

— Quero guias para cada grupo que entrar, a maioria não estará sozinha. Quero homens com as mulheres e vice-versa.

— Sim, tudo certo.

— Quero que você mantenha a minha sócia a par de tudo quando eu estiver dirigindo o cruzeiro. Caso ela não possa comparecer, você pode ir lá diretamente falar comigo.

— Combinado. — Sorriu. — Estou emocionada e orgulhosa de vocês.

Aline Sant'Ana

— Obrigado, Sabrina. Saiba que isso não seria possível se não tivesse uma equipe tão eficiente.

— Falando em equipe, a senhorita Hill está te esperando no convés. Ela disse que, assim que puder, é para você ir lá.

— Certo. Já estou indo. Sabe se toda a equipe de apoio ao capitão chegou?

— Todos a bordo.

— Obrigado, Sabrina. Boa sorte.

— Para nós.

Wayne ficou em silêncio durante a conversa, mas percebi os olhos dele em nossa funcionária. Cutuquei-o com o braço enquanto caminhávamos para dentro, chamando sua atenção.

— Há uma regra de que os clientes não podem se envolver com os funcionários do navio.

Wayne riu.

— Por que você contratou funcionárias gostosas?

Sabrina era realmente linda. Uma ruiva não natural com a pele bronzeada de Miami e os olhos castanhos quentes.

— Ela é eficiente.

— Foda-se, é gostosa.

— Sem exceção para você, cara.

— Jogo duro — resmungou. — Porra, Wolf.

Gargalhei.

Continuamos caminhando e eu observei o corredor da entrada com certa empolgação. Eu e Courtney decidimos cada detalhe do Heart On Fire, desde os quadros até o formato das luzes. Tivemos apoio do contato de Dominic, mas ele só fazia acontecer o que sonhávamos, além de dar toques quando algo não combinava. De qualquer forma, havia Courtney e eu em cada pedaço desse cruzeiro, desde a tapeçaria vermelha em toda parte sob nossos pés, até a decoração de pequenas luzes. Heart On Fire era íntimo e sexy, era tudo aquilo que ele precisava ser.

Depois de uma longa caminhada, com suspiros surpresos de Wayne com a decoração, chegamos ao convés. Coloquei os óculos estilo aviador no rosto e vi Courtney antes de qualquer outra pessoa que estava com ela. Branca de Neve mantinha-se de costas, com os coturnos cinza nos pés, uma saia justa branca e

Coração em Chamas

uma blusa igualmente colada, em um tom azul-marinho, com pequenas âncoras brancas estampadas.

Os cabelos curtos e negros estavam molhados, sinal claro de que tinha tomado banho e chegara há não muito tempo. Pude escutar a sua voz altiva, dando ordens a uma série de caras, os guias do Heart On Fire. Parei o movimento de Wayne, que estava ansioso para abraçar a amiga, mas eu queria ouvi-la mandando. Todos respeitavam-na e eu achava que não havia um homem a bordo desse cruzeiro que não adoraria passar uma noite com a mandona Courtney Hill.

Minha.

— Vocês precisam ser gentis. As mulheres estão em um ambiente sexy e algumas são tímidas, por mais que estejam a bordo de um cruzeiro erótico. Quero que sejam galantes, sempre bem vestidos e perfumados, e estejam à disposição para qualquer dúvida. Mas não se deixem encantar por elas, até pelas tímidas. Muitas mulheres que estarão aqui, a grande maioria, serão modelos, atrizes lindas de cair o queixo. Lembrem-se da regra de não dormirem com nenhuma cliente. Guardem o prazer para outras ocasiões e tudo ficará bem — falou, autoritária, recebendo uma série de acenos de cabeça concordando com ela. — Podem me procurar qualquer que seja o problema, podem delatar qualquer atividade suspeita diretamente a mim e ao capitão. Nós estaremos prontos e preparados para lidar com o que for. Confiem em nós e na equipe que vocês são. Majestic levará o Heart On Fire ao céu, mas preciso de vocês comigo. Estamos juntos?

— Sim, senhora — disseram em uníssono.

— Bom. — Courtney se virou, ainda refletindo o sorriso que tinha dado aos funcionários.

Assim que me viu, como da primeira vez que nos encontramos, todo o seu rosto expressou choque.

E muito desejo.

Acabei sorrindo.

Sim, porra! Esta noite, ela não escaparia dos meus braços.

Courtney

É a fantasia de qualquer mulher ver um homem fardado e sexy, mas Jude levou isso para outro nível. Todo de branco, parecendo a tentação de todas os seres atraídos pelo sexo masculino, admirei cada pedaço daquele homem. Os braços fortes com tatuagens coloridas, a blusa bem passada, com os botões todos fechados e a calça branca, um pouco folgada em seu corpo por ser social, não omitia a musculatura de suas coxas. Meu Deus, eu posso ter perdido o ar, esquecido como se respira, porque depois fui para a visão dos óculos escuros em seu rosto, que, junto com o quepe, ficou sexy pra caramba.

Jude estava com as mãos nos bolsos frontais da calça, deixando uma marca bem interessante em seus quadris. O sorriso também estava lá, cheio de covinhas e malícia. Ele apontou com a cabeça para o lado, indicando que eu deveria sair do estado petrificada para notar que ele tinha companhia.

Só então percebi que havia outra pessoa ao seu lado. O homem loiro, de olhos castanhos iguais aos da minha amiga, abriu um largo sorriso para mim. Meus olhos marejaram, fazia muito tempo que não o via! Brian se aproximou enquanto Jude permanecia à distância e me abraçou com a força de um marinheiro, me tirando um pouco do chão e estalando minha coluna.

— Oi, Brian! Ah, você realmente conseguiu vir.

— Não perderia por nada. Como você está?

— Estou tão feliz que você está aqui e o que posso dizer? Estou nas nuvens com esse projeto.

— Sinto orgulho de você.

— E eu de você. Como foi lá?

— Do mesmo jeito. O importante é estar aqui com vocês.

— Bianca te contou que vem junto com o Pietro? Ela chegou a comprar as passagens.

Brian gargalhou.

— Minha irmã em um cruzeiro erótico?

Bati em seu braço, de brincadeira.

— Não zoe ela! É para apimentar a relação.

— Ah, que nojo, Courtney.

— É a verdade.

— Imaginar a minha irmã transando não é legal. Agora estou com vontade de socar o tal Pietro.

— Ele é um bom rapaz, você vai ver.

Jude abriu um sorriso discreto, tirando a minha atenção de Brian.

— Vou dar uma volta para conhecer o Heart On Fire — avisou Brian. —

Coração em Chamas

Precisa que eu faça alguma coisa, Wolf?

— Verifica se a minha equipe está na ponte de comando e me envia uma mensagem avisando, por favor? — Jude falou, sem desviar o rosto do meu. Embora eu não conseguisse ver seus olhos, pela superfície espelhada, sabia que estava olhando para mim.

— Certo — Brian concordou e, em seguida, me deu um beijo no rosto antes de ir. — Foi ótimo te ver, Courtney.

Assenti para ele e sorri.

— Obrigada por ter vindo.

Brian se dispersou junto com os funcionários. Depois de alguns minutos, eu e Jude ficamos sozinhos no convés. Era inquestionável que o dia estava lindo, propício para embarcamos nesse cruzeiro, mas ver Jude ali, todo maravilhoso, tão perto de mim, fez ficar tudo mais interessante.

— Oi — eu disse, passando as mãos por sua nuca, tomando cuidado com a boina de capitão.

— Hey — sussurrou contra meus lábios, puxando minha cintura de forma possessiva com uma mão só. A outra foi em direção ao meu rosto, o polegar acariciando a bochecha. — Fiquei um tempo te analisando, toda mandona em cima deles.

— Ah, é? — inquiri, surpresa.

— É. — A voz de Jude estava rouca e causou um formigamento no meu estômago. — Foi inevitável não pensar que todos os homens desse navio vão te querer, Branca de Neve.

Acabei sorrindo.

— Que pena que só um vai ter, não é mesmo?

— Pena? Não. Seria, se você estivesse com qualquer outro homem além de mim.

— Ah, Jude...

Sua mão me puxou, acabando com o espaço que faltava, principalmente os quadris.

Cada centímetro.

E então os lábios provocaram até se resolverem em um beijo. O perfume de Jude, masculino e intenso, tomou cada parte do meu cérebro. A boca maliciosa provou a minha língua e eu me transformei em puro fogo em seus braços. Acabei gemendo no instante em que Jude mordeu minha boca, viajando os lábios para

Aline Sant'Ana

o meu pescoço. Agarrei forte os ombros daquele homem, pensando que poderia amassar a sua roupa tão bem passada, mas pouco me importando. Eu precisava me segurar em algo, e que fosse no capitão desse navio.

— Sua pele está muito macia — Jude murmurou, lambendo devagar o meu pescoço, vagando até alcançar a orelha.

— Hum...

— Eu vou beijá-la inteirinha esta noite, Courtney.

— Eu sei. Também quero te beijar inteiro. Cada pedaço.

Senti, pelos quadris colados, a ereção de Jude pulsar contra mim. Acabei sorrindo, sabendo que tinha atiçado seu bom senso.

— E quero que você faça o que quiser fazer comigo — falou, a voz tão grave que parecia um grunhido másculo.

— Eu vou, querido. — Me afastei devagar, já sentindo falta do seu calor quando a boca desgrudou da minha orelha. Encarei Jude, os lábios vermelhos do beijo. — Agora, nós precisamos nos concentrar no trabalho. Tem algumas coisas que quero te mostrar.

— Sim, eu imaginei. Quero ver se todas as lojas estão funcionando, se os cassinos estão ok e os funcionários, preparados para atenderem todo mundo.

— Isso, venha admirar mais um pouco o seu Heart On Fire, Capitão. — Puxei sua mão e Jude entrelaçou nossos dedos.

— Nosso — murmurou, me fazendo sorrir.

Jude

Horas mais tarde, os passageiros já estavam se acomodando em suas suítes. Tudo estava em perfeita ordem, inclusive a parte mecânica do Heart On Fire, na qual dei uma dupla checada. O navio era recém-feito e sua ponte de comando parecia a da nave Interestelar Enterprise. Verifiquei com o engenheiro que viajaria conosco se os propulsores estavam certos, se havia outros para trocarmos no meio da viagem, já que eles ficam sujos com o tempo e, muitas vezes, os mergulhadores não conseguem tirar os excessos. Para o meu alívio, todos os funcionários, inclusive os que me ajudariam a dirigir o Heart On Fire, cumpriram todas as suas obrigações.

Fiquei algumas horas no controle, tirei o navio do porto e o coloquei em altomar. A uma velocidade de vinte e dois nós em linha reta, entreguei o comando para o outro capitão que servia de substituto quando eu precisava comparecer aos eventos. Dessa forma, eu poderia checar se havia qualquer problema mais tarde.

Tomei um banho e, para a temática da festa, eu não poderia vestir nada além do uniforme de capitão, ainda que fosse em uma realidade fantástica e sexy pra caralho. Bem, havia o lado ruim de ser o responsável por essa viagem. Dessa vez, coloquei a farda com a casaca preta e a calça na mesma tonalidade. A boina branca de capitão e as botas lustradas fecharam a farda. Eu estava pronto para comparecer à festa, a qual sabia que todos os passageiros estavam ansiosos para desfrutar.

E também, porque eu havia providenciado algo muito especial para Courtney.

Não fiquei sabendo dela, nem de Wayne, Dominic ou Bianca. Fiquei muito focado em fazer o Heart On Fire pegar o seu rumo, mas meus pensamentos não saíam da mulher que havia me feito esperar tanto. Sabia que ela merecia essa pausa, que nós dois precisávamos ter certeza antes de mergulharmos de vez em um relacionamento. Reconhecia que, sem dúvida, os três anos foram caóticos porque meu corpo a queria, no entanto, meu cérebro precisava reconhecer que aquilo era muito mais do que contato, Courtney era muito mais do que qualquer outra mulher já foi.

Saí da minha suíte, uma das mais elegantes que se podia ter dentro desse navio, e parti rumo ao andar onde a festa acontecia. Peguei o elevador e, assim que as portas se abriram, já fui capaz de escutar a música alta. Abri um sorriso. As portas estavam fechadas, mas se abriram com elegância quando as empurrei. Fui recepcionado por uma funcionária e um funcionário, que deram um aceno de reconhecimento quando passei por eles. Fui servido prontamente com uma taça de champanhe. Peguei-a e bebi um gole, procurando dentre as mulheres uma em particular.

O salão para essa festa tinha em uma decoração escura, com toques de prata, cinza e preto. As luzes multicoloridas deixavam tudo mais eletrônico e a música, escolhida pelo DJ que havíamos contrato para viajar conosco, exalava sensualidade e tesão. Havia lugares para as pessoas se sentarem, pufes e cadeiras com mesa para comerem caso quisessem pedir algo no bar. Mas os passageiros estavam mais interessados em dançar, beijar na boca e no assédio que era permitido no Heart On Fire.

Percebi que as mulheres estavam mais ousadas do que os homens. Algumas sentavam no colo dos seus parceiros, outras passavam a mão sobre a calça de seus companheiros escolhidos para aquela noite. Claro que havia os demônios

Aline Sant'Ana

que, como eu, agarravam as bundas e subiam as saias das fantasias, mas a maior parte dos assédios vinha de mulheres determinadas. Eu adorei aquilo. Aqui — e isso deveria ser em todos os lugares —, elas podiam ser quem quisessem.

Virei mais um gole de champanhe, sentindo as bolhas coçarem a garganta. Meus olhos se estreitaram e acabei vendo Wayne antes que ele se desse conta de que eu estava encarando-o. Vestia uma fantasia de grego, com quase nenhuma roupa o cobrindo. Talvez esse fosse um dos motivos para estar bem acompanhado. Três mulheres o rodeavam e, cara, essa noite seria o céu para o meu amigo. E ainda havia seis dias para ele aproveitar. Eu não duvidava que esse seria o começo de uma boa aventura.

Os olhos de Wayne focaram em mim, ele abriu um sorriso, e eu ergui a taça de champanhe para ele.

Voltei a caminhar, tentando encontrar Courtney no meio de tantas fantasias. Acabei achando Dominic, que, como Brian, estava rodeado de mulheres. Ele deu-me um cumprimento militar, que retribuí com um sorriso. No meio da pista, trombei com uma mulher vestida de Sininho e, quando ela pediu desculpas, percebi que era Bianca. Ela estava ao lado de um homem, deveria ser seu namorado. Bianca abriu um sorriso para mim, puxou-me para um abraço, que foi gentil e amigável.

— Jude, isso aqui está um espetáculo!

— Obrigado. Courtney e eu tivemos ideias boas para as festas — precisei gritar em resposta. A música abafava a minha voz.

— Jude, esse é Pietro, meu namorado. Pietro, esse é o Jude, namorado da Courtney.

Ainda não *oficialmente*, eu quis dizer.

Mas esta noite as coisas iam mudar.

— Prazer. — Apertou a minha mão e retribuí.

— Prazer, cara. Espero que curta o Heart On Fire.

— Já estou aproveitando. É mágico esse lugar — disse Pietro.

— E sexy — acrescentou Bianca, dando um beijo estalado no namorado.

— Vocês viram Courtney? — indaguei a Bianca, querendo muito colocar as mãos na minha mulher.

Ela sorriu.

— Ainda não chegou. Estava arrumando uma parte da fantasia.

— Certo. Acha que ela vai demorar?

Coração em Chamas

Bianca ficou parada por um segundo, atenta a outra coisa. Depois do choque, cutucou meu braço e apontou para a entrada.

— Lá está ela!

Virei rapidamente e o que eu vi foi capaz de fazer meu coração parar de bater.

Meu Deus.

Inferno!

Essa mulher queria acabar com o resto da minha sanidade.

Courtney estava com uma fantasia de Branca de Neve e eu sabia que era especialmente para mim. Era tão sexy que levei um tempo para compreendê-la. O corpete azul-marinho, justo em seu corpo, afinava a cintura. Tinha detalhes em vermelho e branco, que se entrelaçavam na frente como os cadarços de um tênis. Nos ombros, mangas bufantes que imitavam a veste da princesa, parecendo caídas propositalmente para exibirem a pele. Na parte de baixo, uma saia muito curta, que mal cobria sua bunda, no tom amarelo-ouro, formava uma roda de doçura misturada à malícia. Courtney estava com meia-calça branca e rendada na altura das coxas, exibindo um pedaço da pele que sobrava. Nos pés, o que não podia faltar: um par de coturnos. Desta vez, brancos. E com saltos.

Encarei finalmente seu rosto.

O cabelo estava solto, mas preso com uma fita vermelha que formava um laço na lateral esquerda da cabeça. Havia uma delicada franja lateral sobre seus olhos, indiscutivelmente mais poderosos, com os cílios longos, e uma sombra escura nas pálpebras, que os deixava ainda mais azuis. Na boca, um batom vermelho ousado me fazia querer borrá-lo de beijos.

Inspirei o ar com força, tentando processar a resposta do meu corpo.

Não havia o que compreender, na verdade.

Eu a queria mais do que nunca.

Esta noite, pensei, enquanto a via caminhar em minha direção, Courtney provaria um homem apaixonado com suas curvas. Ela experimentaria um homem que amava cada pedaço da sua personalidade também, na mesma proporção em que desejava seu corpo nu embaixo do seu. Ela entenderia, enfim, que não haveria mais um homem em sua cama. Eu seria o último. E, finalmente, saberia que não se brinca com o capitão de um cruzeiro erótico.

Courtney Hill queria ser minha.

Então teria que ser por inteiro.

Aline Sant'Ana

Courtney

Assim que Jude pôs os olhos em mim, me senti a mulher mais amada e desejada do mundo. Ele me encarou como se pudesse tirar um pedaço e cuidar de mim ao mesmo tempo. Parecia um lobo, atento entre o desejo e a voracidade. Não saberia dizer como tive forças para alcançá-lo, muito menos para cumprimentar Bianca e Pietro, que estavam falando várias coisas que eu não conseguia focar, de fato. Meus olhos não saíam de Jude, da maneira que ele umedecia e mordia os lábios, como se mal pudesse conter a boca de me provar.

Eu queria ser provada.

A música sexy estava alta, eu podia ver pela visão periférica as pessoas perdendo as peças de roupa e, quando entrei, vi Brian beijando três mulheres em um rodízio de prazer mútuo. Dominic estava na mesma vibe. As pessoas estavam perdendo a razão e, mesmo que eu não tivesse uma gota de álcool no sangue, me senti além da ousadia que trazia em mim. Era luxúria correndo nas veias ao invés do sangue. Acabei interrompendo a minha amiga, pedindo desculpas e exigindo que ela se divertisse. Tirei Jude do caminho, puxando-o entre as pessoas, e o levei até o bar. Ele estava com uma taça de champanhe na mão e eu virei o gole que restava ali.

Seus olhos me vasculharam mais uma vez.

E eu puxei seu pescoço para beijá-lo.

Jude não pareceu surpreso pela intensidade do meu desejo. Ele não pareceu nem um pouco chocado pela audácia. Ele colou nossos corpos e me pressionou contra a bancada do bar. Minha cabeça rodou, e senti meu corpo inteiro responder a Jude, principalmente no instante em que sua língua pediu espaço entre meus lábios. Apertei mais forte sua nuca, fazendo-o angular o rosto para que eu aprofundasse. Jude desceu as mãos para minha bunda, apertando-a com força sobre a curta saia da fantasia, girando a língua em torno da minha sem pressa, bem provocativo.

A posse o consumiu de uma maneira insustentável.

Me pegou no colo e, de olhos fechados, nem vi onde me colocou. Só soube o que era quando me acomodei em um banquinho, provavelmente do bar. Ainda de olhos fechados, senti suas mãos acariciando o corpete, para depois apertar um dos meus seios cobertos e preenchê-lo na palma de sua mão. Jude mordeu meu lábio inferior e o puxou para longe, apenas para tomar uma pausa no beijo e fazer tudo de novo.

Coração em Chamas

Se acomodou entre as minhas pernas, de modo que não pude fazer nada além de abri-las. O corpo de Jude se uniu ao meu, sem espaço para que qualquer centímetro nos separasse. A música ainda tocava ao fundo, as pessoas ainda conversavam sobre ela, eu sabia que havia gente ao nosso lado, todavia, tudo em que podia me concentrar era na mágica que Jude fazia com a língua ao me beijar, com os dentes raspando nos lábios quando se afastava para respirar e nas mãos que vasculhavam meu corpo parecendo que não o conheciam, um gesto de novidade.

Quando a palma de Jude foi parar na minha coxa, por dentro da saia, e soube que ele estava sentindo a renda da meia sete oitavos, escutei um resmungo entre o beijo, que foi imediatamente parado para que eu pudesse olhá-lo.

Com a respiração pesada, vi um sorriso diferente em seu rosto.

Não era como todos os outros. Havia carinho além do desejo. A parte do coração que eu queria? Estava toda ali. Suas mãos seguraram as laterais do meu rosto, concentradas em me manter focada nele, enquanto as covinhas, fundas em suas bochechas, pareciam zombar com malícia.

— Oi, sócia — ele disse em tom provocativo, porque não havíamos nos cumprimentado.

E eu me esqueci totalmente da etiqueta entre dois seres humanos.

Que culpa eu tinha?

— Ah... — Sorri. — Oi, Capitão.

Os olhos de Jude se acenderam quando o chamei de Capitão.

— Você parecia com pressa. Não quis te interromper.

E eu estava. Esperei três anos para que tivesse coragem de surpreender Jude, de entregar meu coração a ele. Não era apenas uma promessa de sexo vazio de uma noite, era muito mais do que isso. Na verdade, era todo o resto.

— Eu realmente estava com pressa.

Tinha preparado uma surpresa para ele, não sabendo se seria capaz de levar até o fim. Não por falta de coragem, mas sim porque Jude era capaz de me ler, de compreender. Pensávamos de forma parecida e eu suspeitava que, o que quer tivesse bolado, ele já sabia.

— Agora, preciso saber uma coisa: você quer ir para o que você preparou ou para o que eu organizei para nós?

— Estou ansiosa e quero que você veja.

— Então está decidido.

Aline Sant'Ana

Jude olhou em volta, parecendo consciente do ambiente ao nosso redor. Eu admirei a festa, assim como ele, tentando não pensar em como nossos corpos ainda estavam colados, em como Jude me mantinha presa em seu aperto, em suas mãos na minha cintura. Virei o rosto para ele, observando os olhos mal iluminados pela luz fraca, naquele cenário, quase totalmente negros. Jude finalmente me admirou, o sorriso sem sair dos lábios bonitos.

— Posso falar uma coisa?

— Sim — respondeu.

— Eu adorei a festa, o fato de sermos bem-sucedidos e todo o resto. Mas vamos sair daqui? Por favor?

Não levou nem meio segundo para seu rosto descer em direção ao meu e a resposta ser sussurrada no meu ouvido:

— Você quer fugir?

Assenti.

Ele riu contra a minha pele. Se afastou e me puxou pela cintura, tirando-me do banquinho e me colocando em pé.

Quando nossos olhos se encontraram, ele não respondeu.

Apenas entrelaçou nossos dedos e esperou, me deixando guiá-lo.

Era isso e não havia retorno.

Pertencíamos um ao outro.

Coração em Chamas

CAPÍTULO 12

I've been really tryin', baby
Tryin' to hold back this feelin' for so long
And if you feel like I feel, baby
Then come on, oh come on
Let's get it on, oh baby
Let's get it on
Let's love, baby

— Marvin Gaye, "Let's Get It On".

JUDE

A parte boa de ser dono do Heart On Fire era que eu sabia exatamente o tipo de cliente que havia sido convidado. Eu conhecia cada cara, apesar das máscaras e das fantasias, inclusive os que não tiraram os olhos de Courtney enquanto ela me levava para outro lugar. Fiz uma anotação mental de cada ser humano que a desejou através do olhar, para eu tomar a frente sobre eles depois. Apesar de que todos tinham me adicionado no Facebook. Assim que Courtney aceitasse ser minha oficialmente e nós fizéssemos isso do jeito certo, eles teriam que recuar.

Afinal, eu sou da marinha.

E isso significa que eu sei matar uma pessoa de pelo menos cinquenta maneiras diferentes.

— Jude? — chamou Courtney, quando estávamos dentro do elevador, indo para o andar da sua suíte.

— Oi.

— Por que você está tão tenso?

— Pelo menos, vinte homens *conhecidos* te desejaram em questão de trinta segundos.

— Ah. — Ela riu. — Sério?

— Sim — respondi sucintamente.

— E você está com ciúmes?

Encarei os olhos azul-turquesa, que pareciam divertidos.

— Michael, Renato, Rafael, Mike, Paolo, Wess, Quinn, Carlos, Nate... — Fui indo até citar os vinte, esperando que ela entendesse o meu ponto. — Eu sei

Aline Sant'Ana

exatamente quais homens estavam te olhando e até consigo perdoá-los, porque eles não sabem que você é minha. Só quero guardá-los na memória caso isso se repita depois desta noite.

— Depois desta noite?

Peguei sua cintura e colei nossos corpos.

— Você já é minha, Courtney Hill. A gente só vai oficializar.

— Isso é prepotência demais, Capitão — brincou.

— Esse tipo de pauta não adianta tentar negociar, sócia. Toda minha, sem discussão.

Courtney se afastou antes de poder insinuar um beijo, porque a porta do elevador se abriu. Rindo, ela entrelaçou nossas mãos e começou a caminhar pelo corredor em direção à sua suíte. Por algum motivo, não quis ter o seu quarto próximo ao meu; estávamos em andares diferentes. Antes, eu havia pensado que o distanciamento fosse em razão de não querer se envolver, na intenção de não ficarmos perto demais um do outro, mas, naquele segundo, uma ideia diferente cruzou a minha mente.

— O que você aprontou, Branca de Neve?

Ela passou o cartão de acesso pela porta, abrindo-a. Levou um tempo para que eu pudesse compreender o que estava à frente dos meus olhos, mas não havia erro. Courtney fez uma surpresa muito maior do que eu esperava. A sua suíte, que tanto manteve oculta de mim durante a preparação do Heart On Fire, era exatamente igual à sala do iate dos Wayne, o local onde nos vimos pela primeira vez. O grande sofá confortável, a geladeira que não parecia uma geladeira, o tapete, inclusive os detalhes da mesa de centro...

Caralho!

Suspirei fundo, sentindo algo no peito acelerar em uma corrida ensandecida.

Me virei para Courtney e segurei sua cintura, levando-a até a parede mais próxima, porque precisava beijá-la por ter me surpreendido. Aliás, precisava beijá-la por tudo que ela fez às escondidas, precisava beijá-la porque ela dançou *Let's Get It On* com um cara que não era eu, no nosso primeiro encontro, e ela tinha de ter uma nova memória, uma que recordasse que aquela noite pertenceu a nós dois e a mais ninguém.

Precisava beijá-la porque não podia aguentar nem mais um segundo.

Courtney havia deixado a música repetindo, desta vez, sem a versão remixada. Apenas a original, sexy e exigente como nós precisávamos que fosse. Meus lábios se colaram aos dela, no mesmo instante em que as mãos de Courtney

Coração em Chamas

vieram para o meu pescoço acariciar os poucos fios de cabelo que o quepe não escondia. Gemeu contra a boca no instante em que minha língua tocou a dela, consumindo-a sem parar, procurando sincronia. Assim que pegamos o ritmo, um segundo mais tarde, meu corpo inteiro recebeu um choque de tesão. Oh, porra! Nenhuma mulher jamais aplacou aquela febre, porque eu precisava estar dentro da única que havia virado a minha cabeça do avesso e, de quebra, o coração.

Afastei-me do beijo relutantemente, seus lábios tinham gosto de champanhe e estavam macios, quentes e molhados. Comecei a trabalhar com os dedos na parte da frente do corpete, desfazendo os fios trançados, admirando os olhos semicerrados e azuis da Branca de Neve. Abri um sorriso de lado, percebendo que o apelido agora fazia jus a ela todinha.

Desfiz a peça, livrando-a do aperto. Courtney soltou um suspiro alto quando ficou nua da cintura para cima e eu acabei me deliciando com a visão. Fazia três anos que não os via, que nos os tocava, e eu tinha amado cada segundo que passei com aqueles lindos gêmeos. Porra, eu amava os peitos da Courtney, amava cada pedaço daquela mulher, inclusive a barriga lisa e gostosa. Aproximei-me, colando minha testa na sua, tomando uma respiração longa.

Fazia muito tempo que tinha imaginado como seria tê-la mais uma vez. Sonhei tanto com isso que sabia da necessidade de fazer da maneira que desejava, que eu sabia que iria provocá-la até o limite. Caso contrário, eu me arrependeria da espera. Isso tinha que ser inesquecível para Courtney porque, depois do sexo, a minha surpresa ia começar.

Coloquei o pequeno mamilo rosado entre o indicador e o polegar, atiçando-o devagar, acariciando com a ponta áspera dos dedos. A expressão de Courtney se tornou mais lânguida e suplicante, e ela soltou um gemido e se contorceu no meu corpo prensado ao dela. Ainda a encarando nos olhos, não deixando que ela desviasse, puxei seu lábio inferior para baixo com o indicador. Assisti o batom borrar ainda mais contra a minha pele, além do beijo, agora pelo puxão. Era erótico vê-la se desmanchando por mim.

Devagar, ouvindo Marvin Gaye ao fundo e a respiração entrecortada da minha mulher, coloquei o indicador entre seus lábios, esperando que ela chupasse com vontade, como sei que tinha vontade de fazer com o meu pau.

Courtney não me decepcionou.

Ela sugou-o e a sua língua, muito macia, enviou uma onda elétrica do dedo até o a glande do meu pau excitado, fazendo-o lutar contra a calça social da farda. Segurei a respiração e Courtney sorriu, exibindo os dentes que tinham o meu dedo entre eles. Fui para o outro mamilo, provocando da mesma maneira, e, assim que retirei o dedo de sua boca, com uma última chupada intensa da Branca

Aline Sant'Ana

de Neve, fui para os mamilos acesos, umedecendo-os com sua própria saliva.

Courtney jogou a cabeça para trás, fechando os olhos. Peguei sua cintura e a impulsionei para cima, fazendo-a passar as coxas em torno do meu quadril. Os seios ficaram em uma altura boa e abri um sorriso cheio de covinhas, antes de sugá-los entre meus lábios. Ela gemeu alto e duro, e eu, alternando a brincadeira entre chupões, raspares leves de dentes e mordidinhas, ouvi aquela mulher perdendo a cabeça. Guiei os beijos dos seus seios para a lateral do pescoço e alcancei a ponta da língua na pele atrás de sua orelha, que eu sabia que era um de seus pontos fracos.

Ela me xingou.

Acabei rindo; estava no caminho certo.

Agarrei sua bunda com uma mão, mantendo-a no ar com tranquilidade, e, com a outra, fui para a lateral da saia rodada amarela da fantasia, agora puxando o lóbulo de Courtney entre os dentes. Desci o zíper lateral com vagarosidade, escutando-o se render aos meus dedos. No segundo em que percebi que a saia abriu, deixei Courtney em seus próprios pés.

Ela me olhou com fogo nas íris. Não havia nada além de duas rodas negras e uma fraca linha azul em torno delas. Tomei seu rosto com uma mão e voltei a beijar aquela boca gostosa.

Os lábios de Courtney estavam gelados desta vez, por ter respirado profundamente pela boca, mas não demorou para eu conseguir aquecê-los. Assim que o fiz, fui descendo os beijos novamente pelo pescoço, os seios e me ajoelhando para alcançar a barriga. Lambi a pele em torno do umbigo, a pinta que eu desejava, e fiz uma trilha por toda a cintura, indo para seus quadris. Courtney agarrou meus ombros, sôfrega entre os gemidos. Enquanto a beijava ali, comecei a desfazer os laços do seu coturno.

— Levante o pé direito, Branca de Neve — murmurei, a voz grave como se tivesse fumado cinquenta charutos.

— Hum?

— Seu pé.

Ela assentiu e fez o que pedi. Descalça, apenas com a meia-calça e a saia, além da inocente fita vermelha nos cabelos bem alinhados de princesa, me perdi totalmente. Puxei a saia de Courtney, revelando uma calcinha azul-marinho de renda que não omitia nada de sua intimidade. A peça era transparente. Pude ver a dobra perfeita dos lábios de sua boceta, pude ver a inocência e a luxúria em uma só mulher. Subi o olhar, engolindo devagar o bolo que se formou na minha garganta. Courtney me olhou sem pudor e abriu um sorriso pervertido.

Coração em Chamas

Passei o indicador pelas dobras, ainda sobre a calcinha, sentindo a umidade transpassar o tecido. Ela soltou um gritinho agudo e eu mordi o lábio inferior para não gemer. Vê-la excitada assim me levava ao inferno e ao céu. Meu corpo inteiro estava pronto, cada centímetro, mas esta noite não se tratava de mim, mas sim de Courtney.

Afastei o tecido e passei o polegar pelo clitóris inchado e macio. Devagar, guiei um dedo para dentro da sua entrada totalmente úmida e apertada. Ela ofegou, abriu os lábios vermelhos e borrados para mim, em um grito silencioso, um pedido para que eu continuasse. Sorrindo, espacei suas dobras e substituí o polegar pela ponta da língua, girando em todo o redor. Assim que toquei com delicadeza, Courtney praguejou, apoiando a mão sobre a minha cabeça, fazendo o quepe afundar. Passei a beijá-la, guiando a minha língua para cima e para baixo repetidas vezes, fazendo-a tremer em pé, sentindo seu gosto agridoce nos lábios, o modo inchado que sua linda boceta ficava para mim, a maneira que ela vibrava toda quando estava prestes a gozar.

Ainda a fodendo devagar com meu dedo, mas acelerando ao máximo com a língua, senti quando sua entrada convulsionou por todo o meu dedo, sugando-o como se quisesse que outra parte do meu corpo estivesse ali. Courtney fechou os olhos com força, abriu a boca e respirou fundo, seu gemido vindo alto, sua vibração me deixando louco. Ela gozou longamente na minha boca, no meu dedo, me deixando consciente do que eu tinha acabado de fazer com ela.

Hum. Eu queria muito mais.

Courtney

Enlouqueci.

Não havia outra palavra para descrever o que Jude fez com a minha cabeça e com o meu corpo.

Ele se levantou do chão e, ainda totalmente vestido, me perguntou alguma coisa que meus ouvidos não conseguiram captar. Pisquei, para firmar a visão, porque também estava difícil ver com clareza. Eu tive um dos melhores orgasmos da minha vida, eu tinha esquecido de como Jude era capaz de me ligar em todos os pontos certos. Assim que ele abriu um sorriso sem-vergonha, cheio de covinhas fundas nas bochechas, percebi que a minha imagem, trêmula, agarrada a uma parede, vestida somente de meia-calça branca e calcinha azul, deveria parecer patética.

— Eu te perguntei se há outra música na playlist. Quero ver se encontro

Aline Sant'Ana

174

uma coisa mais interessante.

— Sim. — Apontei em direção ao meu celular, que estava ligado ao cabo USB nas caixinhas de som do quarto. — Ali.

Jude foi até o lugar, sem conseguir esconder a ereção que empurrava a calça levemente para a frente.

Meu Deus, eu precisava me sentar.

Apoiada no sofá-cama, que foi feito exclusivamente para ser idêntico ao do barco dos Wayne, me recostei, confortável. Jude fuçou no meu aparelho, tentando encontrar uma música perfeita. Assim que pareceu achá-la, me encarou de uma forma nova, como se estivesse mil anos-luz à frente. Jude foi em direção às luzes que estavam todas acesas, pelo modo automático do sensor de movimento da suíte, e, em seguida, reduziu a intensidade, tornando tudo mais sexy e íntimo.

Voltou para o celular e deu play.

Imediatamente, a imagem de Bianca ao meu lado assistindo Magic Mike preencheu a toda velocidade o meu cérebro. A música era *Pony*, de Ginuwine. Jude poderia ter escolhido centenas de músicas sexy daquela playlist, mas essa era sacanagem demais, porque fiquei fissurada no Channing Tatum por quase um ano depois daquelas danças todas. Bem, de qualquer forma, agora não havia espaço para pensar no Channing, porque um homem ainda mais maravilhoso e *real* estava bem em frente aos meus olhos.

Jude abaixou os joelhos e começou a fazer...

A coreografia!

Como ele sabia?

— Eu decorei a coreografia para uma aposta — sussurrou, como se lesse meus pensamentos. — Não precisei. Pensei que nunca teria que usá-la, mas agora sei o propósito.

Ah.

Jesus!

Abri os lábios, chocada, vendo Jude rebolar aquele corpo maravilhoso enquanto abria cada casa dos botões da farda. Por um segundo, achei que estava sofrendo de algum efeito alucinógeno, porque não era possível nem justo ele ser dono de todas as fantasias sexuais femininas! O Capitão, como se lesse meus pensamentos, abriu um sorriso. Ah, sim. Ele comandava um cruzeiro erótico. Eu não deveria estar surpresa. Seus lábios se moveram com a letra da música, muito safada por sinal, mas eu não podia me concentrar na letra porque os quadris dele estavam indo e vindo e, de repente, o botão da calça se abriu.

Coração em Chamas

I'm just a bachelor
I'm looking for a partner
Someone who knows how to ride
Without even falling off
Gotta be compatible
Takes me to my limits
Girl when I freak you out
I promise that you won't want to get off

O peitoral de Jude, com a casaca e a camisa abertas, brilhou pelo bronze de Miami. Jude puxou tudo pelos braços, deixando o torço nu. Meu Deus, como era sexy um homem confiante de si mesmo! Ele pegou a aba do quepe com alguns dedos, puxando-o para baixo, escondendo o rosto. Sua mão foi para a frente da calça e ele começou a levar o quadril para frente e para trás, como se imitasse a penetração. Seus joelhos foram se abrindo e fechando, enquanto Jude rebolava até o chão.

Agarrei o estofado do sofá.

O quepe, provocando uma sombra em seus olhos, me impediam de vê-lo atentamente, no entanto, bem... havia outras coisas para olhar. Jude se jogou no chão, colocou as mãos como se fosse fazer uma flexão e, em seguida, os quadris torturaram um movimento bem lento e provocante. A calça apertava sua bunda, me impedindo de respirar com tranquilidade, porque todo o seu corpo estava retesado e aquelas tatuagens nos braços...

Ele se levantou e continuou a dançar para mim, ondulando, me mostrando o que faria quando estivesse realizando o mesmo movimento no meu corpo. Jude deu um giro, mostrando que era mesmo um excelente dançarino. Arrancou uma bota quando parou de frente para mim e, em seguida, a outra.

Só de calça, agarrou o encosto do sofá, se inclinando todinho sobre mim. Sua respiração quente bateu na minha boca e ele sorriu contra a minha bochecha no momento em que seus quadris vieram para a frente. Como eu estava sentada na beirada do sofá, ele colocou as pernas na parte externa das minhas e, em seguida, veio descendo, rebolando no meu colo.

Aline Sant'Ana

> Sitting here flossing
> Peepin' your steelo
> Just once if I have the chance
> The things I would do to you
> You and your body
> Every single portion
> Send chills up and down your spine
> Juices flowing down your thigh

— Me toca — ele pediu, a voz rouca.

Levei as mãos para sua barriga maravilhosa, sentindo os gominhos bem duros sob o toque. Depois, fui em direção à linda bunda, agarrando-a no processo. Jude soltou um gemido bem afetado pelo toque e pela dança. Ah, eu queria lambê-lo! Então, eu fiz isso. Passei a língua por sua barriga e peitoral, excitada demais para pensar que ele deveria terminar a dança.

O Capitão ronronou.

Três anos de espera.

Agarrei a parte da frente da sua calça e abaixei o zíper; era a única coisa que faltava, além da boxer azul-claro. Me desfiz da peça, abaixando-a totalmente. Jude me ajudou na hora de passar pelos pés. Só de boxer, beijei sua barriga, descendo enquanto Jude subia na dança. Aquilo era erótico demais para o meu próprio bem.

Jude rebolando daquela maneira...

— Courtney... — me alertou quando puxei sua cueca pelas laterais, quase exibindo a grande ereção.

— Shhh, Capitão.

— Essa noite é sobre você.

— É sobre *nós* — corrigi.

Antes que ele pudesse rebater, puxei o elástico e seu grosso pau saltou para fora. Com a música quase acabando, coloquei na boca somente a glande, sugando-a em meus lábios. Jude tragou o ar devagar, preso em uma posição que quase o deixava sentado no meu colo. Afundei todo o seu comprimento, alcançando na garganta onde era o meu limite, embora não chegasse à base.

Suas mãos vieram para a minha nuca, me guiando. Percebi que, depois de alguns minutos, Jude perdeu o controle, mas de uma maneira maravilhosa.

Coração em Chamas

Começou a penetrar entre meus lábios, gemendo forte, rouquejando, dizendo meu nome bem baixinho. Vendo-o de baixo para cima, acabei soltando seu pênis da boca e segurando-o na base.

Eu precisava olhar seu rosto.

Mordendo o lábio inferior, os olhos de Jude estavam intensos e fogosos.

Com o quepe, parecia ainda mais sedutor e compenetrado.

Jude tirou a minha mão do seu sexo e rapidamente se ajoelhou no chão, de modo que pudéssemos ficar olho no olho. Com um tesão sem freio, veio para os meus lábios, sentindo seu gosto em mim, beijando cada parte da minha boca. Estremeci quando sua língua me tomou com vontade, me acendi em todos os pontos úmidos que Jude já havia tocado esta noite.

Veio vagando pela minha pele, até chegar à orelha. Mordeu o lóbulo e suspirou fundo, me puxando para o chão.

Sorri contra sua boca no momento em que me colocou sobre seu corpo.

Era para ser romântico, mas, entre mim e Jude, já deveríamos saber...

Apesar de haver amor, havia também a pecaminosidade de dois pervertidos que tiveram a ideia de montar um cruzeiro erótico.

Bem, quem sou eu para reclamar?

Eu tinha o capitão Jude Wolf embaixo de mim.

Jude

Sem pensar com coerência mais, fugindo da ideia do romantismo, apenas ansioso para ter o corpo dela, rasguei a lateral da sua calcinha, arrancando o trapo fino que sobrou. Deitado sobre o tapete no chão, completamente nu com exceção do quepe e Courtney apenas de meia-calça, segurei sua pequena cintura, observando-a toda nua para mim.

Mas que porra! O que eu fiz na vida para merecê-la?

— Você toma pílula?

— Tomo. — Foi sua resposta curta e direta.

Branca de Neve mantinha-se toda molhada e eu percebi isso quando ela elevou os quadris, permitindo que meu pau tomasse um rumo sem volta para sua abertura. Ela estremeceu, ajeitando os quadris, os lábios entreabertos. Caralho, eu tinha me esquecido de como era fodê-la, tinha me esquecido da sensação

Aline Sant'Ana

desse corpo maravilhoso recebendo o meu. Fiz com que Courtney descesse o rosto para mim, porque eu precisava beijá-la enquanto a penetrava devagar.

— Jude...

— Tá doendo?

— Hum, tá gostoso.

Graças a Deus.

Fechei os olhos, umedecendo os lábios antes de beijá-la com força. Minha língua girou em torno da dela, enquanto meus quadris ajudavam-na a ditar o ritmo de um sexo molhado e lento. As estocadas foram ficando mais fáceis à medida que se acomodava para mim. Courtney iniciou um movimento em que apenas a sua bunda se movia, me permitindo ficar parado, apenas seguindo sua liderança.

Eu estava apaixonado pela maneira como seu corpo se movia no meu.

— Isso é tão gostoso — ela sussurrou contra meus lábios.

— Continue, Courtney.

Ela estava perdida em meio ao seu próprio prazer, e eu acariciei suas coxas grossas, seus quadris, suas costas. Subi e desci, agarrando, por fim, aquela bunda, com muito tesão. Branca de Neve mordeu meu ombro, estremecendo inteira, e eu sorri para o vazio, sabendo bem o que tinha de fazer.

Ainda segurando sua bunda, mantive-a um pouco longe dos meus quadris, apenas alguns centímetros nos separando. Fiz com que meu pau subisse e descesse em um ritmo muito frenético, preenchendo o espaço que faltava. Courtney deixou a testa baixar contra a minha. Em seguida, seus olhos se conectaram com os meus e sua boca veio em direção à minha. Beijei-a com todo o fôlego que consegui reunir, sentindo uma camada de suor se formar em nossos corpos. Meu pau estava dolorido, ele queria gozar, porque sentiu tanta falta de Courtney que seria ridículo pensar que ele tinha vontade própria. Mas me segurei pra cacete, me segurei por longos minutos, enquanto a via mergulhar em seu próprio prazer.

Courtney gritou por mim e eu acelerei, fazendo um círculo com o quadril, afundando-me mais, para que ela gozasse gostoso. Sua boca mordeu a minha quando espasmos de prazer sugavam-me para dentro dela. Cerrei os dentes, me segurando demais, porque não queria que terminássemos assim.

Respirando fundo, ela ia se jogar ao meu lado para encerrar, achando que eu tinha gozado. Acabei rindo pela surpresa de Courtney quando a peguei no colo e coloquei-a deitada no sofá, esparramada. O laço de fita vermelho foi desfeito

Coração em Chamas

pelos meus dedos, assim como a meia-calça foi tirada delicadamente. Os cabelos curtos dela se esparramaram no tecido, os olhos azuis brilhando contra a fraca iluminação.

Completamente nua agora.

E eu sabia que ela tinha perguntas.

Me deitei em seu corpo, disposto a respondê-las.

Eu normalmente não fazia sexo nessa posição com as outras mulheres. Nem com Courtney em nossa primeira noite/manhã juntos. Eu achava que era uma coisa muito íntima ficar dividindo respiração assim, principalmente pelo fato de eu precisar controlar o sexo. Quando a mulher montava em mim, não via problema, mas qualquer coisa diferente disso era meio preocupante. Papai e mamãe era para casais apaixonados e não para fodas de uma noite.

Então, sim. Eu queria papai e mamãe com ela.

Beijei sua boca com mais calma dessa vez, dando espaço para o meu corpo esfriar um pouco. Fui descendo para os seios intumescidos, para a barriga, provocando quando quase cheguei à sua intimidade. Voltei tudo de novo. Fiz carinho em Courtney até que ela se sentisse pronta para gozar mais uma vez e eu estivesse frio o bastante para não gozar em cinco minutos.

— Jude? — ela questionou, assim que acariciei seu rosto, ajeitando suas pernas para que abraçassem a minha bunda.

— Está se perguntando o motivo de eu ter escolhido essa posição? — indaguei, colando meu corpo todinho no dela.

Que mulher molhada e gostosa da porra!

— Hum, é... — ela gemeu quando meus quadris foram para a frente, alcançando o famoso ponto G. Delícia. — Ah, Jude!

— Aqui é bom, né? — Pausei e respirei fundo. — Bem, eu não gosto de fazer essa posição porque acho íntima demais.

Seus olhos azuis se arregalaram. Reconhecimento passou por sua face, como se ela me entendesse.

Eu sabia que me entendia.

Segurei seu rosto de princesa e beijei-a, fazendo questão de encará-la.

— Mas quero toda a intimidade do mundo com você, Courtney — garanti. — Entende?

Ela assentiu, os pontos azuis ficando um pouco marejados.

Aline Sant'Ana

E eu mergulhei em seu corpo, sem intenção de volta.

Uma vez mais, duas vezes, incontáveis vezes mais até que ela arranhasse minhas costas e me marcasse. Afundei em seu corpo até que eu pudesse sentir o orgasmo de Courtney surgindo por minha causa. Não satisfeito, consegui um orgasmo duplo dela; suas pernas fincadas na minha bunda era uma sensação espetacular. Uma maneira que a imaginei assim que a vi, porém não tive coragem de fazer. Não tive por que, do contrário, sabia que ela seria minha e eu teria que arcar com uma responsabilidade que não estava pronto na época.

Mas hoje, nós dois estávamos.

Então, quando meu prazer veio profundamente em jatos quentes naquela mulher que tirava meu sossego, senti a energia de algo profundo que vinha de dentro para fora. Não era só o orgasmo, era algo mais forte do que isso. E eu já sabia do sentimento mesmo antes de tê-la em meus braços mais uma vez, eu sabia do sentimento talvez por mais tempo do que poderia contar.

Assim, beijei seus lábios e, quando acabou a cena erótica mais foda de toda a minha vida, convidei-a para tomar um banho comigo.

Estava na hora de mostrar a minha surpresa.

Courtney

Jude vestiu sua roupa formal de Capitão, embora estivesse amassada, e eu procurei outra roupa na suíte além da fantasia. Acabei optando por um vestido preto com detalhes brancos, bem básico, mas acentuado no decote e curtinho, chegando um pouco antes da metade das coxas. Era perfeito. Calcei os coturnos brancos e sequei os cabelos uma última vez. Estava pronta para onde quer que Jude pretendesse me levar.

— É um lugar especial? — questionei, ansiosa.

— É, vamos dizer que sim. Espero que se torne especial para você depois do que acontecer.

— Você está me deixando nervosa, Capitão.

Ele riu, enfiando o quepe na cabeça antes de sair, e piscou para mim.

— Minha missão é te deixar nervosa.

Ah, sim. Se alguém tivesse medido a minha pressão sanguínea enquanto ele dançava Magic Mike no meu colo...

Seus dedos procuraram os meus, entrelaçando-os. Jude começou a caminhar

Coração em Chamas

comigo por todo o corredor. Pegou o elevador, sem dizer uma palavra, mas eu sabia que algo tinha mudado. Ele estava me encarando de forma apaixonada, era tão bonitinho ver um homem durão como Jude encantado. Meu coração parecia que ia saltar pela boca quando ele se aproximou, com o elevador ainda em movimento. As mãos de Jude acariciaram meu rosto, antes de ele dar um beijo suave nos meus lábios.

— Eu falei brincando sobre ficar nervosa, Courtney. Pode relaxar. É coisa boa.

— Sei que é. Por isso estou assim.

Ele sorriu, se afastou e as portas metálicas se abriram. Jude continuou a caminhada e eu sabia onde daria aquela área. Seguíamos rumo à proa do navio. Eu também sabia que estava vazio ali, porque todos os passageiros estavam na festa. Jude continuou a me levar para lá e abriu as grandes portas que davam acesso à área.

Como previsto, estava vazia.

Exceto por uma pequena mesa redonda de madeira acompanhada de duas cadeiras, um buquê de rosas vermelhas no centro e dois pratos devidamente tampados, denunciando que, pelo tempo que demoramos, o jantar esfriara.

— Normalmente, as pessoas jantam e depois fazem sexo, mas você estava ansiosa para mostrar sua surpresa... que eu adorei pra caralho, por sinal.

Comecei a rir pelo susto e também pela doçura do gesto, observando que ele tentou mesmo ir para o rumo romântico da coisa, mas eu corrompi o homem.

— Se eu soubesse que tinha um jantar antes...

— Era surpresa e isso não é só um jantar — Jude me garantiu, puxando-me para ficar com os olhos focados nos meus.

— Não?

— Não.

Dando-me um beijo no canto da boca e depois me puxando para a mesa, Jude me deixou em um estado visível de choque e paixão. Me sentei próxima a ele, já que a mesa era muito pequena mesmo, e o vi fazer as honras. Serviu o vinho em temperatura ambiente e uma macarronada maravilhosa, porém fria. Eu sabia que Jude queria que ficássemos sozinhos, então, quando me ofereceu para chamar um funcionário para esquentar, eu disse que não.

— Tem certeza? — questionou, enfiando o garfo na macarronada, feliz com a minha resposta.

Aline Sant'Ana

— Absoluta, Capitão. Vamos jantar.

O macarrão não estava gelado, mas também não estava quente. Agradável, por causa da companhia, e não pelos dotes culinários dos responsáveis pelos restaurantes do cruzeiro. Jude começou a conversar sobre o Heart On Fire e depois levou o assunto para os planos que eu tinha de visitar meus pais.

Abaixei o garfo devagar.

— Eu queria conversar com você sobre isso.

Engolindo com calma, ele sorriu.

— Sério?

— Sim.

— Bem, estou aqui.

— Eu quero que eles conheçam o homem que tem compartilhado seus sonhos comigo há três anos. O que acha de viajar para vê-los assim que conseguirmos uma pausa disso tudo?

Pensei por um momento que, mesmo que Jude não se sentisse confortável com sua família, ele definitivamente se sentiria perto da minha. Pensei que o amaria mil por cento mais se ele se desse bem com meus pais, mas sabia que era impossível não se apaixonar por eles. Meus pais já amavam Jude, só de saberem que ele foi o responsável por me tirar daquele limbo de tristeza.

— Vai ser uma honra para mim, Branca de Neve.

— Jura?

Seus olhos não saíram dos meus.

— Eu quero muito conhecê-los.

Meu sorriso foi incontido. Tomei um gole de vinho, sentindo as bochechas aquecerem. Ah, isso era ridículo! Já fiz todas as coisas possíveis com esse homem entre quatro paredes, no entanto, a conversa parecia mais íntima do que ficar nua.

Jude percebeu, buscando minha mão sobre a mesa.

Sério, aquele quepe de marinheiro era a perdição dos meus pensamentos.

— Você está corando?

— Estou feliz com a sua resposta.

— Mas você está mesmo corando? — Um toque de riso contido soou na sua voz.

Coração em Chamas

Comecei a rir e ele gargalhou comigo.

— Você está me deixando mais vermelha! — acusei.

Depois de as risadas cessarem, ele abriu um daqueles sorrisos maravilhosos. Os olhos intensos semicerraram para mim e seu sorriso foi diminuindo lentamente, como se quisesse me deixar consciente de que o que diria a seguir era sério.

Muito sério.

— Bem, fico feliz em te fazer feliz. — Foi sua palavra final, me arrepiando da cabeça aos pés.

Voltei a *tentar* comer, sentindo os olhos de Jude em mim. Levei alguns segundos para perceber que ele parou de se alimentar, largando o macarrão no prato. Seus olhos mel-esverdeados, devido à grande iluminação externa do cruzeiro, pareceram mais brilhantes quando me admiraram. Ergui o queixo, abandonando também o jantar, o vinho e o meu coração... que já estava com Jude, do outro lado da pequena mesa.

— Você pode se levantar? — indagou.

— Me levantar?

— Sim.

Puxei a cadeira e levantei. Jude me acompanhou. Ele se aproximou, de modo que uma mão foi parar na minha cintura e a outra ficou livre ao lado do seu corpo. Para minha surpresa, Jude me virou de costas para ele, de frente para a imensidão negra do mar, o céu estrelado e a enorme lua que pintava o céu livre de nuvens.

Suspirei fundo.

Sentindo seu peitoral me servir de apoio, sua respiração bater na área entre meu pescoço e o ombro, acabei estremecendo quando uma mão afastou um pouco meu cabelo curtinho que não chegava ao ombro. Algo gelado tocou minha nuca: uma fina corrente de prata. Sabia que era um presente, relacionado a um colar com um pingente ou algo assim, mas não estava vendo o que era de fato, porque Jude prendeu ao contrário e me manteve em seus braços, com delicadeza, me impedindo de virar.

Era de propósito.

— Quando te conheci, soube que a atração era mais forte do que o bom senso. Vi o seu corpo, o seu sorriso, a cor dos seus olhos, o formato dos seus lábios. Eu soube o que era. Estava certo de que seria uma noite e nada mais. O meu acerto? Porque não posso chamar isso de erro... foi ter conversado com você,

Aline Sant'Ana

visto a mulher incrível que é por dentro. Forte, destemida, orgulhosa, criativa, curiosa, batalhadora e crível. Eu vi, além de tudo, uma mulher semelhante a mim em tantas coisas, que isso me colocou um pouco de medo. Ainda bem que não o suficiente. Então, deixei fluir, conversei com você, te ouvi, porque eu segui as setas. Tudo naquela noite me direcionou a você.

Fechei os olhos, ao som da sua voz rouca e profunda. Eu esperei tanto tempo para ouvir aquelas palavras.

— Montamos uma sociedade depois de uma ideia genial, segui o destino, e, durante os três anos em que trabalhei com você, tentei me convencer de que não me importava de te ver se envolvendo com outros caras, tentei engolir o orgulho, porque não me sentia preparado para dar aquilo que você merecia. E, na real, talvez eu nunca esteja. — Sua voz diminuiu para um sussurro. — Talvez eu não seja perfeito, mas sei que posso tentar e talvez a gente possa aprender junto como isso funciona. Só sei que não posso mais suportar te ver com outros caras, Courtney. No fundo, eu desejava que você estivesse com eles, mas que sempre pertencesse a mim. Que seu corpo fosse meu. Igualmente, foi uma merda ficar com outras mulheres. Hoje, não consigo me ver com outra pessoa. Você consegue se ver com alguém diferente?

— Não — respondi baixinho, ainda sem vê-lo.

Senti seu sorriso contra a minha pele.

— Depois dessa noite e, mais precisamente, depois dos três anos te esperando, não posso mais adiar, Branca de Neve.

Jude virou o colar e o pingente caiu no meio do decote. Era pesado. Antes que pudesse vê-lo, Jude me virou para ele. Seus olhos estavam límpidos, lindos e intensos. Era verdade. Cada palavra que saiu de sua boca. Precisei tocá-lo, em um misto de descrença e muito amor.

Ele umedeceu os lábios, puxou do decote a peça e colocou no meio dos nossos rostos.

Abri a boca, sem esconder o choque, porque...

— Mora comigo, Courtney?

Era uma chave. A chave da sua casa. E, meu Deus, eu poderia ter relutado, poderia ter dito a Jude que estávamos começando um relacionamento de verdade agora e que precisávamos ver se daríamos certo, porém eu sabia... reconhecia que éramos como imãs, que éramos perfeitos em sociedade como éramos perfeitos dentro de um relacionamento. Eu entendia isso, porque vivi três anos apaixonada por esse homem, morrendo de ciúmes dele, e, ao mesmo tempo, me desfalecendo por dentro por Jude não ser meu.

Coração em Chamas

Peguei a chave e coloquei entre nossos lábios.

O Capitão fechou os olhos como se não pudesse lidar com a resposta no mesmo instante em que disse, com a peça gelada entre o beijo:

— É claro que eu moro com você, Jude Wolf — murmurei. — Quando posso me mudar?

Não preciso dizer que chave caiu de vez no meio dos meus seios, que Jude segurou meu corpo como se não quisesse me deixar escapar, que seus lábios se colaram aos meus e que, por último, mas não menos importante, o Capitão me pressionou contra as grades do Heart On Fire e fez cada centímetro dos nossos corpos reviver o prazer que tivemos na suíte. Dessa vez, ao ar livre. Foi rápido, intenso, mas foi a coisa mais verdadeira que vivi ao longo de todos esses anos.

Jogada no convés, com Jude me abraçando, percebi que minha vida nunca seria tediosa ao lado desse homem.

Quem precisa se jogar em aventuras para viver doses de adrenalinas quando se tem Jude Wolf como namorado?

— Jude, isso significa que nós estamos namorando, certo? — perguntei baixinho, para saber se meus pensamentos faziam sentido.

Sério! Depois de tanto tempo, uma garota precisa de certeza.

Ele deu uma gargalhada gostosa, me puxou para ainda mais perto do seu corpo e me beijou na boca.

— Sim, Branca de Neve — sussurrou, subindo em cima de mim, já puxando mais uma vez a parte de baixo do meu vestido para cima. — Nós estamos namorando.

Ah, bem!

Voltando ao pensamento...

Quem precisa de qualquer outra coisa na vida, não é mesmo?

Aline Sant'Ana

Coração em Chamas

CAPÍTULO 13

**Standing in the eye of the storm
Ready to face this
Dying to taste this
Sick sweet warmth
I am not afraid anymore**

— Halsey, "Not Afraid Anymore".

JUDE

Direcionar o Heart On Fire em meio àquela infinidade azul foi uma das experiências mais magníficas da minha vida. Estávamos quase no final do passeio de sete dias, indo para a última parada: Freeport, nas Bahamas, antes de voltarmos para Miami. Na ponte de comando, vi pelo radar que faltava pouco para estacionarmos. Dentro de trinta minutos, o cruzeiro pararia no porto e os passageiros poderiam descer, caso estivessem mais interessados nas praias do que no entretenimento do navio. Na verdade, para esse último ponto da viagem, havíamos preparado uma festa em vários cômodos, todas temáticas. Eu duvidava que as pessoas fossem ficar fora por mais de algumas horas, sabendo bem o que rolaria depois.

— Capitão Wolf, posso estacioná-lo como havia me pedido — me alertou o segundo capitão do Heart On Fire e eu bati em suas costas, em sinal de agradecimento. Era um homem que já havia passado dos cinquenta anos e eu confiava nele, por tantas recomendações que tive antes de contratá-lo.

— Certo. Você me avisa se precisar de algo?

— Vá passear com a sua namorada — brincou, me fazendo abrir um sorriso. — Eu aviso.

Sim, todo mundo sabia que ela era minha.

Talvez porque eu tenha feito, no dia seguinte da oficialização, uma reunião com a equipe, anunciando pelos quatro cantos desse cruzeiro que Courtney Hill pertencia a mim. Somado a isso, postei uma foto no Facebook ao lado dela e atualizei o status de relacionamento. Na imagem, estávamos em um dia ensolarado em mar aberto, no convés do navio. Eu estava vestido formalmente de capitão, com o uniforme branco, assim como hoje. Courtney tinha roubado

Aline Sant'Ana

minha boina, então, estava ainda mais sexy, como se o short jeans curto e a regata branca não fossem suficientes. Assim que vi Sabrina, pedi que tirasse a foto. A fotografia foi de nós dois de corpo inteiro, bem colados, nariz com nariz. Minhas mãos em sua cintura e ela segurando a minha nuca. Felizes, muito obrigado. Se qualquer um avançasse em Courtney, agora, eu não precisaria mais me conter.

Não que eu fosse literalmente matar os homens que dessem em cima dela.

Bem, talvez machucá-los um pouco...

Comecei a caminhar para sair dali e ir em direção às escadas. Courtney me enviou uma mensagem, avisando que estava do lado de fora, já me aguardando para darmos um passeio. Ela fez uma pequena mochila com roupas para trocarmos durante as rotas que tínhamos planejado, mas eu tive que tirar a farda de capitão e me vestir casualmente antes. Coloquei uma bermuda jeans que ficava na altura dos joelhos, calcei chinelos confortáveis e vesti uma camiseta na cor vinho, justa no corpo. Complementei com óculos escuros em estilo aviador e, no lugar do quepe, pus um boné preto de aba reta.

Desci as escadas e peguei um dos botes em direção à entrada de Freeport. No meio das águas límpidas, quase chegando à costa, já pude ver Courtney. Ela estava usando um vestido branco justo, que marcava cada uma de suas curvas, inclusive o biquíni de outro tom embaixo de tudo aquilo. Em seus pés, milagrosamente, os coturnos ficaram no quarto, pois havia chinelos delicados. Mas como Courtney nunca deixaria de ser Courtney, em seus lábios, havia um batom vermelho-vivo, destacando a boca a metros de distância. Não pude ver seus olhos, porque usava um par de óculos escuros, assim como um chapéu de palha branco cobria sua cabeça. Ela acenou para mim e eu pedi para o rapaz acelerar, porque mal podia esperar para envolvê-la em meus braços.

Passei todos esses dias, incansavelmente, fodendo-a de todas as maneiras que a criatividade permitia, mas percebi que nunca me saciaria. Nós estávamos apaixonados pelo corpo um do outro e agora não havia mais qualquer medo que pudesse nos impedir de viver isso. Então, caralho, eu fui criativo. Courtney não pareceu chocada com as posições malucas que a pus, durante dias e noites de prazer.

Participamos de algumas festas de Heart On Fire também e foi muito bom poder vê-la entregue a uma fantasia que criamos juntos, no silêncio oculto do desejo um pelo outro. Eu reconhecia que muito do que coloquei nesse projeto era a vontade de realizar cada ideia com Courtney. Precisava um dia perguntar a ela se sua ousadia e desinibição foram em razão da vontade de me ter mais uma vez.

Ah, eu esperava que fosse.

Coração em Chamas

189

Desci e agradeci ao meu funcionário quando saltei em direção ao trapiche de madeira. Courtney abriu um de seus sorrisos lindos e eu caminhei devagar até ela, por mais que quisesse correr até beijar sua boca. Assim que nos aproximamos, coloquei as mãos em sua cintura, puxando-a possessivamente para mim. Courtney ergueu o rosto e eu raspei nossos lábios, sentindo-a estremecer.

Gostosa.

— Oi — ela disse baixinho.

— Senti sua falta. — Fui sincero, porque precisei sair cedo da cama e ficar horas no comando do navio antes de poder vê-la.

— Eu também.

— Está animada para conhecer mais um lugar?

Courtney afastou-se um pouco do meu rosto.

— Na verdade, nós tínhamos feito um cronograma inteiro de passeios, mas acho que dessa vez podemos ir com mais calma. Já vimos golfinhos, nadamos com tubarões, mergulhamos nas águas mais límpidas. Enfim, já conhecemos até uma cachoeira. Não acha que podemos fazer algo mais light?

— Como o quê? — Minha cabeça começou a se envolver em ideias.

— Acho que podemos ir num restaurante e depois curtir uma coisa mais leve, como tomar sol na praia.

— Tenho uma ideia parecida com essa, mas um pouco diferente — ofereci. — Vamos almoçar em um restaurante, mas quero te levar ao Lucayan Park. Há uma praia pouco frequentada lá. Enfim, é paradisíaco. Mas quero que veja com seus próprios olhos. O que acha?

A Gold Rock Beach é uma das praias mais bonitas dessa área. Soube disso porque precisei conhecer cada atração dos lugares que os passageiros poderiam frequentar. Me disseram que a água era transparente em uma temperatura maravilhosa e areia, bem branca, fina, leve de caminhar. O responsável pela rota de turismo do Heart On Fire me disse que, durante a maré baixa, ali formavam-se pequenas lagoas, deixando tudo mais bonito. Cara, o maior ponto positivo era o sossego e o fato de que não havia qualquer construção em volta. Nós teríamos que comer no restaurante mesmo, porque não tinha infraestrutura para turismo. Era uma praia da natureza, sem ter sido tocada pelos humanos, sem ter sido corrompida, e eu queria ver, além de mostrar a Courtney, o motivo de ela se chamar Rocha Dourada. Ao fundo na linha do mar, é possível ver um rochedo grande, pela transparência da água. Assim que o sol reflete nessa rocha, ela se torna uma grande peça dourada, como se fosse uma imensa peça de ouro puro.

Seria real todo esse mito no instante em que pudesse colocar meus olhos

Aline Sant'Ana

naquilo.

E seria, de uma forma, mágico para Courtney também, pela surpresa. Ela não ficou responsável por saber das atrações fora do Heart On Fire, eu sim. Era o momento de usar isso a meu favor. Entrelacei a mão na dela e fui para uma das primeiras lojas da grande área comercial, pedindo um carro para alugarmos.

Assim que peguei a chave e o veículo, prensei Courtney contra o carro e tomei sua boca na minha, beijando-a lenta e intensamente. A língua doce foi de encontro à minha e segurei seu rosto, para o ângulo perfeito. Assim que consegui, me perdi, porque foi bem moroso, sem pressa de acabar, com seu corpo me recebendo de forma apaixonada e suave. Courtney me deixou brincar com seus lábios, me deixou passar a ponta da língua sobre eles, saboreando o inferior e depois o superior. Ouvi seu suspiro baixo, seguido de um gemido doce, e me afastei da boca tentadora, porque, de repente, comecei a desejar entrar em seu corpo de forma bem lenta e provocativa.

— Vamos?

Courtney sorriu e umedeceu a boca.

— Com você? Para qualquer lugar.

Courtney

Essa parte de Freeport era bem agitada, com vários turistas, mesmo que a temporada fosse considerada baixa. Cada casa que vimos e cada ponto de comércio era colorido, com tintas das mais variadas cores, dando a impressão de que estávamos em um quadro de pintura. Assim que chegamos a um restaurante especializado em frutos do mar, Jude me mostrou que sabia bem o que estava fazendo. Segundo ele, o Flying Fish era um dos restaurantes mais aclamados pela crítica. Era em um ponto que ligava a água quase transparente da região à parte populosa, as janelas de vidro não conseguindo esconder o cenário maravilhoso. Somado a isso, a parte interna era de um primor absurdo. As cadeiras brancas e acolchoadas, em mesas elegantes e escuras, tudo de forma bem espaçada em um cenário azul-marinho, era de tirar o fôlego. Tudo muito bem iluminado e nada sutil. Até o piso de tábuas corridas de madeira não escondia a sofisticação.

Me sentei com Jude e passei a observá-lo enquanto decidia pelo menu.

Estava lindo, mais jovial do que jamais esteve. Ele havia tirado o boné e os óculos escuros para entrar no Flying Fish. Havia um brilho em seu olhar que não existia antes. Esses dias que passaram me levaram a uma etapa de paixão totalmente sem rumo e sem retorno. Conhecemos mais um sobre o outro, descobrimos o prazer de incalculáveis formas, e sempre que a noite chegava e eu podia dormir em seus braços, pensava que adoraria ter essa rotina pelo resto da vida. Claro que, voltando a Miami, teríamos trabalho e mais planejamentos sobre o futuro da equipe Majestic, mas eu sabia que, mesmo durante os momentos de tensão no trabalho, nós encontraríamos o ponto de equilíbrio.

Nunca imaginei que pudesse ter alguém assim em minha vida. Uma pessoa com quem gostaria de compartilhar cada segundo do meu dia. Também jamais pensei que receberia uma aprovação tão fervorosa de Bianca, que estava praticamente apaixonada pelo ideal Jude e Courtney. Brian, que também passou vários momentos ao nosso lado, acabou escorregando que não tinha visto Jude feliz assim em todos esses anos em que se conheciam. Era gostoso ter a aprovação de todos, era como ter certeza de que o caminho trilhado foi o certo. Não que houvesse dúvidas, porém parece que a vida flui mais fácil quando todos estão contentes.

E eu me sentia radiante e incrível ao lado de Jude.

Ele fazia eu me sentir amada e eu esperava que pudesse fazer o mesmo por ele. Ainda que não tivéssemos dito isso em voz alta ainda, sabíamos. Não era necessário falar com todas as letras o que ficava estampado em cada gesto.

— O que você acha do tempurá de entrada? — me questionou, tirando-me do monólogo interno.

— Eu acho ótimo, Jude.

Ele abriu um sorriso e abaixou o menu para a mesa.

— Você não leu o menu, né?

Culpada, mordi o lábio.

— Não.

— O que estava fazendo?

Optei pela verdade.

— Admirando você.

Seu olhar pareceu alcançar mil graus de temperatura quando desceu para a minha boca. Em seguida, voltou a fitar os meus mais uma vez, dizendo tudo, sem precisar expelir uma só palavra.

— Eu sou seu, Courtney Hill.

Fascinada com a força daquela frase, traguei o ar devagar.

— Sim, você finalmente é.

Aline Sant'Ana

192

O sorriso que ele deu em seguida fez meu estômago saltar e o coração dar uma cambalhota louca dentro do peito.

— Eu quero te apresentar aos meus pais também — falou, de uma vez, me pegando de surpresa.

— Uau. — Pausei. Precisei estudar seu rosto para saber se era ou não uma pegadinha. — Sério?

— Sim. Eu falei com eles esses dias. Em especial, meu pai.

Tudo bem, esse era um assunto delicado para Jude. Fiquei em silêncio, esperando que ele continuasse.

— Pensei que ele ficaria nervoso por eu ter uma sócia e não ter contado a ele durante todo esse tempo sobre ela, mas quando ele escutou toda a história... — Jude balançou a cabeça, como se não pudesse acreditar em suas palavras. — Meu pai ficou feliz por mim. Ele me felicitou pelo relacionamento, pela ideia de morarmos juntos. Me perguntou quando terá o prazer de conhecê-la. O cara sempre quis que eu me aquietasse. Pelo menos isso é motivo de orgulho.

— Jude, eu estou surpresa.

— Durante todo esse tempo, nunca consegui amolecê-lo, mas bastou quinze minutos de conversa, falando sobre você, que pude sentir, pela primeira vez, a personalidade daquele homem amolecendo um pouco.

Sorri.

— Se quiser dobrá-lo de verdade, mande nossa foto para ele.

— Sim, eu fiz isso depois que a ligação terminou.

— E qual foi a reação do seu pai?

Jude abriu um sorriso de lado.

— Me respondeu com a seguinte frase: Você tem sorte, filho.

Eu sabia que fazia anos que o pai de Jude não o chamava assim. Sabia porque ele me contou que era sempre tudo muito formal, muito distante, não parecia que eram pai e filho.

— Meu Deus! Eu não sei como lidar com essa notícia, Jude. É claro que adoraria conhecê-los. Mas ele sabe que é um cruzeiro erótico?

A gargalhada dele me fez rir também.

— Isso a gente mantém entre nós.

— Tudo bem. Segredo de Estado.

Ele pegou a minha mão sobre a mesa, molhou a boca com a ponta da língua

Coração em Chamas

antes de falar e seus olhos procuraram os meus.

— Eu queria te dizer mil coisas, mas tenho medo de ser cedo demais. Queria te falar tanta merda romântica, daquelas que a gente vê em filmes de Hollywood, porém acho que isso vai te assustar e te fazer fugir de mim. Ao mesmo tempo, sei que faz três anos que te queria comigo. Não sei se consigo esperar tanto tempo assim, Courtney.

Pisquei, ciente de que sofreria um ataque cardíaco muito em breve. Precisei abrir a boca para respirar fundo, porque o ambiente de repente ficou quente e maravilhosamente íntimo demais.

— Você não precisa ter medo. Estou na mesma página que você.

Sua mão desgrudou da minha com lentidão. Enquanto pensava, Jude passou as mãos pelo cabelo, puxando-o para trás. Depois desceu para a barba rala, coçando com o polegar a ponta do seu queixo furadinho. Percebi que foi uma inquietude que deu nele e deixei escapar um sorriso discreto. Ele estava sorrindo quando os olhos semicerram e sua boca se moveu. A voz saiu baixa e intensa.

— Tempurá, então?

Ah, esse homem ia me deixar maluca. Sorri.

— Parece perfeito.

Os olhos dele grudaram nos meus.

E, Cristo, eu sabia.

Não tinha dúvida alguma.

Ele estava prestes a fazer desse dia algo muito especial.

Jude

Dirigi pela estrada rumo ao parque, observando a paisagem completa e natural, uma mistura perfeita e a junção de muito verde e azul. Courtney plugou o cabo USB e iniciou sua playlist no carro 4x4 que aluguei. A música soou alta, uma batida dançante e envolvente, com um toque latino que me fez desejar dançar com ela. Courtney estava com o vidro todo aberto, o vento em seus cabelos que tinham abandonado o chapéu no banco de trás. Em sua voz, apenas a canção em espanhol era entoada. Observei-a de lado, sem perder a atenção na estrada.

Essa mulher era linda demais.

Aline Sant'Ana

Avistei a placa que dava acesso ao parque e continuei em direção ao lugar. Assim que chegássemos, poderíamos fazer um pequeno tour, antes de irmos até a praia. Eu sabia que havia uma caverna por lá e queria dar uma olhada. Tirei o boné e o joguei no banco traseiro, passando as mãos pelos cabelos antes de virar à direita.

— Estamos chegando! — Courtney percebeu, quando nos deparamos com a entrada. Ela sorriu e baixou a música.

— Precisa de alguma coisa antes de entrarmos? — questionei-a.

— Não. Estou tão animada!

— Eu sei, posso ver isso. — Desci os olhos por seu corpo.

Não me culpe.

Saímos do carro e pagamos os ingressos. Questionaram se nós queríamos ir com um guia ou sozinhos. Acabei comprando um mapa, porque precisava de privacidade para curtir com Courtney. Entramos no carro novamente e, depois, tivemos que estacioná-lo porque a área até a caverna era seguida por uma trilha. Dei a mão para a minha garota, de modo que pudéssemos caminhar no mesmo ritmo.

A área era de mata fechada, seguida por um rio ao lado direito que sonorizava o ambiente além do canto dos pássaros. Estava um dia quente, as árvores se preocupando em manter o sol longe de nossas cabeças, mas ainda assim muito abafado. Courtney e eu suamos enquanto chegávamos a um pequeno morro, que levava a uma descida e, em seguida, finalmente à caverna. A trilha estava vazia, não havia muita gente preocupada com essa área do parque, e eu dei graças a Deus por isso. Gostava da ideia de ter só Courtney e eu nesse paraíso.

— Vamos descer aqui — avisei-a, apontando para a trilha íngreme, cheia de pedras e água. — Vou te pegar pela cintura e te colocar na área seca.

— Não precisa, Jude. Eu consigo descer.

— Está escorregadio. Não seja teimosa.

Ela estreitou os olhos.

— Você está querendo ser cavalheiro?

A malícia não me deixou mentir.

— Na verdade, eu só quero uma desculpa para te agarrar um pouco.

Courtney jogou a cabeça para trás, gargalhou alto e abriu os braços, como se estivesse pronta para que eu a carregasse.

— Me pegue no colo, então.

Coração em Chamas

— Com todo prazer.

Segurei-a como uma noiva, ao invés de somente pela cintura. Desci pelas pedras mais secas, tomando cuidado com cada passo. Senti, enquanto a segurava, Courtney me olhar. Continuei a descer, chegando finalmente na área destinada. Meus lábios se entreabriram pela beleza do lugar e percebi que Courtney fez o mesmo. Caralho! Era uma caverna com a água mais límpida que já vi. A parte interna era escura, mas parcialmente iluminada pelos raios de sol que desciam e mostravam provavelmente a obra da natureza mais exótica que já tive o prazer de conhecer.

— Jude, meu Deus...

— Quer entrar?

— Sim, nossa! Eu preciso ver isso de perto.

Deixei Branca de Neve em pé e me afastei para tirar a camiseta. Courtney lançou os olhos para mim e fui abaixando a bermuda jeans. Estava com uma sunga branca, preparado para nadar, porque sabia quais eram os planos. Eu sabia também que essa sunga me deixava com um corpo foda e que outras coisas mais ficavam em evidência.

Ah, sim, eu era um cara totalmente sem pudor.

— Sunga branca, Jude?

Minha atenção foi para sua repreenda. Sorri.

— O quê? Por quê?

— É ruim!

— É?

— Se alguma mulher te vir assim...

Dei dois passos para frente e alcancei a barra do seu vestido branco. Puxei-o sobre sua cabeça e tirei com delicadeza os óculos escuros de seu rosto.

— Você vai fazer o quê, Branca de Neve?

As bochechas de Courtney estavam vermelhas e eu desci os olhos para o pequeno biquíni roxo que ela vestia. O decote no meio dos seios, os lacinhos na lateral dos quadris me instigando a puxá-los.

Eu queria arrancar com os dentes.

— Eu vou bater em você primeiro.

— Hum, vai? — Peguei suas delicadas mãos e levei-as até os lábios, beijando os dedos. As pálpebras de Courtney abaixaram, um pouco, moles. — Um soco de

Aline Sant'Ana

direita ou de esquerda?

— De direita.

— E quem é a pessoa ciumenta dessa relação agora?

A voz de Courtney baixou um tom.

— Sunga branca é sacanagem, Jude.

— Então que todas me olhem na praia, Branca de Neve. — Ainda segurando suas mãos, foquei em uma, abri seus dedos e pus a palma no meio do meu peito. Fui descendo o contato por todo o meu corpo, alcançando a barriga e quase a sunga. — Cada pedaço desse corpo é seu.

— Hum...

Sorri e me aproximei. Fiquei tão perto que nossas respirações se misturaram.

— Entra naquela caverna comigo e esquece do resto do mundo. Somos só eu e você.

As palavras fizeram efeito imediato. Courtney abriu um sorriso, que sumiu quando tomei seus lábios nos meus. Descemos devagar as escadas de madeira e fomos em direção às pedras, para depois colocarmos os pés na água. Pequenos peixes coloridos nadavam na lagoa salgada e translúcida, derivada do mar, deixando o cenário ainda melhor. Nos divertimos com eles, que não pareciam ter medo de passar entre nossas pernas, contentes por terem visita.

Cara, estando lá dentro, não foi difícil perceber que a Ben Cave não era tão escura assim. Ficamos um tempo desbravando o lugar, percebendo como nossas vozes ecoavam pelas rochas cada vez que conversávamos, mesmo baixinho. Courtney se rendeu a uma gargalhada quando gritei seu nome de propósito e ele foi se dissipando para longe até não haver qualquer coisa senão um sussurro.

Esse lugar era perfeito.

Ainda queria levar Courtney à praia, mas o que eu precisava falar não seria dito lá. Se falasse aqui, sabia que nunca seria esquecido. A natureza estava conspirando a meu favor, mais uma vez, as setas estavam cintilando em neon à frente dos meus olhos. Não tive medo quando segurei a cintura de Courtney, prensando-a contra uma das paredes da caverna, admirando seus olhos curiosos pela ansiedade dos meus movimentos. Nunca tinha dito isso para mulher nenhuma, era uma coisa nova. Todavia, naquele instante, admirando seus olhos azuis, soube exatamente o que tinha de fazer.

— Jude? — Sua voz soou baixa e, mesmo assim, ecoou por todos os cantos.

— Eu amo você, Courtney — falei bem alto, de modo que pude me ouvir em todos os lugares em sequência.

Coração em Chamas

Eu amo você, Courtney. Eu amo você, Courtney. Eu amo você...

Branca de Neve abriu os olhos, os lábios, sua expressão de choque e, que sorte, felicidade, não a deixaram mentir.

— Eu amo sua voz, seus diferentes sorrisos, a maneira que seu corpo responde ao meu. Eu amo quando você tem uma ideia genial, amo quando se sente em casa quando me visita, amo todos os anos que passamos juntos. Amo ter te conhecido, te beijado e se tem uma coisa da qual me arrependo nessa vida foi não ter dito essas palavras antes.

— Ah, meu Deus — sussurrou, a voz engasgada.

— Eu te amo já faz um tempo — falei, por fim, molhando os lábios secos com a ponta da língua.

Courtney passou os braços pelo meu pescoço e, em um impulso, suas pernas estavam em torno da minha cintura. Ela era forte o bastante para se manter sozinha, mas segurei sua bunda, por precaução, com uma mão. Sentindo o coração acelerado em cada parte do meu corpo, vi quando seu rosto veio em direção ao meu.

— Estou apaixonada por você desde o primeiro dia, desde o primeiro beijo, desde o primeiro toque. Fui me apaixonando ainda mais intensamente segundo após segundo de convivência diária. Agora, não me sobra nada, senão o amor. Eu te amo demais, Jude! — gritou a última parte para que ecoasse, como eu fiz com ela.

Sorri largamente. Senti que todo o meu rosto foi capaz de sorrir.

Ah, cacete! Então era assim que o alívio funcionava?

Pude respirar pela primeira vez em anos, se é que essa sensação faz sentido.

Courtney não esperou para me beijar, sendo dessa vez, quase em desespero por contato. Senti, no momento em que seus lábios se conectaram aos meus, algo salgado e percebi que eram as lágrimas da mulher que estava em meus braços. O calor de sua resposta fez meu corpo se acender, a ereção foi lentamente se formando até que ficasse dura e exigente atrás da sunga. Coloquei Branca de Neve sobre uma das pedras lisas, com um pouco da água das grutas caindo em seu lindo corpo, pingando e escorrendo por sua pele com lentidão, me provocando a lamber cada gota.

Me afastei para vê-la.

Ela parecia louca de desejo. Seus cabelos curtos estavam com alguns fios úmidos jogados no rosto. Os seios de Courtney subiam e desciam com sofreguidão, agarrados à parte superior do biquíni, que não escondia os bicos

Aline Sant'Ana

acesos pelo tesão. Levei a boca até a parte dos laços do biquíni e desfiz um a um com os dentes, liberando tudo e a deixando nua para mim. Uma parte do meu cérebro sabia que, se fôssemos pegos, seríamos expulsos do parque, porém, eu não seria capaz de frear o desejo que me assolou e muito menos o dela.

Nossos corpos, mesmo com tanta água ao redor, sentiam-se como em um incêndio.

E o meu coração estava em chamas.

Consegui colocar um joelho na pedra e a outra perna ficou reta com o pé fundo na água. Voltei a beijá-la. Dessa vez, nos mamilos lindos, no pescoço doce, até afastei as lágrimas de suas bochechas com os lábios. Courtney fez suas mãos passearem por meu corpo, provocando a barriga, o elástico da sunga, minhas coxas sendo afundadas por suas unhas compridas. Ela gemeu quando tocou a minha ereção sobre a peça branca e eu rosnei no segundo em que levei meu dedo para a sua boceta apertada, que já estava encharcada de um prazer aveludado.

Eu precisava fodê-la.

— Abaixe a minha sunga, Courtney — pedi.

Ela fez.

Liberou o membro, tocou-o com cuidado, pele com pele, desejando aquilo tanto quanto eu. Vendo-a movê-lo assim, para cima e para baixo, fez a sensação de prazer chicotear duro. Ondas de calor subiram das bolas até a glande e eu gemi alto.

Courtney ajeitou-o no meio de sua entrada. Seus olhos buscaram os meus, cheios de intensidade.

— Vem, Jude.

Me inclinei mais sobre ela e beijei sua boca, afundando devagar nas curvas molhadas.

— Bem lento — prometi.

Embalei os quadris, de modo que pudesse entrar e sair de seu corpo com facilidade. Vagaroso, profundo, eu não estava com pressa. Courtney arranhou minhas costas, me deixando ir com calma; ela também não parecia querer correr para lugar algum. Beijei seus lábios, encarei seus olhos e fui descendo a visão por todo o seu corpo até encontrar o exato lugar onde eu me conectava a ela.

Caralho, que tesão!

Entrei em sua boceta mais uma vez, duas, três e peguei um ritmo tão bom que comecei a escutar os gemidos dela após segundos. Sorri. Observei os traços de Courtney, a maneira como sua boca ficava bem aberta para respirar e soltar

Coração em Chamas

pequenas frases sussurradas. Tomei seus lábios em minha boca mais uma vez, segurando firme na rocha que a mantinha quase deitada, para que não corresse o risco de o meu corpo escorregar e cair contra o dela.

— Jude...

Admirei os pontos azuis que estavam focados em mim.

Entrei todo nela. Saí devagar. Repeti a ação.

— O quê? — questionei, a voz rouca pra caralho.

Suas mãos vieram para as laterais do meu rosto, Courtney me observou com atenção e eu parei de me movimentar contra ela.

— Eu te amo.

O que aconteceu em seguida, na real, eu não sabia se era normal, porque nunca tinha escutado essa frase de nenhuma namorada, ficante ou qualquer coisa *durante* o sexo. Rolava um "eu te adoro", mas *isso*... não. Sempre tive relacionamentos superficiais e, apesar de já ter me apaixonado em algum momento, era um sentimento bem passageiro, como um amor de verão que você sabe que não durará até o fim da estação.

O que eu sentia por Courtney era palpável demais para que eu pudesse mensurar.

Então, a reação do meu corpo foi endurecer ainda mais, meu coração pode ter derretido um pouco, eu não sei que diabos me deu, mas tudo dali em diante ficou diferente. A maneira de eu segurar seu corpo, beijar sua boca, com meu pau fodendo-a bem lento enquanto ela gemia de tesão. Minhas ações receberam um cuidado redobrado, como se Courtney fosse feita de vidro e eu pudesse quebrá-la.

— Eu amo demais você, Branca de Neve — sussurrei em seu ouvido, apertando suas curvas, quando as pernas de Courtney envolveram a minha bunda.

Fui fundo, todo dentro, e comecei a acelerar um pouco, sabendo que ela gozaria muito em breve.

A camada de suor dos nossos corpos se misturou com a água que caía em gotas da caverna. Eu era capaz de sentir Courtney pulsando em torno do meu pau, era capaz de sentir que ela estava mais quente, mais molhada. Courtney agarrou meus bíceps com suas unhas, formando um arco com o corpo à medida que eu acelerava, pronta para ter aquilo que eu daria a ela.

Minha mulher gozou quando nossas bocas se encontraram em um beijo faminto. Ela gozou sussurrando meu nome depois, em seguida, uma segunda

Aline Sant'Ana

onda a atiçou o bastante para uma outra vez. Vendo o prazer dela puxar o meu, acabei estocando com força até sentir o formigamento típico começar da barriga, ir para as bolas e aquecer todo o meu pau. O gozo se liberou em jatos quentes dentro de Courtney, levando-me para outro planeta, embora eu quisesse continuar exatamente onde estava, com aquela linda mulher embaixo do meu corpo.

Senti pequenos beijos ao redor do meu rosto enquanto me mantinha de olhos fechados, tentando recuperar o fôlego. Beijos no queixo, na bochecha, na testa, na boca, no maxilar e em cada canto que Courtney podia encontrar.

Respirando fundo, abri as pálpebras e me deparei com aqueles olhos bonitos brilhando por um motivo novo.

Ela sorriu para mim.

E, como na primeira vez que a vi, sem poder me conter...

Eu sorri de volta.

Courtney

<s>Transar em uma gruta</s>
<s>Escutar "eu te amo" de Jude Wolf</s>

Se eu fosse adolescente, provavelmente riscaria esses dois itens de uma lista de coisas a fazer antes de morrer. Ainda me sentia capaz de andar nas nuvens e todas aquelas metáforas sobre arco-íris e unicórnios de quando estamos apaixonados e fazemos um sexo maravilhoso com a pessoa que amamos. A verdade é que foi um dos momentos mais mágicos da minha vida. Jude levou o nosso relacionamento para um nível tão gostoso, que desejei ter o poder de parar o tempo. Ou, ainda melhor, pegar uma bola de cristal para tentar descobrir se o futuro seria doce e quente dessa mesma maneira.

Eu queria muito que fosse.

O que me fez lembrar que havia outro momento que desejava brecar porque, antes de vivê-lo, já era capaz de sentir que seria maravilhoso. Jude queria me levar a um lugar surpresa e, depois de tomarmos uma ducha fria na saída da gruta, estava mais do que pronta para ir. Tínhamos mais algumas horas antes de voltarmos para o Heart On Fire, antes de começarmos a viagem rumo a Miami e encerrarmos o nosso primeiro cruzeiro em águas internacionais.

— Vamos caminhar por ali — Jude avisou, estacionando próximo a um trapiche, apontando para a extensão de madeira. — E então vamos conhecer a Gold Rock Beach.

— O nome faz parecer importante.

— É especial — me garantiu.

Jude desligou o carro, destravou as portas e saiu. Nós demos as mãos e eu observei o cenário lindo. A vegetação baixa, porém fechada, não omitia que havia muita areia e um pouco de terra em toda a volta. Parecia a entrada para um jardim secreto, exceto pela promessa de visitar o mar. Aquele cheiro salgado e o mormaço abafado eram inconfundíveis.

Fechei os olhos por um segundo para sentir.

Assim que caminhamos mais alguns minutos, dei de cara com uma praia linda demais para ser de verdade. Parecia o cenário de Piratas do Caribe, aquela coisa que você sabe que é real, mas que só encontra nos filmes. A areia era tão branquinha que quase era capaz de refletir o sol. A cor do mar era uma mistura de turquesa com azul-bebê e leves toques dourados, em meio ao brilho das baixas ondas. Continuamos a caminhar, até Jude parar na beirada. Nossos pés receberam a água salgada e morna e uma sensação de liberdade tomou meu peito.

— Isso é lindo — murmurei.

— Está vendo aquela rocha? — Jude apontou para o centro do mar, bem distante. — Fique observando-a por um tempo.

Jude veio por trás de mim, me abraçando. Ele baixou a cabeça e encaixou o queixo no vão entre meu pescoço e ombro. Minha bochecha ficou colada na sua e eu sorri. Os braços de Jude me envolveram por toda a cintura, seus quadris grudando na minha bunda.

Respirei fundo.

E por mais que Jude fosse uma tentação absurda, algo brilhou de forma tão reluzente no meio do mar que esse sim foi o motivo de o meu coração acelerar. Como se fosse ouro, a rocha ficou toda dourada, um pedaço imenso e metalizado de beleza. Abri os lábios, chocada com aquilo. Era possível ver claramente a rocha embaixo da água cristalina, parecendo o tesouro perdido de um pirata.

— Meu Deus, Jude.

Aline Sant'Ana

202

— Sim. Conforme o sol bate, é possível ver a rocha toda dourada, como se fosse ouro.

— É precioso.

— Essa palavra é perfeita para descrever.

Assim como aquele momento, sendo abraçada por Jude, cuidada por ele de uma maneira tão doce e apaixonada. A rocha não tinha valor financeiro algum, nem aquele abraço. Eram gestos, ações, cenários que, mesmo com inúmeros zeros em nossa conta, eu sabia, eles não cobririam o sentimento de viver o que estávamos vivendo ali.

Conhecer Jude foi muito além da sociedade, e o medo que eu tinha de perder o que construímos pelo relacionamento que iniciamos já não existia. Eu viveria esse amor com ou sem o Heart On Fire. Eu amava Jude por quem ele era e, meu Deus, eu estava soando tão apaixonada como Bianca, mas nunca me senti assim.

Era imenso.

— Quando voltarmos para Miami — Jude disse, sua voz grave arrepiando os pelos do meu corpo —, quero você na minha casa, quero conviver todos os segundos do meu dia contigo. Quero acordar e te ver, ir dormir te abraçando assim. Quero recuperar o tempo que perdemos.

Sem que pudesse me conter, abri um sorriso.

— E vai ser sempre assim? — Eu não queria uma garantia, só estava curiosa sobre o nosso futuro.

— Não vai ser. Vamos brigar às vezes, vamos descontar o estresse do trabalho em casa e pode demorar até entendermos que as coisas podem funcionar separadas. Também terão dias melhores do que esse. Alguns tranquilos, em que vamos esquecer de tudo e vamos nos isolar em algum canto de Miami, só nós dois, com muito vinho e sexo quente. Vai ter momentos em que você estará chateada por um motivo especial, assim como eu poderei estar puto por algo que não envolva você — falou, sua voz causando cócegas dentro de mim. — Nesses dias, eu vou ter você, você vai me ter. Assim como em todos os outros. Então, te afirmo: sei que não vai ser perfeito, mas a gente vai dar conta, Branca de Neve. — Jude beijou meu pescoço e depois voltou a dizer: — Eu só sei que mal posso esperar para chegar em casa e poder chamá-la de nossa. Um passo de cada vez, um dia de cada vez, desde que estejamos juntos.

Me virei de frente para Jude e me deparei com seus olhos mel quase totalmente verdes pelo reflexo da água. O nariz de Jude encontrou o meu, e ele sorriu quando raspei meus lábios nos dele.

— Eu quero toda uma vida com você — prometi. Beijei-o lentamente,

Coração em Chamas

apenas um selar de lábios, mas depois me afastei para encarar seus olhos. — Cada parte boa e ruim de estar apaixonada por Jude Wolf.

Suas mãos desceram para a minha bunda, Jude apertou-a e eu estremeci. Seus lábios percorreram meu pescoço até encontrarem o lóbulo da orelha.

— Mais partes boas do que ruins, eu garanto.

— Isso eu quero ver.

Uma risada suave vibrou de Jude quando ele me puxou pela cintura e quase uniu nossas bocas.

— Posso começar te mostrando assim.

Seu beijo veio com uma promessa de que dali em diante ele lutaria mil guerras para estar comigo, de que nosso amor superaria todos os prováveis obstáculos que a vida colocaria em nossos pés e que não havia nada melhor do que a ideia de estar comigo, me beijando, me tocando, me provando de todas as formas quentes e românticas que só Jude Wolf era capaz de fazer.

Quem diria que o amor poderia surgir para pessoas como nós?

Mas eu era grata, feliz demais em saber que tinha a oportunidade de viver algo maravilhoso assim.

Eu estava pronta para o futuro.

Que ele nos reservasse o que havia de melhor.

Aline Sant'Ana

Coração em Chamas

CAPÍTULO 14

**A fortune in fill
Just me and you
Until the end of time
We'll be the story they tried to write
And love from the start
From worlds apart
You'll be my queen of
Queen of hearts**

— Boyce Avenue, "Queen Of Hearts".

Dois anos depois

JUDE

— Eu quero mais um cruzeiro nessa região — avisei por telefone ao meu braço direito na coordenação das novas linhas. — Quero também uma equipe nova, bem treinada. Esta viagem será focada em casais e não na parte erótica da coisa, embora tenha também e muito. No entanto, sem a promiscuidade de poder curtir uma noite com uma pessoa diferente. É romance puro essa viagem que farão pela Europa e eu preciso que estejam concentrados nisso. Eu e Courtney vamos mandar o planejamento interno do navio Sea Of Seduction para vocês saberem o que fazer em seguida.

Recebi uma resposta positiva do outro lado e desliguei.

Joguei a cabeça para trás, cansado. A equipe Majestic havia crescido a uma porcentagem absurda em dois anos. O Heart On Fire foi o primeiro navio que colocamos no mar e ele ainda continuava com sua rota clássica de sete dias. Para se ter uma ideia, soube que até a banda do momento havia se rendido ao passeio: a The M's. Courtney surtou um pouco porque é fã dos caras. Bem, de qualquer maneira, mesmo com o sucesso absurdo, eu e Courtney desejamos expandir o ideal. Abrimos um novo cenário, compramos de Dominic mais navios. O último, chamado Libertine, focado em casais que se interessavam pelo swing e/ou orgias, fazia viagens ousadas do outro lado do mundo. Agora, estávamos interessados naquela parte do Mar Mediterrâneo, pensando que era um clima legal para romance, pessoas que querem uma lua de mel diferenciada, gente que busca renovar o relacionamento ou qualquer outro motivo que os levaria a curtir

Aline Sant'Ana

uma viagem a dois inovadora.

O público pedia, nós atendíamos.

E os números na conta não paravam de subir.

— Atrapalho? — Escutei a voz inconfundível da minha mulher; oficialmente *minha* agora. Havia uma aliança enorme em seu anelar, me lembrando diariamente que Courtney dissera sim quando me ajoelhei e pedi que ela aceitasse meu nome.

— Nunca — garanti, vendo-a caminhar perfeitamente bem em seus coturnos, entrando no escritório.

Vendi minha casa antiga que morei com Courtney assim que ficamos noivos. Íamos nos casar dentro de quatro meses a partir de agora. Tudo estava pronto, só faltava decidirmos a lua de mel. A cerimônia aconteceria no cruzeiro e eu aceitei, sabendo do significado para nós dois. Bem, de qualquer forma, nós morávamos agora em uma mansão de vidro, em uma das áreas mais tranquilas de Miami, bem afastada da multidão. Aqui eu me sentia em paz, longe do escritório no centro, perto de tudo que eu amava.

A paz ao lado de Courtney Hill.

Aprendemos a dividir o lado profissional do pessoal, mas às vezes eu trazia esses assuntos para a biblioteca que tínhamos em casa. Ela também fazia o mesmo e, pela sua visita, eu sabia que ela queria tirar minhas preocupações.

Courtney se sentou na beirada da mesa e sorriu. Ela pegou a minha mão e entrelaçou nossos dedos, estudando o encaixe.

— Eu fiz uma torta maravilhosa de chocolate — avisou. — Sei que você precisa de uma pausa. Vem comer comigo?

— Eu realmente precisava disso, Branca de Neve.

— Eu sei.

A promessa de um futuro que fiz a ela se concretizava dia após dia. Não havia brigas que não conseguíamos lidar, não havia situação pela qual não conseguíamos passar. Fazíamos sexo sempre, cada dia mais apaixonados, e era uma novidade após a outra. Nunca me cansaria de ser surpreendido por ela e agora já não ficava mais chocado com a conexão que tínhamos. Como agora. Ela sabia que eu precisava de uma pausa, Courtney sentiu isso, e ela veio.

Eu já não sei se éramos duas pessoas diferentes ou apenas uma só, vivendo em corpos diferentes.

Deveria ser assustador, né?

Mas era libertador.

Coração em Chamas

Me levantei e saí da mesa, segurando a cintura de Courtney enquanto ela me levava até a cozinha. Percebi que havia algo diferente, primeiro pelo cheiro, que, além da torta de chocolate, possuía algo no ar, como rosas. Em seguida, pela iluminação fraca que vinha de lá. Deixei que Courtney andasse, embora eu a estivesse tocando, guiando-a quando claramente eu estava sendo guiado.

— Wow — murmurei.

Me deparei com pequenas velas redondas e aromáticas por toda a cozinha, espalhando suas chamas baixas para gerar um clima apropriadamente romântico. Somado a isso, presas em um pequeno varal de barbantes, fotos nossas tiradas durante esses anos estavam espalhadas. Hoje não era um dia comemorativo, não estávamos fazendo aniversário, porém parecia que eu tinha me esquecido de algo, porque aquela era uma surpresa e tanto.

Passei os olhos pelas imagens, vendo que Courtney se preocupou até com as pessoas que nos rodeavam. Bianca e Wayne abraçados conosco em um dos churrascos que fizemos. Eu, ela e Dominic na compra do Heart On Fire. Meus pais e os pais de Courtney, rindo por alguma coisa que ela dizia, enquanto eu estava ao seu lado, admirando-a como se não houvesse uma pessoa no mundo que amasse mais. Fotografias dos nossos trabalhos, das viagens que fizemos de negócios à diversão. Os anos estampados em uma linha do tempo perfeita.

Aquilo me intrigou.

Procurei Courtney com os olhos e vi que ela estava cortando um pedaço de torta e colocando em um prato, enfiando dois garfos na sobremesa, como se quisesse que comêssemos juntos. Eu busquei em seus olhos um traço, uma dica, do que aquilo tudo era. Mas Courtney parecia serena. Estava até sorrindo, como se se divertisse com a minha dúvida.

Decidi verbalizar.

— Cara, isso aqui é lindo demais. Você estava tão quieta enquanto eu fiquei trabalhando no escritório... enfim, pode me explicar?

Ela abriu um sorriso ainda mais largo quando estendeu o prato da torta, de modo que parasse bem no meio de dois banquinhos na ilha da imensa cozinha. Sentou em um e bateu no estofado do outro, me pedindo que a acompanhasse.

Seus olhos azuis estavam maliciosos e um pouco emocionados.

Peguei um traço de ansiedade nela quando mordeu o lábio inferior.

— Vem comer essa torta comigo.

— Você vai me contar a razão disso tudo? — indaguei, já me sentando ao seu lado.

Aline Sant'Ana

Courtney piscou. Os olhos azuis brilharam para mim quando os vi de perto.

— Vou.

Enfiei o garfo na fatia generosa e Courtney fez o mesmo. Saboreei o chocolate meio-amargo, a massa suave e o glacê. Caralho, que torta maravilhosa.

— Peguei uma de suas receitas.

— Sério? — indaguei. — Eu não me lembro de ter feito essa.

— Você ainda não fez. Assim que li, me deu uma vontade louca de comer. Gostou?

Dei mais uma boa garfada e mastiguei.

— Tá maravilhoso, Branca de Neve.

Conversamos sobre outras coisas e comemos juntos até não sobrar mais nenhum pedaço. Courtney continuou sentada e eu sabia que aquela era a deixa para eu lavar o prato. Dei um beijo breve em sua boca. Humm. Ela e chocolate eram uma soma boa pra cacete. Acabei sorrindo pelo pensamento, fui até a pia e comecei a lavar. Percebi que tinha uma mancha embaixo que ia além do chocolate e não parecia sair. Courtney se aproximou, e senti suas mãos em torno da minha cintura, até subirem para o meu peito. Ela ficou na ponta dos pés para alcançar o ombro com seu queixo.

Pegou uma das velas e aproximou do prato, para que eu pudesse tirar a sujeira. Ainda com as mãos ensaboadas, percebi que aquilo não era uma mancha.

Havia algo escrito.

Enxaguei, aproximei dos olhos e li baixinho.

Jude Wolf,
Dentro de mim, agora batem dois
corações apaixonados por você.

Senti as mãos de Courtney saírem de mim no mesmo instante em que o meu próprio coração começou a bater descompassado. Pisquei, li de novo. Mais uma vez. Eu não podia estar entendendo aquilo errado. Meu estômago deu um salto absurdo e, quando me virei para observar Courtney, vi que ela havia ligado a câmera do celular, colocando-a sobre a bancada, como se quisesse gravar o momento.

Caralho.

Ca-ra-lho!

Meu corpo inteiro estremeceu quando a observei sorrir. Lágrimas estavam saindo dos olhos de Courtney quando ela se aproximou. Puxou a camiseta larga que vestia e me fez segurar, mesmo com as mãos geladas da água, sua pequena barriga lisa.

Não havia nenhuma saliência ali.

Mas eu sabia.

Meu Deus.

Uma ardência começou a se formar nos meus olhos. Mil cenários se formando em segundos. Menino? Menina? Qual seria sua primeira palavra? Quais traços puxaria de nós dois? Não conseguia me sentir aterrorizado, nem assustado. Embora surpreso, a felicidade que ecoou por meu peito era grande demais para me assombrar. Quase como se eu tivesse sido capaz de aumentar o sentimento dentro de mim, em expansão, fui capaz de experimentar tudo em dobro.

Puta merda, cara. Isso estava *mesmo* acontecendo.

— Eu nunca atraso e decidi fazer um exame de sangue. — Courtney mordeu o lábio inferior, lágrimas rolando soltas por seus olhos, embora ela sorrisse. Mesmo assim, pude ver a preocupação em seus olhos. — Sempre tomei o remédio certinho, mas às vezes essas coisas falham e... eu não sei o que está passando pela sua cabeça agora, Jude. Com o casamento chegando, eu vou ter que fazer um ajuste no vestido, porque, daqui a quatro meses, já terei uma barriguinha. E com o projeto novo, o número de vezes que estamos no escritório é maior do que ficamos em casa. Também fiquei preocupada, pensando que, um pouco antes de cinco meses de casados, já vamos ter um novo membro na família...

Ela ia continuar falando, porém não seria capaz de lidar com aquele medo ecoando em cada palavra que Courtney dizia. Ela era uma mulher prática, estava pensando nos contras, porém eu queria que a Branca de Neve idealizasse os prós. Eu queria que ela visse o quanto, apesar de inesperado, era maravilhoso.

Beijei sua boca, calando-a. Courtney amoleceu depois que minha língua entreabriu seus lábios cheios. Segurei sua cintura, peguei-a no colo e coloquei-a sobre a parte plana da pia. Ela riu quando sentiu a bunda tocar a parte molhada, que havia respingado após lavar o prato. Beijei-a até que a risada sumisse, que

Aline Sant'Ana

o desejo aparecesse. Fui descendo o contato por seu pescoço e puxei a camiseta dela, de modo que sua barriga ficasse exposta.

Respirei ali, admirei sua pele tão branquinha, e, lentamente, coloquei os lábios sobre a região acima do umbigo.

Busquei seus olhos. Ela ainda chorava, mas agora o sorriso e a tranquilidade preencheram cada um de seus traços.

— Me desculpa soar paranoica, Jude. Mas, de verdade, agora há dois corações dentro de mim apaixonados por você.

Sorri largamente.

— Cara, eu estou nesse exato momento tão apaixonado por vocês dois que não sei como cabe em mim. Estou feliz com a notícia, Branca de Neve. Estou me sentindo nas nuvens, o cara mais sortudo da porra desse mundo. Meu Deus! Vamos ser pais! — Comecei a rir e fui acompanhado por ela.

Branca de Neve acariciou meus cabelos, passando os fios por seus dedos, me fazendo guiar o rosto para cima, a fim de olhá-la nos olhos.

— Eu tenho muita sorte de ter você, querido.

— Não — apressei-me em negar, sem conseguir parar de tocá-la na barriga. Tão lisa. Eu mal podia esperar para sentir um relevo ali. — Eu tenho sorte de ter vocês. Quero participar de cada coisa, cada segundo, cada consulta. Nunca faça nada sozinha, ok? Eu preciso muito estar lá.

— Você vai estar.

Courtney desceu o rosto para me beijar.

— Sempre — prometi.

Quando o beijo acabou, puxei-a para longe da pia, deixei-a em seus próprios pés e a abracei. Segurei-a com todo carinho, me encaixando em seu aperto centímetro por centímetro. O tempo foi passando, sem que eu me desse conta se foram minutos ou horas depois daquilo que me fizeram largá-la. Esqueci que havia uma câmera ligada, porque eu só queria ficar perto de Courtney, sanando seus medos, protegendo-a, cuidando da mulher da minha vida.

E agora havia também outra razão para me mover, outro motivo para me fazer abraçá-la daquela forma, além do amor imenso que sentia por ela. Existia a junção de nós dois em seu corpo, um bebê que eu amaria durante cada segundo até o resto dos meus dias, que eu faria questão de dar um suporte que não tive dos meus pais quando mais precisei. Faria questão de apoiar sua personalidade, sua liberdade, cada uma de suas escolhas. Respeitando e amando, cuidando e guiando, para que o mundo não fosse cruel. Eu dedicaria tudo, enfrentaria

Coração em Chamas

qualquer coisa, desde que pudesse ver aqueles dois felizes.

Ah, cara.

Se o Jude do passado pudesse me ver agora. Se ele pudesse ver o homem que me tornei. Se ele descobrisse que a vida não era só feita de vento, mas sim de sonhos e de uma realidade apaixonada...

A vida pode realmente ser incrível, pensei, com Courtney em meus braços.

Tudo o que você precisa fazer é seguir as setas e não lutar contra o seu destino.

Coração em Chamas

EPÍLOGO

Oh, can't you hear
It in my voice?
Oh, can't you see
It in my eyes?
Love, love is alive...
In me!

— *Lea Michele, "Love Is Alive".*

Anos mais tarde...

Courtney

Dois pequenos furacões passaram por mim, correndo por toda a parte da frente do iate particular e novo de Jude. Observei as duas cabeleiras escuras e selvagens, as peles brilhosas de suor e as bochechas vermelhas pela brincadeira. Pensei em como poderia repreendê-los assim que vi ambos derrubarem o sorvete no chão, mas Jude foi mais rápido, pegando os dois pestinhas embaixo dos braços, que riram, como se adorassem que ele os carregasse assim.

Estávamos em uma viagem familiar. Bianca e seu marido, Pietro. Além de Brian e sua noiva, Elle. Dominic, sempre solteiro invicto. E, claro, as crianças. Minhas e de Jude, porque Bianca não queria ser mãe, Brian parecia estar se encaminhando para a compreensão de que os relacionamentos são capazes de durar e Dominic dizia que morreria solteiro.

Dê tempo ao tempo para ele.

— Encontrei dois trombadinhas correndo por esse iate. Você os conhece? — Jude indagou para mim, carregando os gêmeos como se fossem sacos de batatas.

Ah, que surpresa foi na época! Havia, dentro de mim, três corações apaixonados por Jude: o meu e de uma dupla implacável. Agora estavam em seus ombros, com as carinhas viradas para mim, rindo o tempo todo.

— Eu não conheço, não — brinquei, fingindo surpresa e Jude piscou.

Era incrível como a cada ano que passava ele ficava mais sexy.

— Essa menininha aqui disse que se chama Lindsay e o rapazinho, Dylan. Acha que posso jogá-los no mar?

— Não sei. Eu acho que a gente poderia fazer eles limparem toda a parte da frente comigo antes de jogá-los para os tubarões.

Aline Sant'Ana

214

Mais risadinhas gostosas e infantis.

— Não quero limpar, mamãe! — falou Lindsay, com seu irmão rindo mais forte.

Eles tinham quatro anos de idade e uma personalidade impressionante.

— Mas você viu que sujou tudo quando veio correndo com o sorvete?

— Não foi só eu! Dylan fez também! — disse, com a indignação absurda que só uma criança da sua idade poderia ter.

— Eu não sujei nada, não! — Dylan mentiu, ainda rindo.

— Os dois sujaram, os dois vão limpar com a mamãe — avisei.

Jude se aproximou, com as crianças ainda presas em seus ombros. Ele me deu um beijo na boca e ouvimos o "bléh" em uníssono de nossos filhos, que odiavam nossas demonstrações de afeto.

— A dinda Bianca vai limpar com as crianças — Bianca sugeriu, surgindo com Pietro ao seu lado. — Vamos deixar o papai e a mamãe descansarem um pouco?

Pietro pegou Dylan no colo e Bianca pegou Lindsay, embora o casal de quatro aninhos já estivesse grande para isso. Observei os gêmeos por um momento, enquanto Bianca abria um sorriso para mim, me mostrando apenas com o olhar que tinha pena. Essa viagem havia me cansado por duas gerações. E B, como madrinha, sempre aparecia na hora certa para me aliviar um pouco.

Abri um sorriso.

Mesmo com todo o cansaço, era inegável: meus bebês eram lindos.

Dylan e Lindsay eram a cópia de Jude, com exceção dos meus olhos azuis e dos meus lábios. Tinham a mesma pele bronzeada do pai, o tom castanho-escuro dos cabelos, o formato do rosto. Não havia como negar a genética forte dos Wolf. Assim como a personalidade dos dois, bem intensa, tinha derivado alternadamente. Ambos brigavam e se amavam na mesma proporção. Era engraçado ver como Dylan tinha o mesmo poder sedutor de Jude de fazer a irmã perdoá-lo rapidamente. Assim como Lindsay, que era ótima no poder de argumentação. Sem dúvida alguma, puxou a mim.

As mãos de Jude vieram para a minha cintura com delicadeza e me viraram para ele, tirando o foco das crianças, que estavam bem com Bianca e seu marido. Escutei ao fundo Brian gritar com algo, provavelmente o jogo de futebol que ele parecia atento em assistir ao lado da noiva e de Dominic. Os dois torciam para times opostos, então, os xingamentos estavam liberados.

Coração em Chamas

Jude sorriu contra meus lábios, rindo dos amigos, antes de beijar lenta e demoradamente a minha boca.

— É inacreditável como depois de tanto tempo você é o único capaz de me tirar de órbita.

— Você esqueceu que está lidando com Jude Wolf: seu sócio, marido e pai de seus filhos? O capitão *oficial* de uma série de cruzeiros eróticos? — murmurou, sedutor.

Maldito.

— Ah, meu Deus...

Ele começou a rir quando rolei os olhos de brincadeira.

— Eu sou o rei da safadeza, Branca de Neve. — Sua voz saiu grave e aveludada. — Se eu não te tirar de órbita, ninguém mais tira.

— Eu queria muito rebater essa afirmação, mas sei que está certo.

O sorriso de Jude sumiu, levando consigo as covinhas. Intensidade pura preencheu seu semblante. E foi inevitável não pensar que o tempo tinha realmente feito bem para ele. Seu corpo estava mais forte, seus olhos, mais doces e seu sorriso, ainda mais radiante. Ele parecia tão feliz e tão mais... gostoso.

As mãos de Jude vieram para o meu rosto e, por mais que ele quisesse me dar um beijo profundo, sabia que, estando relativamente perto das crianças, não faria isso. Então, sua boca tocou a minha de modo quente e lento. Sua língua serpenteou para dentro da boca, bem devagar, apenas para provar o sabor.

— Sorvete de morango? — Jude indagou, um novo sorriso se abrindo no rosto bonito.

— Culpada.

Os olhos dele vasculharam meu rosto e seus dedos passaram pelos meus cabelos curtos, percorrendo os fios. Jude me encarou com admiração e carinho, de uma maneira tão doce que me fez prender o ar nos pulmões.

— Eu já te agradeci por todos os anos e por tudo que você me deu, Courtney? — falou sério, sua visão alternando o foco entre minha boca e olhos.

— Eu acho que já, mas não com essas palavras e dessa maneira. Você sempre me agradece quando me abraça, quando me beija, quando faz cada gesto, Jude. — Eu quis dizer cada sílaba. Ele era amoroso, passional, intenso.

— Não, mas sinto que não foi bastante. Tudo que vivemos é pouco perto do que eu sinto.

— Ainda bem que temos o resto da vida juntos. — Sorri para ele.

Aline Sant'Ana

216

Me olhou com atenção e, como se uma decisão passasse em seus olhos, as covinhas afundaram na bochecha. O homem me surpreendeu totalmente no segundo seguinte, porque escorregou para o chão com apenas um joelho servindo de suporte. No meio do oceano, em plenas férias de início de ano, com nossos filhos e melhores amigos, ele queria me causar um ataque cardíaco.

Com cuidado, Jude tirou a minha aliança do dedo. Ele a segurou em frente ao rosto e umedeceu a boca.

— Quero prometer de novo que vou te amar pelo resto dos dias. Me casei com você uma vez e quero isso, agora, com nossos filhos assistindo e entrando conosco. Eu quero vê-la mais uma vez de branco, fazendo seu caminho no navio, tirando a merda do meu fôlego, me deixando nervoso pela hora em que posso te beijar. Quero renovar os votos e nem precisa ser uma cerimônia oficial, eu só preciso que, dessa vez, as três razões da minha vida estejam juntas no mesmo lugar. Casa comigo mais uma vez, Courtney Wolf?

Levei as mãos aos lábios, sentindo as crianças correrem para me abraçarem nos quadris. Bianca se aproximou com Pietro, assim como Brian com a noiva e Dominic. Eles devem ter escutado o que Jude disse, no entanto, ainda assim, o choque era grande. Escutei Dominic dizer algo sobre estar gravando e o choramingo de Bianca, emocionada.

Minhas pernas estavam bambas como na primeira vez que ele fez o pedido.

Meu coração voando ao céu, navegando pelo mar, distante de tudo que se relacionava a mim.

Eu estava flutuando.

— Sim — murmurei, minha voz falhando pelas lágrimas. Lindsay e Dylan estavam com os braços em torno de mim, seus rostinhos colados nos meus quadris, atentos a cada detalhe da cena. — É claro que me caso com você de novo, Jude. É óbvio que renovo os votos. Você não faz ideia do quanto é importante para mim.

Ainda ajoelhado, ele focou nas crianças. Encarou Dylan, que era o mais ciumento em relação a mim, e bagunçou o cabelo do pequeno.

— Você deixa o papai casar com a mamãe de novo?

Tudo o que Jude recebeu de Dylan foi um aceno de cabeça, embora meu filho estivesse agarrado à minha perna como se não quisesse nunca me deixar ir.

— E você, princesa? Deixa o papai casar com a mamãe?

— Mil vezes sim! — gritou Lindsay, sempre autêntica e eu, eufórica.

Jude procurou meus olhos com os seus e, de repente, os gritos comemorativos

Coração em Chamas

dos nossos amigos deixaram de existir.

    Um amor como esse poderia navegar todos os mares, enfrentar milhas e milhas e as mais terríveis ondas como obstáculo.

    Mas eu sabia.

    Duraria cada batida de nossos corações.

Aline Sant'Ana

Coração em Chamas

AGRADECIMENTOS

Durante esses agradecimentos, não citarei nomes.
Apenas textos para cada pessoa que me ajudou na construção dessa história.
Cada uma saberá que é para ela e isso torna tudo ainda mais especial.

Jude e Courtney surgiram em uma conversa despretensiosa com uma amiga muito querida. Estávamos falando sobre os bastidores do Heart On Fire, em como seria mágico descobrirmos como essa ideia surgiu. Antes que pudesse perceber, ao telefone, nós duas estávamos confabulando e sonhando com o enredo de um romance por trás do navio mais exótico de todos os tempos. Amiga, confidente, pessoa especial. Você sabe que essa história não teria sido possível se você não tivesse sonhado com esse projeto como eu sonhei. Obrigada por cada surto, cada carinho e, principalmente, por sua essência. Amo você!

Meu inbox ficou agitado com várias mulheres que tenho o prazer de chamar de amigas. Uma mora no Rio de Janeiro, e, toda vez que ligo, escuto seu sotaque e seu tom tão fofinho que me acalma. Ela é a presidente OFICIAL do fã-clube do Zane, mas sabe que seu coração foi um pouco roubado pelo Jude. A outra mora em Porto Alegre, me tem como uma irmã mais nova e sabe cada nuance da minha vida, das partes boas às ruins. Sempre está lá por mim, mesmo tendo a vida tão atarefada. Mais uma amiga, muito lindinha, tão pequenininha, mora em São Paulo e se perdeu no Mercure comigo. Na verdade, a gente tem histórias maravilhosas para contar e, sem ela, esse livro não estaria revisado e cheio de amor. Quando ela toca, tudo vira magia. Minha outra amiga tem um sotaque mineirinho e ideias maravilhosas que sempre compartilha em nosso meio. Você é uma força que tiro em todos os instantes, sabia? Essas quatro são anjos da guarda, pessoas que entraram para me manter sã em meio à loucura. Vocês são a minha âncora. Obrigada por sempre estarem aqui por mim. Eu amo cada uma de vocês.

Aline Sant'Ana

Família. Vocês me fizeram que eu sou hoje. Sem vocês, não teria a magia nem o amor que existe dentro de mim. Moramos longe, alguns mais perto do que outros, mas sabemos que o amor nunca se dissipará. É verdadeiro, sangue de sangue ou não, existe isso dentro de nós. Amo cada ser, cada um, com todo o meu coração. Obrigada por serem a minha família, por me amarem apesar dos defeitos e por acreditarem nos meus sonhos até mais do que eu acredito.

Eu chamo de meus santinhos, mas alguns chamam de leitores. Meus incríveis e superpoderosos amigos que têm o poder de me fazer feliz só com um singelo elogio. Vocês são o motivo desse livro sair, desse sonho se concretizar. Mais um que coloco vocês como inspiração. Me apoiam todos os dias, nos grupos, no inbox, no e-mail, nos eventos. Cada abraço, cada palavra, cada presente. Um combustível que tenho, cheio de amor e felicidade, que irradia e vocês são os verdadeiros culpados. Obrigada! Vocês me fazem desejar nunca parar de sonhar. Espero que continuem comigo e que a vida possa mostrar, em cada história, o lado bom de ser vivida.

Obrigada a você que se apaixonou por Jude e Courtney.

Nos vemos na próxima loucura.

Beijo no coração!

Em seu aniversário de vinte e sete anos, Carter McDevitt, o vocalista da banda The M's, vai ganhar o presente mais inesperado possível.

Seus dois melhores amigos e parceiros da banda, Zane e Yan, o colocam em um cruzeiro com o objetivo de fazê-lo esquecer totalmente a ex-mulher que, além de arrasar seu coração, levou metade dos seus bens embora.

Bem, o que o vocalista não espera é que nesse local serão realizadas estranhas fantasias, além de encontrar um fantasma do seu passado.

Aline Sant'Ana

Carter McDevitt e Erin Price vão se casar.

Quatro anos após desembarcarem do Heart on Fire, vivendo um relacionamento incrível do começo ao fim, o felizes para sempre está a um passo, mas existe um grande empecilho que poderá colocar tudo a perder.

Sentindo-se obrigada a seguir os conselhos dos agentes da banda The M's – os quais foram bem diretos ao exigir que fosse feito o casamento do século –, Erin vai contra o desejo pessoal de realizar uma cerimônia privada e tranquila, vinda direto dos seus sonhos, em prol da imagem pública de Carter.

Além do evento gigante para administrar, no qual ela sequer sente-se confortável, Erin percebe que Carter está cada dia mais ocupado, dando prioridade a tudo relacionado a The M's e, em consequência, tornando-se negligente ao relacionamento dos dois.

É evidente que o topo da fama cobra seu preço.

Erin só não estava preparada para temer a perda do próprio noivo durante o processo.

O romance de conclusão do primeiro casal da série Viajando com Rockstars traz um toque de sensibilidade, nostalgia e nos faz mergulhar diretamente na paixão avassaladora que viveram em alto-mar. Através do destino, ambos conseguiram retomar sete anos perdidos em sete dias e agora deverão provar para si mesmos que a semana mais marcante de suas vidas, tão passional e perfeita, poderá durar para sempre.

Coração em Chamas

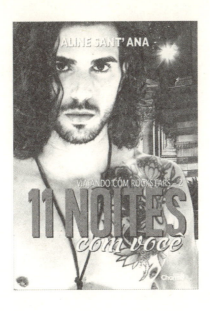

Zane D'Auvray é incapaz de dizer não às mulheres. O guitarrista da The M's aproveita-se da fama e nunca encontrou motivos para se estabilizar em um relacionamento. Todas as atitudes promíscuas que tomou durante a vida jamais foram questionadas. Exceto agora.

Em uma mudança de gestão, troca-se de empresário, e o que Zane não esperava era que os bastidores seriam coordenados por uma linda mulher, prometendo consertar as pontas soltas. Kizzie Hastings, a empresária, passará por um teste de onze noites pela Europa com a The M's em turnê. Zane, fazendo pouco caso da situação, não vê grandiosidade nisso.

No entanto, quando percebe que Kizzie é a única pessoa imune aos seus encantos, acaba por abraçar um desafio pessoal, sem saber que há muito mais em jogo do que somente a sedução.

Aline Sant'Ana

Entre em nosso site e viaje no nosso mundo literário.
Lá você vai encontrar todos os nossos
títulos, autores, lançamentos e novidades.
Acesse www.editoracharme.com.br

Além do site, você pode nos encontrar em nossas redes sociais.

https://www.facebook.com/editoracharme

https://twitter.com/editoracharme

http://instagram.com/editoracharme